結局、戦争はなくならなかった。
でも、変化はあった。
―――超大型兵器オブジェクト。
それが、戦争の全てを変えた。

鎌池和馬
KAZUMA KAMACHI

イラスト・オブジェクトデザイン
凪良 NAGIRYO

ヘヴィーオブジェクト HEAVY OBJECT
Vivid Camouflage 欺瞞迷彩クウェン子ちゃん

INDEX

【オーバーキャビテーション】Over Cabitation

『資本企業』軍が運用する海戦専用第二世代のオブジェクト。

キャビテーションの名の通り、大量の気泡による水撃作用を主砲として用いる。水そのものを武器に変え、敵機の装甲を毟りに掛かる海戦のエース機。
潤沢な気象・海洋データのサポートが揃わない環境では絶対に戦わないという特徴を持つ。

エアクッションと次世代蒸気機関を兼ね揃えた移動方式。空気の力で浮かび上がってはいるが水陸両用ではないのは、塩分濃度を利用して『空気の粘り気』を微調整しているため。さらに海水を吸い込み、動力炉の熱で水蒸気の力に変えて小刻みなスライド移動を可能にしている。

Designed by Hirokazu Watanabe(2725 inc.)

しゃーない。
やると決めたらガチだ。
ここは究極の迷彩と洒落込もう

——とある戦地派遣留学生の呟き

HEAVY OBJECT
Vivid Camouflage

ヘヴィーオブジェクト
欺瞞迷彩クウェン子ちゃん

鎌池和馬
KAZUMA KAMACHI

序章

はっぴー、つぇぺーしゅ!! 歌って殺せる戦場アイドルレポーターのモニカです! 黒マントにコウモリビキニの吸血鬼コスはいかがかなー?

こちらは東欧、トランシルバニア方面南部。観光資源で有名な富裕層の集まるエリアですね。現地時間で間もなく午後八時となります。

地方自治体の住民投票は開票作業を間近に控え、投票所の一つとして使用されていたブラドⅢスタジアムは会場の外までこの人だかり! 殺到、まさに殺到という有様《ありさま》です!! 皆様ご存知の通り、今回の住民投票は多くの富裕層を抱える南部観光資源側が既存トランシルバニア方面からの分離独立を願う形で発起されており、背景には税制上の不満や週末にやってくる国内旅行者による犯罪発生率増加などが挙げられます。

平たく言えば、貧民なんぞの都合に振り回されてる暇ねえーぜ、といったところでしょうか。

開票前の下馬評では賛成多数でそのまま通過との見方が高まっていますが、一方で南部観光資源は吸血鬼伝説で有名なトランシルバニア方面全体の巨大な収入源となっているため、同方面がすんなり離脱の要求を呑《の》むとは言い切れない辺りもポイント。これまでも写真週刊誌やネットニュースなどを介した独立派市議へのスキャンダル爆撃やライフル管理局による不自然な政治事務所への強制査察など妨害工作と思《おぼ》しき動きがちらほら見えていた以上、今回の住民投票の結果がどのような政治的行動に結び付くかも注視していく必要がありそうです。

ちなみに南部観光資源が分離独立した暁には新憲法が公布されるとの事で、フルオート銃と娼婦《しょうふ》の組織化と限度額無制限のギャンブルが解禁される他、アレはマリファナまでなら医療扱いで合法になって投資家向けのタックスヘイヴン窓口もバンバン開くそうです。やったね！

おや。

公約が実際にどこまで実現するかはさておいて、それだけ賛成票獲得になりふり構わないという焦《あせ》りもあるのでしょうか。観光サイト運営者の間では遊びに行くには最適だが住むには難ありともされている南部観光資源。今後もその傾向に拍車がかかりそうではあります。

何やら騒がしいですね。もはや地響きです！　いよいよ開票作業が始まったようです。ケーブル放送チャンネル２９２９はこの世紀の瞬間を引き続きライブで皆様へ……ああっと残念！　なんて事でしょう、無料放送枠はまさにここ、八時までですッ!!　隅から隅まで観逃《みのが》したくない方は大至急電話またはネットから月額一九・九九ユーロの有料視聴登録を……。

第一章　派手好きが死ぬ世界　〉〉トランシルバニア方面隠密戦《おんみつせん》

1

一一月、秋っていうよりもはや冬の空であった。

穏やかな陽射《ひざ》しの降り注ぐ、なだらかな起伏のついた芝生の大地。木の板を適当に組み合わせた柵に囲まれた広大な土地は、それだけ見れば牧場かゴルフ場のように映ったかもしれない。だが違う。レジャーシートを敷いてタイトスカートの軍服のままうつ伏せに寝そべり、傍《かたわ》らにてりやきバーガーと抹茶ラテを置いた銀髪爆乳のフローレイティア＝カピストラーノ少佐は、バイポッドで支えられたセミオート式のスナイパーライフルのスコープを覗《のぞ》き込《こ》んでいる。

七・六二ミリの派手な発砲音が短い間隔でいくつか響いた。

「やっておるな」

「今話しかけるのはマナー違反でしょう、大佐」

「どうせストレス解消だろう。その銃テクノピックモデルか？　まったく、バッティングセンター感覚で銃を握るのもどうかと思うが。ああ、煙草《タバコ》はそのままで。私も自分のを吸わせてもらうよ」

傍《かたわ》らで、そっと身を屈《かが》める老人がいた。

咥《くわ》え煙草《タバコ》で狙撃なんぞ訓練の中でしかできない最高の贅沢《ぜいたく》だ。週末だけ害獣駆除に手を貸す民間の猟師ですら風向きくらいは気を配る。実戦では真っ先にご法度《はっと》となる甘い香りに、別のものが混ざった。おそらく中米産の太い葉巻だ。

老人は狙撃銃ではなく、各種電子装備を施された双眼鏡のオバケみたいな観測機器を手に取って、

「何にせよ、内緒話には最適だ」

「こんな開けた場所でですか？　今はもう世界中どこでも衛星から覗《のぞ》き見《み》されている時代ですよ」

「ははは。言うほど万能でもないよ、衛星除《えいせいよ》けなど薄い鉛を内張りした日傘一つで事足りる。下手すると中毒になるがね。そもそも君は閉じた屋内に誘おうとしても絶対に応じないだろう。それでも良ければホテルのバーを護衛の黒服で固めてしまうのだが」

「……、」

フローレイティアはわずかに沈黙した。

苛立《いらだ》ちの正体は、紙の標的のすぐ傍《そば》を危機感の足りない鹿が呑気《のんき》に横切ったからではないだろう。

「心配するな、私は娘どころかもはや孫くらい歳《とし》の離れた君を本気で口説こうなどとは思わない。本題といこう」

「はい」

「君の手中にある三七を動かしてほしい。急ぎの仕事だが、できるだけ内外にそうとは知られたくない案件だ」

「我々は五〇メートル大のオブジェクトを抱える一千人規模の機動整備大隊ですよ大佐」

「いや、それで良《い》いんだ。下手に裏から手を回してコソコソした方が悪目立ちする。どう忍び足をしても足音が鳴る、デリケートな状況なんだよ。よって、いっそ派手に踏み荒らしていただきたい。スタジアムの大歓声の中であれば忍び足の音も紛れてくれるだろう」

……つまり毎度の汚れ仕事が回ってきた。焚《た》き火《び》の中に手を突っ込んで、火傷《やけど》をしてまで他人様《ひとさま》がひり出したクソの塊を掴《つか》むような感じのだ。

フローレイティアはゆっくりと息を吐いて、

「一つお約束していただけるのなら」

「良《い》いよ。君のそういう、階級社会無視で部下の命を心配する姿勢には好感が持てる」

「一から一〇まで我々でカタをつけます。別口で、裏からこっそり暗殺チームを送り込むような真似《まね》だけは控えていただけますと」

「テリトリーには潔癖《けっぺき》か。構わんが、単純に難度は高いぞ。その思いやりで、かえって手塩にかけた部下達を消耗しなければ良いのだが」

「それで」

「ああ、一言で言えば回収作戦だ。あるモノを取り戻してほしい。奪ったのは現地の犯罪組織『象牙の園』との事だが、実態は不明。羊の皮を被《かぶ》った別物の恐れもある。なお、失敗すれば国際問題になるぞ。非常に価値のある品なのでな。他国にレンタルするだけでも、そうだな、相場は年二〇〇万ユーロから三〇〇万ユーロ程度かな。君達は東欧エリアにおける影響力保持のための示威行動を兼ねた定期の軍事演習の最中だった。目的の品については、たまたま見つけて拾った体裁にしておいてくれたまえ」

　官民ががっつり手を結ぶ軍の世界は何事も高額になりがちだが、それにしても珍しい。

　その値段もそうだが、

「……貸し出し？　レンドリース絡《がら》みの品ですか。対空レーダーとか、データリンク用の大型サーバーとか」

「違うね。私が軍に入ったのは君よりずっと若い頃でな。そこから五〇年となるが、私も初めて直面する状況だ」

　フローレイティアは細長い煙管《キセル》の世話以外で初めてスコープから目を離した。

「大佐ほどの方が？」

「ああ」

「だとすると、オブジェクト絡《がら》みでしょうか。あるいは遠い昔に根絶した核とか……」

「いや、パンダだよ」

時間が止まった。

何かの隠語かと思ったが、そういう訳でもなさそうだ。あんぐりと口を開けたまま固まったフローレイティアに、真面目な人はこう言った。

「パンダの赤ちゃん。先方にとって貴重な対外物資、安定した高額外貨獲得手段だ。預かり先の動物園を抱えているこちらとしては非常に頭の痛い案件でな、是非ともこれを救出していただきたい。確実に、だ」

2

そして東欧。

この荒涼とした『戦争国』、オブジェクト同士がかち合う正規戦とは別にどさくさに紛れた各種の戦争犯罪でも悪名の高い凍《い》てつく大地で『正統王国』軍第三七機動整備大隊が遭遇した過酷な戦いは、さてどこからどう説明したら良《い》いものか。

最初に記すべき一文は、やはりこれから始めるべきかもしれない。

ＰＡＮＤＡ－ＷＡＲ、勃発。

ギィォォオオオオオオオオオンッッッ!!!!!!　と、頭上を突き抜けていったジェットエンジンの爆音に向け、届かないと分かっていても顔中汗びっしょりになってその辺に伏せていたクウェンサー＝バーボタージュ戦地派遣留学生は思わず全力で叫んでいた。

「ばかっ、馬鹿野郎!!　誤射だ誤射！　ちゃんと敵に向かって撃てェ!!」

「ふざけやがって何が愛と正義と人道の戦いだ……あれで俺らより給料上とか絶対間違ってやがる……」

初手から分厚い装甲板に守られたダブルデルタの攻撃機からガトリング砲の掃射を受けてしまったため、クウェンサーやヘイヴィアを乗せていた装甲トラックの車列はひび割れたアスファルトの上で立ち往生だ。人がせっかくぐねぐね曲がる幹線道路の上で密猟組織とカーチェイスを行いゴツゴツ車体をぶつけ合っていたというのに、そう、重ねて言うが蛾《が》の羽の目玉模様にも似た威嚇ペイントを大きく見せびらかして大空を舞うクソ馬鹿野郎がまとめて機銃掃射をお見舞いしてきたのである。おかげで敵も味方もあったものではなかった。両方ともトラックがひっくり返り、クウェンサーやヘイヴィアは慌てて半分スクラップと化した軍用車両を盾にするしかなかった。バカはたまに良《い》い事をしようとしたところで報われないものなのか。

寒さのせいか、植物の乏しいゴツゴツした大地だった。

剝《む》き出《だ》しの荒野とぽつぽつと点在する針葉樹の木々、後は遠くの方に切り立った鋭い山と、その斜面にへばりつくようにして修道院や古城の尖塔《せんとう》なんかが見える。植物にしても動物にしても、人々は一体何を食べて暮らしているのかピンとこない風景であった。

そしていちいち観光案内をしている場合ではない。横転した敵、『象牙の園』のトラックまでほんの一〇メートル程度。向こうも向こうであの一発で全滅した訳ではあるまい。間もなく始まる。極近接のどつき合いがだ。

「手早く済ませるぞクウェンサー」

「この距離で爆弾使ったらみんなまとめてドカンなんだけど、何でまた今日に限ってそんなにやる気な訳?」

「答えは例のギォーンがUターンして引き返してきそうだからだ！　あれが頭の上から第二斉射やらかす前にケリつけねえとこっちが挽肉《ひきにく》にされちまう‼」

しかしこれは重要な意味を含んでいる。

JPlevelMHD動力炉を搭載し超高出力のエネルギーを自在に操るオブジェクトは、対空レーザーをごまんと積んでいる。つまりオブジェクト同士がかち合う『クリーンな戦争』なら、航空戦力の出番などないのだ。

この事から、クウェンサーやヘイヴィアが巻き込まれている事態が推測される。

これは『クリーンな戦争』ではない。

オブジェクトを持たない反社会勢力への一方的な掃討戦だ。

「にしても、パンダの赤ちゃん救出するために生身の人間が鉛弾使ってドンパチするとかマジかよ。人命の値段は動物以下か」

「パンダなら仕方がないんじゃない？」

「そりゃ可愛《かわい》いけどよお……」

「動物園に貸し出す時は年間で二〇〇万ユーロから三〇〇万ユーロくらい持ってくらしいしさ。人命？　飛ぶ飛ぶ簡単に飛ぶよそんなもん」

「野郎可愛《かわい》い顔して一軍スポーツ選手並みに儲《もう》けてんじゃねえか!?」

みしっ、という小さな音が響いたのはその時だった。

高度な訓練うんぬんの前に、向こうも向こうで命を懸けている。死にもの狂いで足音を隠し、汗びっしょりでこちらの装甲トラックを回り込んできたらしい。東欧に根を張る密猟組織の若造は拳銃ではなく大振りなナイフを握っていた。

仰天したクウェンサーが叫ぶ。

「しまったァ！　至近距離では弾丸より刃物の方がはy
パパンパン!!　と普通にヘイヴィアのアサルトライフルが火を噴き、普通に胸や腹に鉛弾を喰《く》らった『象牙の園』の兵隊が、普通に地面へ崩れ落ちてしまった。

「……」

何とも言えない顔で口をパクパクしているクウェンサーに悪友がうんざりした顔で、

「夢とロマンが壊れた顔すんなよよっぽどの事がねえ限り弾の方が早いよナイフで銃に勝つとかどんな達人だy」

そうこう言っている間に二人目がやってきてヘイヴィアの脇腹を刺した。

「ヘイヴィうわああああああああああああああああああああああああああああん⁉」

「感動的に泣いてる暇あったらフォローして‼」

体はくの字に折れ曲がっているが馬鹿は割と元気だ。どうやら刃の切っ先はマガジンポーチにぶつかって押《お》し留《とど》められたらしい。とはいえクウェンサーの持っているプラスチック爆弾の『ハンドアックス』を二メートル以内のこの距離から爆発させる訳にもいかない。こうしている間にも馬鹿と悪党は摑《つか》み合《あ》いしている。とっさの判断であった。仕方がないので装甲トラックの側面に金具で取り付けられていたタイヤ交換用のデカいレンチを手に取って普通に犯罪者の頭のてっぺんをぶっ叩《たた》く。

ごちーん、お星様キラキラー。

……くらいの気持ちだったのだが、実際には血と脳漿《のうしょう》がばら撒《ま》かれて二人目が道路に転がった。頭蓋骨が割れたせいか、何だか死に顔もおかしい。ストッキング被《かぶ》った強盗みたいに皮膚が引っ張られて歪《ゆが》んでいるのだ。お葬式まで汚した気分にさせられる。

予想以上の破壊力にクウェンサーの方がコメントに困った。

「あっ、ああー……」

「何だもーお次はスコップ最強伝説が花開くか？」

奇襲はドッキリ効果がなくなってしまえばそれまでだ。自らの所業に金玉を縮めたクウェンサーを放っておいて、冷静さを取り戻したヘイヴィアやミョンリ達がアサルトライフルを構えて制圧に入ると、後はもう瞬《また》く間《ま》であった。パンパンという軽い音と共に命が散っていく。

「おっ？」

その辺に転がった若造の手には手榴弾《しゆりゆうだん》があった。

死《し》に際《ぎわ》のガッツは認める。だがヘイヴィアは足で倒れていた敵の体を雑に転がし、

「タタミガエシの術!!」

「ひどい!!」

くぐもった爆発音があったが、普通の手榴弾《しゆりゆうだん》程度なら肉の壁で抑え込めてしまえるのだ。

自分のクソは自分で処理してもらって、さらにヘイヴィアはアサルトライフルで横転した密輸業者側のトラックのお腹《なか》を撃ち、ガソリンタンクに風穴を空け、慌てふためいて盾の後ろから

飛び出してきた『象牙の園』の面々を正確に撃ち抜いていく。

「何だかもう……今日はガッカリ続きな気がする……。何でガソリンタンクって撃っても爆発しないの？」

「現実は時として夢を奪ってしまうものなのだよクウェンサー君」

　言った直後に路面で火花が散って大爆発が巻き起こった。仲良く真後ろへ転がる馬鹿二人。クウェンサーは起き上がる事も放棄してそのままヘイヴィアへとのしかかり、大変優等生なグーを振り上げていた。

「ばかばか!!　たまに馬鹿が博識ぶるとすぐこれだほんとの馬鹿ッッッ!!」

「痛《い》てえっ、うるせえどけ敵ごと撃つぞクウェンサー！　漏れたガソリンが気化して静電気と反応したんだ、タンクの中身が液体のまま爆発した訳じゃねえっ」

　しかしそれ以上抵抗らしい抵抗は何もなかった。今の爆発で軒並みダウンしてしまったらしい。後に残っているのは分厚いアクリルのサイコロのような容器だけだった。最高で年俸三〇〇万ユーロ、年一で確実に高額宝くじを当ててくれるパンダの赤ちゃんの保育器だ。

「……兵隊の防弾ジャケットより硬い防護とかやっぱ間違ってんじゃねえの？」

「むしろ一緒に吹っ飛ばしちゃったら目も当てられなかったよ。良かった良かっ……」

　言いかけたクウェンサーの言葉が詰まった。

　一抱えほどの透明なサイコロを両手で持ち上げ、中のターゲットを様々な角度から眺め回し

て、

「これ、パンダじゃない……」

「あァ？」

「そ、それっぽく白いパウダーで迷彩を施しただけの子熊だ‼　一体どこの誰を騙《だま》すつもりだったんだ、『島国』の祭りに出てくるという伝説のカラーひよこと同じ理屈だぞ⁉」

3

お疲れのところ申し訳ないが、第三七機動整備大隊の諸君は会議室に集合である。

どっかの馬鹿が車の屋根に赤外線識別マーカーを取りつけるのを忘れていたばっかりに、航空部隊がいらん無駄弾を撃って貴重な備品がスクラップになった件についてのお説教ではない。

壇上に立つフローレイティアは開口一番こう言った。

「さて、パンダの赤ちゃんの奪還作戦で終わると思った本件だが、国際密猟組織『象牙の園』のトラックから非常にまずい資料が出てきた。諸君、迂闊《うかつ》にダッシュボードを引《ひ》っ掻《か》き回《まわ》した手癖の悪い功労者のクウェンサーに盛大な拍手を」

そこは黙って流せなかったのかよバカ！　マジメかっ⁉　などと過労気味で殺気立っているジャガイモ達に囲まれてボコボコ蹴り回されている戦地派遣留学生はさておいて、だ。

フローレイティアもまた、ろくにヒゲも剃《そ》ってねえやつれた部下達を眺めるとうんざりしたように銀の前髪をかき上げて、

「……初めからカラーひよこと知っていたなあのジジィめ……。いよいよ毎度のクソ雑用の香りが漂ってきたが、我々は一応国の税金で食べさせてもらってる公務員で、軍は上下関係が非常に厳しい世界でもある。そうとは知らずに引き受けたとはいえ、今さら降りるとも言えないのよ。状況は切迫しているのでこのまま続けるぞ」

「やだよメンド臭《く》せえ。今回ばかりは『ベイビーマグナム』で大雑把に吹っ飛ばしてもらって終わりにしましょうや……」

ヘイヴィアがげっそりした顔で呟《つぶや》いていた。

「ふんふーん……」

そのお姫様はパンダだろうが子熊だろうがどっちでも構わないのか、先ほどから哺乳瓶片手に動物の赤ちゃんの世話に夢中であった。

「ほーらーミルクですよー、おなかいっぱいになったらお母さんとおひるねしましょうねえ？」

さっきからずっとこんな感じで母性本能丸出し中なので、血なまぐさい戦いなど引き受けてくれそうにない。傍《そば》であれこれ口を出すふりをして観察していた整備兵の婆《ばあ》さんが、そっと首を横に振っていた。あの調子だと普通に拒否権とか使われそうだ。

不良貴族は軽く頭を押さえて、

「……何とかならねえのかマジで」

「安心しろヘイヴィア、今回は私もそっち側だ。みんなで一緒にクウェンサーを叩《たた》きましょう。しかしな、私だって遠距離から主砲一発で終わるなら是非そうしたいものだが、確実な破壊報告が欲しいのでそういう訳にもいかん。私は瓦礫《がれき》の山と何ヶ月も格闘しながら確認作業を進める展開は避けたいと思っている。何しろこれから東欧は豪雪の冬に向かっていくのよ。掘っても掘っても掘っても掘っても白く降り積もる雪に邪魔されたら瓦礫《がれき》ひっくり返して裏まで調べるなんて絶対無理だ。諸君も過労で死にたくないだろう？」

「破壊？　ナントカ団体が目くじら立ててるレア動物の回収とかじゃなくて？」

「『象牙の園』が抱えていた秘密の輸送路を使って、別の品がやり取りされている真っ最中らしい。オブジェクトの動力炉よ」

　ざわっ、と。

　その一言で空気が変わった。

　……そういう時代を作ったのだ。核を駆逐した今、人類滅亡のトリガーと言えばオブジェクトである。

「何故《なぜ》とかどうやってとか、くだらん質問で貴重な時間を潰《つぶ》さないように。全部クウェンサーが見つけた資料、『商品』の搬入出リストに基づく判断よ。詳細、確度については諜報部門《ちょうほうぶもん》に投げている」

「……ごくり。では、あるものとみなして行動するのが最適、と？」

「上官命令だ、誰かそこのシリアス顔ぶん殴ってくれ。くれぐれもだ、この私もバカに余計な仕事増やされて押《お》し潰《つぶ》されている過労組の一人だというのを忘れるなよクウェンサー」

ただしいことをしただけなのにっ！　という大変胡散臭《うさんくさ》い叫びがタコ殴りの中に消えていった。どうせ敵車のダッシュボードを漁《あさ》ったのは小金をくすねるためだろう。

フローレイティアはストレスを抑えるため細長い煙管《キセル》を咥《くわ》えて一服したのち、

「……近隣でまずい話と言えば、トランシルバニア方面ね。『情報同盟』の『安全国』ではあるが、貧富の差が激しく犯罪も多い。平和を愛する富裕層は他人の重荷なんぞぶん投げたいらしくてな、ここ最近は吸血鬼伝説で有名な観光資源の集中する南部が独立を計画している。というか地方の住民投票で賛成が過半数を取ってしまった。実際問題、独立についてはどこまで本気でどこからリップサービスのつもりだったか知らんが、これで音頭《おんど》を取った地元の名士とやらも退くに退けなくなった訳ね」

「あん？　でもありゃ雲行き怪しくなっちゃいませんでしたっけ。大元のトランシルバニア方面は南部の独立は認めねえとかで、新国境線予定地に馬鹿デカいオブジェクトまで派遣してる。確か、一方的な独立宣言と同時に扱いはまっさらな他国になるから宣戦布告叩《たた》きつけて一秒で取り戻すとか鼻息荒らげていたような……」

「実際には『安全国』同士のせめぎ合いよ。そう簡単に戦争など起こらない。トランシルバニア方面は南部観光資源に対し、喉元にナイフを押し付けて恫喝《どうかつ》するくらいの軽い気持ちなんだろう。……だけど無力と思われていた南部観光資源側も、同格のオブジェクトをこっそり抱えていたとしたら？」

「……、」

嫌な沈黙があった。

誰も答えたくはないらしい。

「前代未聞《ぜんだいみもん》、『安全国』同士でオブジェクトを使った殴り合いが始まる。火の粉が飛べば無関係な地域を巻き込んでの泥沼の戦いに広がるかもしれん。トランシルバニア方面と隣接する形で、我らが『正統王国』の『安全国』も軒を連ねている事実を忘れないで。非戦闘員含む推定戦死者は電子シミュレート部門が計算している最中だが、実際にコトが起これば有史以来最悪となるのは間違いない。苛烈な砲撃戦と地下に埋めた動力炉の起爆で五〇〇万都市が消滅した北欧禁猟区どころのタブーじゃなくなるぞ」

「でも、その、ぶひっ、オブジェクトでしょう？　ぶひぶう」

顔中ボコボコに腫らしたクウェンサーがようやく解放された。彼はブタ語を交えて質問する。

「うえっ、げほ、な、何しろ五〇メートルの巨体だ。一機造るのに何年もかかる。密造なんて簡単に言いますけど、そんなの現実に可能なんですか？」

「独立に賛成するのは金を持て余した南部の富裕層よ。よって五〇億ドルの予算には困らない。

テクノロジーについてだが、これまでもウワサレベルの情報はチラホラ上がっていたものの、JPlevelMHD動力炉を自力で用意する腕はないと思われていた」

「つまり、ガフだけなら水面下で……」

「富裕層の行き着く先はいつも同じだ。名画であれ氷砂糖であれアイドルであれ奴隷であれ、餓《う》えを感じれば何でも金で手に入れようとする。張り子の虎に特大の宝石を埋め込もうとしているヤツがいるようね」

フローレイティアは呆《あき》れたように息を吐いた。

人類というのは自分からこぞって滅亡したがっているのか。こうなると単純に愚かなのか、一周回って賢い罪滅ぼしなのか分からなくなってくる。

「例の南部観光資源は、二日後の〇時に独立宣言を行う予定だ。やはり吸血鬼の文化ね、真夜中に山奥のホテルで花火大会めいた盛大なパーティを開くつもりらしい。逆に言えば、新国境線予定地で待機しているトランシルバニア方面側のオブジェクトもそのタイミングで動く。いや、動かざるを得ない、かな。国や軍は見栄《みえ》の世界でもある、コケにされたら止まれなくなるからな。リミットは把握したな。もう四八時間もない。ここから先、問題解決まで一分一秒と無駄にできないから仮眠も取れん。つまり哀れ公務員は何を言いたいか。私はすでにへとへとなんだ、お願いだから誰か功労者のクウェンサーをもう一発ぶん殴ってくれ‼」

4

そんな訳で、だ。

「……殺殺殺殺殺殺殺殺殺殺殺殺殺殺殺殺殺殺殺殺殺殺殺殺殺殺……」

「もう方針は決まったんだから気持ちを入れ替えようよ！　なっ⁉」

どんより空気で心の気圧がおかしくなってる装甲トラックの荷台で、クウェンサーは通販番組より胡散臭《うさんくさ》い笑顔を咲かせていた。

戦車、装甲車、装甲トラックなどが並んでいた。暇なジャガイモ全員集合である。目的は、エリア一帯に隠れる国際密猟組織『象牙の園』の商品一時保管庫、ストックヤードを見つけてこっそり襲撃し、秘密の輸送路に乗ったオブジェクトの動力炉をどうにかする事。

とはいえ、だ。

あるのは一面だだっ広い神様の手抜きみたいな荒々しい平原と、所々に針葉樹の森程度のもの。人工物らしい人工物は、地平線の先まで続くアスファルトの道路くらいだ。電信柱やガードレールもない。分かりやすい監視塔や分厚いコンクリートの壁などがそびえている訳でもない。

クウェンサーは何の電子補助もないアナログな双眼鏡を手にして、

「……結局、土地だけあっても誰も価値を見つけてくれない。こんな広大な土地を人の手で管理するなんて難しいんだ。そうなると、消去法で衛星だのドローンだのの出番になってくる」

「その機械的な検索さえどうにかできりゃ『象牙の園』の秘密の通学路は完成だーとかってんじゃねえだろな。隠れるトコなんかどこにもねえ！　それとも地下深くに長い長いトンネルでも掘ってるってのか⁉」

「人間相手じゃないんだ、そんな事する必要ないよ」

「じゃあハッキングだのクラッキングだの？　軍のデータリンク相手にかよ馬鹿馬鹿しい‼」

「もっとシンプルに考えられないのかね。顔認識嫌いの人に向けたメガネやマスクなんて今じゃもう珍しくないだろ。迷彩。特に、機械の目に特化した電子迷彩で基地全体を風景に溶け込ませてしまえば、人間だろうがトラックだろうが、地べたを堂々と走り回っても頭の上からの検索には引っかからない」

「……何でそんなにお詳しい訳よ？」

「このまま放っておいたら殺気立ったアンタらに囲まれてケツの穴までどつかれかねない状況だったから頑張ってお勉強したの。命懸け！　過去数年分の新聞記事とかノンフィクションの本とか洗ってさ‼　何でも保存してる電子版の時代に乾杯だよ‼」

風景に溶け込む欺瞞模様《ぎまんもよう》と言えば、人間が軍服の色を塗り替える前から昆虫などが行ってきた。しかし彼らの天敵は色の見え方が違うため、人の目からは風景に紛れているように見えても実際そうとは限らないケースもあるらしい。

カメラやセンサーについても同じ事だ。

どこの誰を、何を騙《だま》すかによって迷彩の柄は大きく変わる。衛星やドローンをやり過ごす場合は、赤外線、超音波、マイクロ波なども考慮しなくてはならなくなるだろう。

ただし逆に言えば。

人間の目からはどれだけ異質に映ろうとも、条件にさえ当てはまらなければ右から左に流してしまうのが機械的な警備の弱点でもある。ここ最近はＡＩだの機械学習だのの用語を織り交ぜてイメージアップを図っているようだが、結局プログラムの本質は変わらない。できない事はやらない、だ。逆だとどんな些細《ささい》なトラブルでもシステム全体がフリーズしてしまう。

「基本的に、ヤツらが警戒してるのは『上からの目線』だ。こうして地べたからぐるりと見回してみれば、違ったモノが浮かび上がってくるはず」

「分かったけどよ、具体的にどこから調べんだ？」

「敵だって警戒用にドローンを使っているんだ。まさか秘密基地から直接放って電波を飛ばしまくるほど間抜けじゃないだろうけど、『少し離れた場所』に発着場をいくつか設定しているみたいなんだよな。この複数の点を地図の上でピックアップして、ぐるっと大きな円を描いてみよう。中心点が臭い。つまりこの辺だ」

「ちょっと待て、双眼鏡貸せ。五時に注目、細いが煙が上ってやがるぜ」

「今夜のディナーはバーベキューかな。アウトドア生活でも満喫してるのかね」

「密猟野郎だと笑えねえよ。人魚の肉でも食ってんのかあいつら」

一体何があったのか、遠くの方に焼け落ちて真っ黒になった森が見えた。

ただでさえ連中とはパンダの赤ちゃん（？）の件で衝突した後だ。双眼鏡で異変が分かる距離だと、向こうからも警戒されている可能性がある。異変を見つけてもクウェンサー達はいきなり急ブレーキは踏まずに、そのままゆっくりと道路沿いを走っていく。

「飛び降りるぞ」

「……派手な銃撃戦よりこういうのが一番怖いんだ」

万一に備えて、車列に注目を集めつつ、クウェンサーやヘイヴィア達はこっそり車を降りて別行動を取る事に。一緒に動けるのはせいぜい二〇人くらいだ。

「『象牙の園』もドローン上げてんだろ。腰低くしたって上から撮られちゃ意味ないぜ。対策は？」

「密猟野郎の後追いじゃつまらないだろ。俺達は立派な軍なんだ。もうちょい派手にやってやろう」

その時だった。

ぶわり！　と分厚い壁のようなものが迫ってきたと思ったら、あっという間にクウェンサー達を呑《の》み込《こ》んで、視界を塞《ふさ》いでしまった。濃霧とはまた違う。

元々の風向きもあったのだろう、

「ぶえっぷ⁉　がはごほ、なんだっ、砂嵐⁉」

「俺達は定期の見回りと訓練でやってきている体裁なんだろ。お姫様には二〇キロ以上離れた所から『ベイビーマグナム』の静電気式推進装置を噴かしまくってもらってる。無関係を装《よそお》って、表向きは足回りのメンテと負荷テストって事でな。さあ、ご近所迷惑の真っ最中に、砂に紛れて乗り込もう」

あからさまにおかしな事になっているが、『象牙の園』は隠れ潜む側だ。異臭だの騒音だのがあったとしても、表立って抗議に乗り出す事などできない。

太陽光すら遮られ、一面が日蝕《にっしょく》のように暗く落ちてしまった。クウェンサー達は防塵用《ぼうじんよう》のマスクやゴーグルをつけて行動の自由を獲得し、改めて調査を続行する。

「例の電子迷彩、何とかできれば良いんだけどな。機械の目を騙《だま》すタイプだとオブジェクトにも影響出るかもしれない」

「そこまで高性能なもんかよ。未《いま》だに馬鹿デカいオブジェクトは身を隠しようがないってんで何色に塗るかみんな首をひねってる時代なんだろ」

「でも狙いが逸《そ》れたら誤射で吹っ飛ばされるのは俺達だぞ」

「……、」

「そゆこと。万に一つが怖い、慎重に確実に潰《つぶ》していこう」

幸い、モノ自体はすぐに見つかった。

巨大なシルエットが目に入ったので、いったん遮蔽《しゃへい》の多い針葉樹の森へ身を移してから、お姫様に連絡して砂嵐の濃度を下げてもらう。見通しが回復し、太陽の光がわずかに明るくなった。日蝕《にっしょく》から夕暮れくらいだろうか。

双眼鏡で覗《のぞ》いてみれば、だ。

「みーつけた」

「ありゃ何だ？　飛行機の墓場か？」

「少なくともストリップバーじゃなさそうだ」

頭の部分が切り落とされたり、主翼が片方なくなっていたり。とにかくボロボロになった大型旅客機がいくつか転がっていた。直線的にそれこそ何キロも水たまりが続いている場所は、ひょっとしたら『最後の着陸』のための未舗装野戦滑走路の名残かもしれない。他には航空貨物用の小さなコンテナがあちこちに転がっていた。一辺二メートル程度のアルミのサイコロだから、テントの代わりではないだろう。人は飛行機に、動物は外のコンテナに、といったところだろうか。

「コンチネンタルライン、シチズンジェット、スカイホテル……。航空会社はバラバラみたいだな。共同出資のリサイクル工場っていうよりは、イリーガルな分解場って感じだけど」

「おいそれ、まさか地図に印つけてんじゃねえよな？　どうせ砂嵐が濃くなったらテメェの手元も見えなくなっちまうよ！」

全体で言えばそこらの学校の敷地《しきち》くらいはありそうだ。よくもまあ今まで衛星やドローンの空撮監視をかい潜《くぐ》ってきたものだ。

「しっかし真上を覆ってんのは何だ？　天幕？？？」

「例の衛星除《えいせいよ》けだろ。模様は分からんが、バーコードだの平面コードだのみたいに、幾何学模様でびっちりなんじゃない？」

サーカステントに匹敵する、分厚い合成繊維でできた天幕が大型旅客機に一つ一つ覆《おお》い被《かぶ》さっていた。コンテナなどその他の地上施設も、屋根付きの渡り廊下みたいな形で合成繊維の天幕でルートを確保してあった。

いくつもの幌《ほろ》付きトラックに、辺りを警戒する見回りの歩兵達。

元はと言えば安物のサブマシンガンなのだろうが、本体よりもゴツいウッドストックやグリップ下に錘《おもり》を取り付けて、無理矢理安定性を高めている。何のために軽量で取り回しを良くしたサブマシンガンなのか分かんなくなってきそうなアクセサリーだ。迷彩については、スプレーなどで塗装しているというより、特殊な素材のテープを巻いているようだった。これまた分解整備が面倒臭そうだ。

軍服についても、見慣れない迷彩柄だった。古いテレビの砂嵐みたいだ。自分でペイントしたんだろうか？　ヘイヴィアが試しに電子補助満載のアサルトライフルを構えてスコープで覗《のぞ》き、そして舌打ちもしていた。どうもアシスト機能は軒並み攪乱《かくらん》されているらしい。

「確定だな」

「けどどう攻める？　お姫様のメガネも度がズレてるかもしれねえんだろ。実際に撃ったら撃ったでメンド臭《くせ》え後始末が待ってるけどよ、それでも遠くから脅して安全にホールドアップさせるにゃ最適だろ。何だよ、座標だけ教えりゃ良《い》いのか？？？」

「あなたの座標と私の座標は違いますなんて話にならなきゃ良《い》いけど。近づいて天幕を何とかするしかなさそうだ。こういうのはヘイヴィアの方が得意だろ。バトンタッチして良いか？」

「そろそろ丸投げタイムがやってくる頃だと思ってたよ。つか、むしろテメェの得意な場面なんか回ってこねえ事を祈ってる。行くぞ」

クウェンサーの見ている前で、ヘイヴィア達は銃の先にサプレッサーを取り付けていた。

「……安物だからすぐ音漏れが始まるんだよな。パンパン撃てる訳じゃねえぞ」

「いきなり爆弾放り投げて大騒ぎになるよりマシだろ。頼む」

遠方のお姫様と連絡を取り、再び人工的な砂嵐の濃度を濃くしてもらった。クウェンサーやヘイヴィアはここに乗じて国際密猟組織『象牙の園』の一時保管庫、ストックヤードにそろりと向かう。

お互いの視界は五メートルあれば良い方か。耳元ではザリザリと紙ヤスリを擦《こす》るような音が止まらないので、物音も拾いにくい。

ストックヤード外周まで辿《たど》り着《つ》いた時、クウェンサーとヘイヴィアはその場でそっと身を屈《かが》めた。木の幹どころかくさむらさえない荒野だったが、すぐ近くを横切る警備兵はこちらに気づいていないらしい。殺すかどうか考え、ヘイヴィアは見送る方向で意見を固めたようだ。

「(……そういや、テメェを基地のどこまで案内すりゃ良《い》いんだ?)」

「(基本は天幕だよ。地べたに太いワイヤーを繋《つな》いでピンと張っているポイントがいくつかある。一つ一つ爆弾を設置していくぞ。爆破は後で一斉にやれば良い)」

ワイヤーの太さはクウェンサーの親指より太い。これをコンクリートごと地面に埋めた、腕より太いJ字のペグで固定する訳だ。プラスチック爆弾『ハンドアックス』の設置にパズルのような頭の体操は必要なかった。何しろ七〇メートル大の大型旅客機を丸々隠す天幕を、たった八本のワイヤーで支えているのだ。これだけの張力、わずかな傷がついただけで勝手に裂けて弾《はじ》け飛《と》ぶ。

猛烈な砂嵐の中、クウェンサーは細工の終わったペグを軽く撫《な》でて、

「スパイダー、か。擬態から名前取ってるのか、蜘蛛《くも》の巣《す》からなのか」

「あん? 何で商品名ついてんだ。こりゃ連中のハンドメイドじゃ……」

ヴィィ……んっ‼ と。

頭の上で電気シェーバーみたいな羽音が響き渡った。

「怖《こ》ええっ、ヤツらのドローンか?」

ヘイヴィアが身をすくめるが、きちんとこちらが認識されていたら今頃ド派手なサイレン付

きでクウェンサー達は取り囲まれている。プラスチックとレアアースの塊が人工的な砂嵐に押されて右から左へ流れていくのを待ってから、ジャガイモ達は次のペグを目指す。サイズこそ破格だが、形はバーベキューなどの陽射《ひざ》し除《よ》けに使われる天幕とそう変わらない。

クウェンサー達の最終的な目的は動力炉の発見・回収だが、その前に『ベイビーマグナム』から十分な支援を受けられる環境は整えておきたい。

「スカイホテル、シチズンジェット、コンチネンタルラインで飛行機は三つ。天幕は八本ワンセットのワイヤーで支えられているから……」

「たったとか言うなよ。多いよっ、二〇本以上あるじゃやねえか」

わんわん!!　という猛犬の派手な鳴き声にどやしつけられた。アルミのサイコロ、航空貨物コンテナで飼われている軍用犬らしい。慌ててへイヴィアがサプレッサー付きの拳銃を向けるが、クウェンサーが片手で制した。死体は異常な痕跡の最たるモノだ、それが動物のものであっても。

一秒。

二秒。

三秒。

しばし待つが、金網を張ったコンテナから犬はきちんと吼《ほ》え立《た》てているのに、警備兵がやってくる様子はない。

「この砂嵐だ、ただ興奮してるだけだって勘違いされているんだな」

「普段動物が悲鳴を上げても無視してきたんだろ。きちんと愛情注いでりゃ、連中も生き残るチャンスがあったかもしれねえのにな。悪い事はできねえってか」

それを言ったらそもそも密猟なんぞに手を染めなければ、国家の武力である軍を敵に回す事もなかったはずだ。

その後も、手始めにシチズンジェットやスカイホテルなど敷地外周《しきちがいしゅう》に面したペグから粘土状の爆弾を取り付けていき、そちらを大雑把に終わらせると、いよいよストックヤードの内部、奥深くまで潜り込む必要が出てきた。

「おいっ、怖《こ》ええって、何も全部が全部丁寧に仕掛ける必要なくねえか？　天幕さえ何とかなりゃお姫様に任せちまって良いんだろ」

「中途半端《ちゅうとはんぱ》に爆破してダメだったら？　持《も》ち堪《こた》えた天幕の面倒見るため、もう一回戻ってくる羽目になるんだぞ。わざわざ木の棒でつついて落とした蜂の巣を拾いに行きたいか？　そもそもコンチネンタルラインはそのまんま野放しだって」

そう言い合ってはいるものの、『正統王国』軍のジャガイモ達は弛緩《しかん》しきっていた。実績、成功の快楽というのは魔物だ。敵の至近まで迫っても気づかれないのは実証されたため、死の恐怖が薄らぎ始めたのだ。これに、人間は元々あらゆる刺激に慣れていく生き物であるという事実をトッピングすると大変な隙を生む。

　ぽつっ、という。

　水滴の感触がクウェンサーの頰を打った。手の甲で拭《ぬぐ》っている間にも、無視できない勢いで次々落ちてくる。

「雨……？」

　手の甲は黒く汚れていた。お姫様が舞い上げた大量の粉塵《ふんじん》を吸い込んでいるからだ。

　つまり、

「まずいっ、カーテンが外れて落ちる!!」


　ドザッ!!　というバケツをひっくり返したような土砂降りがやってきた。三つの大型旅客機やサイコロ状の金属コンテナの上には特大の天幕があるものの、雄大な自然から見ればちっぽけだった。そもそもお姫様は二〇キロ先から粉塵《ふんじん》を起こしているのだ。こちらに届く前に、大雨に搦《から》め捕《と》られて撃ち落とされてしまえば砂嵐は消えてしまう。

　視界不良。

　その分厚いカーテンが、みるみる薄まっていく。ヘイヴィアのすぐ近くで見知らぬ人影が揺らいでいた。拳銃弾をばら撒《ま》くサブマシンガンに大仰なウッドストックや錘《おもり》をつけて無理矢理安定性を高めたカスタム火器を片手にぶら下げた影だ。

「っ⁉」

とっさにサプレッサー付きの拳銃を無音で二発撃ち込み、不安だったのか逆の手で抜いたナイフを突き刺すヘイヴィア。

しかしそこが限界だ。

安全など確保しようがない。

クウェンサーは何とかして悪友の腕を引っ張ると、近くにあったゴミ箱のポリバケツの裏に飛び込む。

晴れる。

視界が絶望的に晴れていく。

まず電気シェーバーみたいな音を立てるドローンが転がったままの死体をカメラに収め、それから辺りにいた警備兵の肩に留《と》めてあった無線機が一斉に甲高い警告ブザーを鳴らす。

「最悪だっ……‼」

数の差は、概算で二〇対三〇〇。

まともにやり合ってもまず勝てないが、こちらは陽動作戦用にわざと素通りさせた戦車や装甲車の車列に、そしてオブジェクトがある。

「時間を稼ぐぞクウェンサー。一〇分！　短いようだがそこらのサブマシンガンだってフルオートなら六〇〇〇発はばら撒《ま》ける計算だ。血肉を使ってでも持《も》ち堪《こた》えねえと死体袋と抱き合わせにされちまうっ!!」

「待てヘイヴィアっ、もうちょいスマートな方法がある！　感動的に死にたくなければついてこい!!」

「ナゾナゾはもう飽きた、答えを言ってくれ!!」

ひとまず無線でペグに仕掛けたプラスチック爆弾をあるだけ全部吹っ飛ばした。派手な爆音と衝撃波に密猟組織『象牙の園』の足並みが乱れ、千切れ飛んだワイヤーが近くにあった幌《ほろ》付きトラックを真っ二つに引き裂いていく。

屋根のようだった天幕が大きく崩れ、スカイホテルのロゴがついた旅客機へ覆《おお》い被《かぶ》さっていく。

連中の視界が遮られた瞬間を見定めクウェンサーが叫んだ。

「優先はドローン！　上から覗《のぞ》かせるなっ、地べたの連中の視界だけならいくらでも塞《ふさ》げる!!」

物陰から身を乗り出したヘイヴィアがアサルトライフルの短い連射で、右に左に揺れるオモチャのようなドローンを撃ち落としていく。

「今ので天幕潰《つぶ》したろ、任務完了だ！」

「詰めが甘い、もう少し!!」

いくつもの足音が鳴り響いてきた。いくら気をつけても、一面足の踏み場もない泥や水たまりはどうにもならない。ヘイヴィアは近くのコンテナにかかっていた透明なビニールシートを引っ張り出すと、クウェンサーと一緒にそいつを頭から被《かぶ》って濡《ぬ》れた地面に伏せる。

ドローンから送られた最後の映像を見たのか、四、五人の警備兵がこちらへ回り込んできた。たとえ拳銃弾でも至近からありったけ乱射されたら、胸ポケットに形見の懐中時計を入れていてもそのまんま即死である。

クウェンサーは目を剝《む》いたがヘイヴィアはその口を塞《ふさ》ぐ。

ぬっ……と。

顔のすぐ近くを軍用ブーツがゆっくりと踏んでいった。

忍耐が必要とされる場面であった。

「…………………………………………………………………………………………」


……


……、」

彼らが通り過ぎ、背中を見せるのをしっかり待ってからヘイヴィアはアサルトライフルの連射で一息に全員仕留めていく。

ヘイヴィアは銃口につけたサプレッサーを気にしながら、

「……緑だ茶色だで塗りたくるだけが迷彩じゃねえ。これだけの土砂降りなんだ。地べたに薄く広がってキラキラ光るもんは水たまりだって勘違いされる」

半透明でゼリー状のクラゲは、しかし他の生き物から『全く見えない』とは限らない。太陽光を透過させる海の中で、自ら光を乱反射させる事で紛れ込む、という話を聞いた事がある。

敵の軍服を奪ってしまえば攪乱《かくらん》できそうだが、これだけ血まみれで穴だらけでは着替えても信用してもらえそうにない。

その時だった。

土砂降りの雨のおかげだろうか。

すう……とクウェンサーの鼻先を、赤くて細い光線がゆっくり滑っていくのが確かに見えた。

「スナイパー⁉」

叫ぶクウェンサーの腕を引っ張って、ヘイヴィアはサイコロ状のコンテナが乱立するエリアへ飛び込んだ。遮蔽物《しゃへいぶつ》は多いが、辺りのコンテナから一斉に猛犬が吼《ほ》え立《た》ててくる。

「これじゃ隠れようがねえぞっ‼」

「ヘイヴィア、手つかずのコンチネンタルラインをチェック。ヤツは旅客機の屋根に上がってる。足元の車輪は撃てるか？　飛行機は基本的に三点で地べたに張り付いてる。どれか一つが折れただけで簡単に機体はコケる‼」

ヘイヴィアはアサルトライフルを何発か撃ち込み、らちが明かないと思ったのか携行式のミサイルランチャーを肩に担《かつ》いだ。派手な発射音や煙と共に突き進んだ爆発物は、一二個ワンセットの巨大な車輪どころか金属の脚ごと叩《たた》き折《お》る。ぐらりと横揺れしたコンチネンタルラインの旅客機は自らの重さで右の主翼を折り曲げながら倒れていった。所詮はアルミ合金か。屋根の上にいたスナイパーもバランスを崩して落ちたらしい。

ところであの旅客機、機内設備はまだ使えるようだ。

大粒の雨に紛れて右の主翼の亀裂から流出した液体を見て、クウェンサーが目を剝《む》いた。そして未《いま》だにミサイルが生み出した爆炎の名残はちらちらと光を放っている。

「伏せろっ!!」

叫ぶまでもなかった。

引火した航空燃料が大爆発を巻き起こした。地べたに落ちたスナイパーもこんがり日焼けしたようだ。大勢の仲間も一緒なら寂しくはないだろう。

「かくれんぼも善《よ》し悪《あ》しだぜ。急な雨さえなけりゃレーザー光が横から見えちまう事もなかったろうに……」

しかしその衝撃波で辺りのコンテナを塞《ふさ》いでいたいくつかの金網が外れてしまう。

訓練されたドーベルマンが解き放たれた。

「次から次へとっ!!」

無理に力比べをしたり逃げ回っても犬には勝てない。習性を逆手に取る必要が出てきた。ヘイヴィアはわざとアサルトライフルを横にして差し出し、骨のオモチャを咥《くわ》えるような格好になった軍用犬の頭のてっぺんに大振りなナイフを振り下ろしていく。

「うぐっ、心が痛むぜ。夢に出そう……」

「人間あれだけ殺してるのに？」

それよりいつまでも一ヶ所には留《とど》まれない。多勢に無勢なのは変わらないのだ。煙《けむり》に巻かれないよう気をつける必要はあるが、航空燃料がもたらす分厚い黒煙はそのまんま砂嵐の代わりとなる。燃料系の炎は土砂降りの雨でも簡単には消えない。

「増援まだかよ、そろそろシチズンジェットだのスカイホテルだの、天幕被《かぶ》せた方から兵隊どもが這《は》い出《で》てくるぞ！」

「うわあ!!」

恐怖に駆られたクウェンサーがその辺に刺さっていた、火の点《つ》いた棒切れを投げつけた。スカイホテルの旅客機の方だった。彼は彼なりに必死になって、分厚いシートを持ち上げてこちらへ向かおうとする警備兵を牽制《けんせい》しようとしたようだが、

「あっ？」

めらっとした。

あらぬ方向に飛んでいった松明《たいまつ》がスカイホテルの旅客機へ覆《おお》い被《かぶ》さった電子迷彩用の天幕の端に落ち、そして合成繊維、石油製品が溶けたチーズみたいに形を失いながらみるみる燃え上がっていく。

何が起きているかって？

七面鳥の腹に一〇〇人近い人間を生きたまま詰めた状態で、居住ブロックの旅客機が蒸し焼きになっていく。

「わあ。わあ！　わあああああああああああああああああ⁉」

「おっかねえ。何でこれ戦争条約で禁止されてねえんだ……」

山火事はやっちまってから大騒ぎしても勢いを止められない。悪夢そのもののビジュアルにおののくクウェンサーの腕を引っ張り、ヘイヴィアは黒煙のカーテンに身を隠していく。

気配がしたのでアサルトライフルを向けるが、黒煙を割って出てきたのは同じ『正統王国』の軍服姿だった。

「なんだっミョンリ？　じゃあ敵はどこ行った⁉」

「ひ、一通りやっつけちゃったんですかね？」

そんな訳がなかった。

黒煙の中でどれだけ効果があるか知らないが、いきなり真横からフォグライトの強烈な閃光《せんこう》が叩《たた》きつけられてきたのだ。

「危ねえッ‼」

ヘイヴィア達が慌てて転がると、黒いカーテンを突き破って幌《ほろ》付きトラックが走り抜けていくところだった。

一台きりではない。

身を伏せるヘイヴィアの頭のすぐ近くを、トラックの重たい車輪が抜けていく。まるでギロチンの刃だ。

危うく難を逃れたジャガイモ達だが、向こうは撃破にこだわらないらしい。Uターンはせず、そのまま敷地《しきち》の外まで飛び出してしまう。

「逃げやがった……」

「結局オブジェクトの動力炉は？　あいつら持っていったのか、あれが宙ぶらりんじゃ意味がないッ!!」

ドガッ!!　という強烈な打撃音が連続した。『正統王国』軍の戦車の砲撃が最後に残ったシチズンジェットの旅客機の腹に突き刺さり、機内の内側から破裂させるような格好で焼損させていったのだ。

これで三機全部火だるまだ。

勝負は決した。

「やっとの増援かよ、ああもう！」

クウェンサーやヘイヴィアはこちらに回ってきた八輪の装甲車に飛びつき、お手軽なロケット砲の爆風を散らすための鳥かごみたいな側面バンパーをよじ登って平べったい屋根まで這《は》い上《あ》がった。ハッチから上半身を出し、断続的に重機関銃を連射してでっかいおっぱい揺らしながら密猟組織『象牙の園』の残党を始末しているおねいさんの後頭部をヘイヴィアは掌《てのひら》で軽く叩《たた》く。日夜ちゃぶ台と格闘する『島国』のテーシュカンパクという訳ではなく、派手な銃声のせいで声で呼んでも届かないからだ。

こちらに気づいて連射音が途切れたタイミングで、改めて鼻先で叫ぶ。

「そっちは良《い》い！　戦車にでも任せとけ。足の速い連中は南だ、逃げたトラックを追い駆けろ‼」

「ミョンリ、他の連中と一緒に敷地《しきち》の方洗っといて。残党の始末と、あちこちのコンテナから保護動物拾っておくのも忘れずに！」

ガォン‼　とディーゼルエンジンが吼《ほ》え立《た》てて、八輪の装甲車が改めて加速をつけていく。はっきり言ってしまえば、戦車や装甲車はさほど加速性能については考慮されていない。速度計には時速一〇〇キロ以上刻まれてはいるが、実際にずーっとそんな速度で走っていたらエンジンが焼き付いてしまう。こちらにとっての利点と言えば、『象牙の園』の幌《ほろ》付きトラックどもがアスファルトではなく自由な荒野に飛び出した事くらいか。八輪や無限軌道はそもそものための装備だ。

一体何があったのか、黒く焼け落ちた森を避けて通るように、敵の装甲トラックはあくまでも荒野に飛び出していく。いくら四駆とは言っても、太い幹が立ち並ぶ森を踏み砕いて進むほどの馬力はないのだろう。

「何だもう、結局戦車の連中もついてきちゃったぞ」

「アホな高官が装甲車の頭に砲塔乗っけりゃ戦車はいらないとかSNSに書き込んでたからな。昔っから戦車ってのはこう、多重砲塔だの屋根を丸ごと取っ払うオープントップだの良く分からんナゾのアイデア勝負に振り回されてきた業を背負ってんだ。悪夢を振り払うには実績で説明するのが一番ってか」

前方四〇〇。激しい起伏に雨でぬかるんだ地面にと四苦八苦している幌《ほろ》付きトラックは五台ほどか。向こうはよっぽど焦《あせ》っているのか、荷台からペットボトルだの菓子箱だのがポロポロ落ちている。揺れる荷台から無理に安定性を高めたサブマシンガンで狙うならともかく、二〇〇〇想定で設計された装甲車や戦車の重機関銃なら目と鼻の先といった距離感だ。

「さっさとやっちまえねーちゃん」

「動力炉って大爆発起こさないよね？」

そんな風に言い合っていた時だった。

キュガッッッ!!　と。

後ろからついてきていたはずの分厚い戦車が、いきなり真下から突き上げられるように爆破されたのだ。

「おいっ!?　何が起きた！」

「何か飛んできて当たったって感じじゃなかったぞ……」

言っている傍《そば》から隣を併走する別の装甲車が爆発してひっくり返った。横転に巻き込まれそうになり、ジャガイモ達が乗り上げている八輪が慌てて回避挙動を取る。クウェンサーはとっさにハッチから上半身を出した起伏の大きなおねいさんの腰にしがみつき、同じように手を伸ばそうとしたへイヴィアの顎《あご》をカカトで蹴った。

発射音も空気を引き裂く音もなかった。

不可視のレーザービームやマイクロ波攻撃でもないだろう。

ようやっとクウェンサーには状況が見えてきた。

巨乳のおねいさんのたわわな部分というより、おへその辺りに頭頂部を押し付けると、おねいさんのお腹《なか》とハッチの縁の隙間から装甲車の車内に向けて叫ぶ。

「馬鹿正直に後ろから追うのはダメだっ、左右にばらけて展開しろ‼」

「……てめっ、クウェン……口ん中切った、おねいさん独り占めかよう……‼」

「ああそうさお前と分け合うなんて気持ち悪い。なんかトラブル装ってポロポロ落としてるだろ、あの幌《ほろつ》付きトラック。あの中にお皿みたいな形の対戦車地雷を混ぜているんだ‼　さっきの装甲車、ピザの空き箱踏んづけた途端にドカンとやってた‼」

まったく最後の最後まで擬態や迷彩にうるさい連中だった。弁当箱に詰めたり、グラビア雑誌でサンドイッチして紐《ひも》で縛ったり、ガワだけ整えて撒《ま》き散《ち》らされるブービートラップを避けるため、無線で情報を共有した『正統王国』軍の戦車や装甲車の車列が大きく二つに分かれて左右から挟み込むような布陣を作り、逃げる幌《ほろつ》付きトラックを追い詰めていく。

クウェンサーはおねいさんをむぎゅりと抱き直し、今度は豊かな胸元から年上の顔を見上げて叫んだ。

「やられた分だけやり返せ！　ファイア‼」

「ファイアじゃねえよ馬鹿！　あーっ！　左右から挟んでんだぞ、標的飛び越して味方に鉛弾当たってんじゃねえかっ。そこの姉ちゃん手懐《てなず》けんなら最後まで面倒見ろお‼」

「ぎゃーぎゃーうるさいけど反対側走ってんの戦車だろ。装甲車の機関銃くらいじゃ分厚い装甲は抜けないから心配いらないって」

なーんだ、なんて胸を撫《な》で下《お》ろしている場合ではなかった。

色んな設備を抱えた装甲車の車内からおねいさんが体を出しているハッチを通じて、ぴーん、と甲高い電子音の警報があった。

ヘイヴィアは目を剝《む》いて、

「赤外線照準⁉」

「えっ、密猟組織の連中まだ何か……」

「テメェ馬鹿寝言言ってんじゃねえウチの戦車のだあーっ‼」

ドンッッ‼‼‼　と。

腹に響く低音と共に、向こうからも徹甲弾が飛んできたのだ。激しい雨のせいかやや逸《そ》れてすぐそこの地面に着弾し、その衝撃波だけで装甲車の片輪がちょいと浮いた。

「アホかこっちは下敷きみてえにペラペラの装甲車だぞっ⁉　戦車砲とか本気で殺す気かよお‼」

「もういいからやられる前にやっちまえ！　さあさ重機のおねいさん、直視バイザーだ、よく狙って撃てば戦車の中にもダメージは通る‼」

勝手に蜂の巣になって吹っ飛んだ幌《ほろ》付きトラックどもなんてもはや誰も気にしていない。IQの残念なジャガイモ達が味方同士で撃ち合いを始めてしまった。戦車の砲弾は一発で一万ユーロを超えるところを見ると、こいつは札束を使ったビンタ合戦だ。しかも財源はみんな国民の血税。まさしく許されざる戦いであった。

「撃て撃て！　黙るまで撃てぇ‼」

「野郎トイザー、あいつにゃ二〇〇ユーロも貸してんだぜ。一個も恩を感じてねえのか殺しちまえ‼」

「お前さんそのトイザー君から実に一千ユーロも借りてんのもう忘れたのか？」

「返せそうにねえから殺しちまええっ‼」

そして天罰が下った。

ようやっと到着した『ベイビーマグナム』が世界一どうでも良《い》い理由で仲間割れを始めたジャガイモ達のど真ん中に一発撃ち込んだのだ。

ついに装甲車が横にひっくり返り、屋根の上にいたクウェンサー達は危うく八輪のボディに押《お》し潰《つぶ》されそうになる。特に重機のおねいさんが大ピンチであった。転がる直前にクウェンサーが蹴飛ばし、マンホールみたいな丸いハッチの奥、車内へ落としてなければ人間もぐら叩《たた》きになっていたはずだ。

『みんなまじめにして』

「……アンタが一番の大損害だ馬鹿野郎」

ともあれ、だ。

左右両側から機関銃だの砲弾だので蜂の巣にされた上、最後はオブジェクトのレールガンで頭上から押《お》し潰《つぶ》すようにズドンだ。『象牙の園』の幌《ほろ》付《つ》きトラックは車の形を保っているものなんか一つもなかった。広範囲にわたって散らばった部品を集めていくしかなさそうだった。

が、

「で、JPlevelMHD動力炉はどこ行った？」

「……、」

無線で確認を取ると、燃え上がる密猟組織のアジト、ストックヤードを精査していたミョンリ達もめぼしい品は見つけられなかったらしい。

クウェンサーは舌打ちして、

「結局もう持ち出された後かっ、くそ!!」

5

フェイズが一つ繰り上がった。

とっくに夜。

整備基地ベースゾーンまで帰ってきたクウェンサーやヘイヴィア達だが、出迎えてくれる人はいなかった。

全体的にそれどころではない感じになっている。

具体的にはフローレイティア＝カピストラーノ少佐、女子大生くらいのおっとりオペレーターと自前のノートパソコン越しに押し問答になっておられた。

「は⁉　情報公開制限⁉　このタイミングで正気かね交換手！　すでにトランシルバニア方面南部観光資源には動力炉が運び込まれているのよ。あれが張り子の虎に組み込まれれば大惨事の幕開けとなるんだぞ‼　いいから大佐に繋《つな》げっ‼」

『重ねて申し訳ありませんカピストラーノ少佐、何を申されようとわたくしには権限がないのです。戦略情報を他勢力へ引き渡す際は五五条八項に基づいてその都度軍の内外から選出された有識者による専門委員会を設置し、王の管理の下でシビリアンコントロールの原則に従ったしかるべき決議と承認が必要でして……』

「一刻を争うのよ、普段はなああだろうに何故《なぜ》こんな時だけ珍しく噛《か》み付《つ》く、さては年末なので真後ろから監査に張り付かれてんのか⁉　『情報同盟』だけの話じゃない、隣接する地域に我らが『正統王国』の『安全国』があってもダメなのか⁉　戦争を知らない呑気《のんき》な連中が何千万人死ぬと思っている‼」

『勘弁してくださいカピストラーノ少佐、これ以上の無理強いは意味なく健康を害するものとみなします！　わたくしの胃薬とホットミルクと自作のフローレイティアたん抱き枕カバーは経費では落ちんのですよ‼』

「おまっ、ちょ、切るな！　あとキサマ今誰のグッズの話をしてやが……ッ‼」

『わたくしの嫁ティアたんと同じ銘柄の煙草《タバコ》を取り寄せるのは大変な手間でしたが、これでふんわり香りづけをするのがポイントです。大変ステキなおっぱいマウスパッドもだッ‼』

ブヅッ‼　というノイズ音が無慈悲に響く。

緊急事態につき、命令系統にも多大な混乱が見られた。何しろ切迫感が違う。あっちもこっちも情報が錯綜《さくそう》しているらしい。

大変抱き心地のよい銀髪爆乳の美人将校、入隊三年目のおっとりオペレーター（♀）から袖にされて超絶ピリピリされておられるご様子であった。

どうにも中央で意識高い系を気取って反り返ったバナナだの粘り気の強いギリシャヨーグルトだのばっかり食ってるデスク組が信奉している、スマートで無理のない働き方とは考えが馴《な》染《じ》まないようだ。

でもって室内の安全を確かめもせずうっかり覗《のぞ》き込《こ》んでしまった馬鹿二人は、屋内探索中ドアノブに仕掛けられた手榴弾《しゅりゅうだん》に気づくのが遅れたような絶望顔がもう止まらなかった。

何しろドSの爆乳である。経験が物語っていた、こういう時は大体ろくでもない方向に話が転がっていくのだ。

「(どう思う?)」

「(ブーツで踏まれるくらいなら可愛《かわい》い方。四《よ》つん這《ば》いで椅子にされるのもまあ許す)」

「(何だそれくらい? 心配して損した、普通にご褒美《ほうび》じゃないかいただきます)」

「(まあボーダーは両足掴《りょうあしつか》まれてナニをカカトで踏まれるアレかなあ? ありゃあほんとに難しい、何しろ体重移動一つで天国にも地獄にもなるからな)」

しかしフローレイティアは細長い煙管《キセル》に火を入れると、そこで何かに気づいたようにこう呟《つぶや》いた。

「しまった、灰皿を忘れたなあ。このアツアツの吸い殻はどうしてくれよう……」

「「ぶっちぎってるよ難易度が高過ぎるっっっ!!!!!!」」

そんな愛はカラダで受け止めきれないので、クウェンサー達は上官の愚痴を聞いて怒りの内圧を下げる事に。

「トランシルバニア方面は一触即発、すでに導火線に火が点《つ》いた状態だがヤツらの扱いは『情報同盟』の『安全国』よ。今ならまだ犠牲を出さずに収められるのに、勢力間の駆け引きとかで警告一つ送ってやれん」

「状況的にはどうなんです？」

「トランシルバニア方面から南部観光資源が独立を宣言すると同時にドカン、今のままでは『安全国』と『安全国』がオブジェクト使って殴り合うのは止められん。南部は大金払って動力炉を手に入れたんだ。何があっても張り子の虎に宝石を埋め込むでしょう」

「となると……」

「大元のトランシルバニア方面が新国境線予定地にオブジェクトを派遣しているのは、富裕層の暮らす呑気《のんき》な観光地にオブジェクトなんかないと考える、甘い見積もりに基づくものよ。彼らに正しい脅威を伝える事ができれば、少なくとも『予想外の事態による突発的戦闘』は回避できるはずなんだが」

「この非常時だ、海賊電波だの動画サイトだので流出を装《よそお》うってのはどうです？」

「ヘイヴィア、大した勇気だが生きている間に功績が認められる展開はないな。情報を持っている人間は限られるから、発信元を偽装しても督戦専門の黒軍服の追及は避けられんぞ。ひょっとしたら死後一〇〇年後にそこらの校庭に銅像が立つかもしれんが、それで良《い》いかしら？」

「……、」

馬鹿二人はビミョーなスマイルになった。

彼らが戦場にやってきたのは、金や社会的地位など、非常に即物的な理由があるからだ。正義は利用するものであって、一緒に心中しても仕方がない。

とはいえ、だ。

とはいえ黙って右から左へ流せるほどオトナになりきれないのも事実であった。何しろ歴史のタブーと言われた、都市部への大規模砲撃戦と地下に埋めた動力炉の暴走がもたらした北欧禁猟区以上の大惨事だ。すでに起こってしまって頭を抱えるのではなく、これから起きる事が分かっている状態で待機なのだ。十字架が重過ぎる。軍規を無視した結果壁際《かべぎわ》に立たされて銃殺なんてのは真っ平だが、こんなの背負ってこの先八〇年なり九〇年なり夜な夜なベッドでのた打ち回る人生も辛《つら》すぎる。

博愛主義とかクソ喰《く》らえであった。

どこまでいっても自分のためだ。ジャガイモ二つと銀髪おっぱいは額を突き合わせて考える。

やがて、

「……最後の奥の手、しかないかなあ？」

本当に、心の底から嫌そうな感じでフローレイティアが再び口を開いた。

馬鹿二人はぐっと身を乗り出して、

「えっ、えっ。何かあるんですかフローレイティアさん!?」

「やっぱりだよ。お偉方はほんとにヤバくなったらフィッシュストーリーだのスケープゴートだのの準備を進めるだろうしな。どっしり安産型の腰を下ろしやがって、ケツまくって逃げるつもりはねえんだろ。腹ん中にまだ希望を抱えてなきゃそんな風にゃならねえぜ」

テーブルの下でフローレイティアはヘイヴィアのスネを蹴飛ばしつつ、

「ほんとはな、こんな事はしたくないんだ。こいつはＡＥＤとか消火器みたいなもんだ。あれば安心するけど、実際に目の前の問題を全て解決できる訳じゃない。ねえクウェンサー、何で税金で食べてるプロの軍人がお前みたいな戦力外の戦地派遣留学生を受け入れていると思う？何かメリットがあるからに決まっているでしょう」

「未来の技術者の育成を進めれば長い目で見ると『正統王国』全体の兵力の質の底上げに繋《つな》がるのだー的な話じゃなくて？」

「はっはっは。老い先短い評議員のジジィどもが自分の寿命が尽きた後の話まで考えているとでも？　連中の展望なんて週間天気予報よりもあやふやよ」

「……、」

コメントに困ってしまった。

銀髪爆乳は細長い煙管《キセル》でクウェンサーの鼻先を指し示しつつ、

「我々軍の人間は規律で縛られているが、クウェンサー、戦地派遣留学生のお前は唯一の部外者でしょ。非常にグレーではあるが、軍のルールから外れた行動を取っても裁きの対象にならないレアケースもありえる。……トランプであるだろ、大富豪の革命みたいなもんだ。実際にはそんな条件整えるのは難しくても、『可能性』とやらを手元にキープしておく事で同じ『正統王国』軍の部隊や派閥間のメンドクサイ駆け引きを有利に進める材料になる。だから、大きな部隊じゃ一人二人くらいは受け入れておくのよ。使わないに越した事はない切り札としてな」

「……ちょっと待ってください、それってまさか……」

「ミスターは今から黙って国境越えちゃおう」

マジメちゃんはこれだった。

加減ってものが分かってない。たまにハメを外したと思ったら超ド級のがやってきた。馬鹿にもワビとサビ、お作法ってものがあるのがどうして理解できないのか。

「『情報同盟』の『安全国』、トランシルバニア方面南部観光資源。ここに直接潜り込んで張子の虎に宝石を埋め込まれるのを阻止する。プロの軍隊が黙って越境して敵対勢力の非武装地帯に踏み込んで暗殺作戦なんかやらかしたら世界大戦が始まりそうなものだが、クウェンサー、貴様だけは例外だ。法務と協議して体裁は整えてやる。そうだな、日頃の激務に嫌気が差して根性ナシが脱走、国境線を知らずに踏み越え、近くでやってる独立宣言パーティにつられてふらふら足を運んだは良《い》いものの、生来のオブジェクト馬鹿が顔を出してお祭りそっちのけでギークの不思議な情熱を発揮して見つけ出した不明機に首ったけ、勝手にあちこちいじくり回している内に『たまたま』重要な部品を破損してしまった。でもって、『公的文書に存在しない』オブジェクトを破壊しても南部はどこにも損害賠償を請求できん。ま、細かい話はおいおい詰めていくとして、大筋はこんなところで良《い》いか」

「……、」

すらすら過ぎた。

実際には口に出す前から頭の中でかなり揉《も》み込《こ》んでいたものと思われる。感覚的には後ろ手でおもたーい指輪を隠し持ってのデートくらいの気分で。

口の端で細長い煙管《キセル》を揺らしながら、（おっとりオペレーターに噛《か》み付《つ》いている間にも）ちゃんと別のプランを考えていた人フローレイティアはテーブルに頬杖《ほおづえ》をついて片目を瞑《つむ》ると、

「もちろん実際にはお前一人に任せる訳じゃないから心配するな。クウェンサー、諜報部門《ちようほうぶもん》まで出向いて無線一式『盗んで』こい」

6

「あっ、あ、あー。てすてす、音響さんオーケー？　カメラさんも問題なし？　照明で肌の輝きが決まるから気をつけてっ。カウントは一〇から？　Ｄさんっ、キューはよろしく。みんなで乗り切っていこう！　それじゃあ歌って踊れる戦場アイドルレポーターモニカちゃん、中継行きまっす!!」

昨今のアイドルも大変らしい。吸血鬼マントを両手でバサバサ、コウモリビキニの胸元や腰

回りを無駄にチラリと見せつけて、テレビの向こうのお客さんどころか内々のスタッフにまで媚《こ》び媚《こ》びのモチベ注力している金髪の女の子を遠巻きに眺め、クウェンサーは頭を低くしてコソコソしていた。保温ジェルくらいは肌に塗っているのだろうが、それにしたって一一月だというのによくやる。

一夜が明けていた。

そこからさらに、頭のてっぺんには太陽。

朝方に立ち込めていた乳白色の霧はすっかり晴れていた。

絶好のイベント日和《びより》。

もう半日もしない内に南部の独立宣言が放たれ、そして二機のオブジェクトが『安全国』の中で不意打ちの正面衝突をやらかしてしまう。

ここは急な斜面と古い石造りの建物の隙間を埋めるような分厚い樫《かし》の大扉が待つ城門だ。

街の出入口、という訳ではない。

どうやら南部は古城や修道院など古い街並みが広がる、オレンジの屋根を敷き詰めた城塞都市のようで、あっちこっちに時代がかった壁や門がそびえているのだ。これで公衆無線LANの電波がその辺を飛び交ってフタバでコーヒーが飲めるというのだから世の中は不思議だ。

(冗談じゃないよ、ほんとに国境またいじゃったし。ここはもう『情報同盟』だろ……これなんかあったら絶対みんな知らぬ存ぜぬで俺一人の責任にされるよ)

『クウェンサー、衛星から見ている。そこではもう観光客よ、変に不審行動を取ると防犯カメラのプログラム検出に引っかかる。普通に歩いてくれれば一番の迷彩になる』

「フローレイティアさん、こんなぺらぺらの偽造IDカードで何しろっていうんですか」

『大丈夫だ、実績のある機材を使ってるもの。何しろ国際密猟組織「象牙の園」のストックヤードで見繕ってきたからな』

「もう滅びの運命を背負っていませんかね⁉」

耳元からの声は緊張感が欠如していた。対岸から眺める火事なんてそんなものか。

がこん、という鈍い音が響いた。

クウェンサーの身の丈より三倍以上高い城門が向こう側から重たいかんぬきが外され、うっすらと開いていた。

「早く入れよクウェンサー。テメェが中にいねぇと大義名分ってモンが作れやしねぇ」

「……良《い》いのかなあ？」

なおもゴロゴロとした疑問が氷解しないまま、クウェンサーも家庭訪問する事に。ヘイヴィアはヘイヴィアで、壁を乗り越えるのに使った合成繊維のロープやステンレスのハーケンなどを手早く回収していた。

『我々は基地から逃げ出したバカを速やかに連れ戻す体裁で動いているのよ』

とは、耳元のイヤホンから聞こえるフローレイティアの弁。

『脱走兵は身内の恥よ。よそに捜索要請なんか絶対出したくない。まして勢力をまたぐようなら国際問題だ。馬鹿正直にリクエストなんかできるはずがない』

「だからって勝手に国境またいで完全武装の暗殺部隊が裏通りを自由に歩き回っても良いって話にゃならないでしょう」

『それくらいでちょうど良《い》いの』

どこ吹く風とはこの事かもしれない。

『オブジェクトの件のあるなしに拘《かか》わらず、これから独立する南部観光資源は初手から多くの試練に立たされる。例えば外交関係とかね。今まであったトランシルバニア方面のパイプは使えない。手っ取り早く後ろ盾を得るとしたら？　自分達とは関係ない他国の弱みや不祥事を握っておいて損はないでしょう？』

「首を縦に振っただけで俺まで汚れそうな話になってきたぞ」

『平和なんてそんな風に守られているものよ。会議室でヘイヴィアが言っていたような、世界の誰でも閲覧できる動画サイトや海賊電波の体裁だと、一部の人間がそっと握っておく事ができなくなるから「やりたくなくても世間体を考えると動かざるを得なくなる」が、今回は違う』

「……まぁーた欺瞞《ぎまん》だの迷彩だのの話ですか」

『そういう事だ。連中に少しでも考える頭があるなら、見逃してもらえるさ。逃げるクウェンサーも、追うヘイヴィアもね。為替や関税の締め付け、食糧や燃料の輸送制限。金だけ持ってて生産力のない新参の小国を潰《つぶ》す方法なんかいくらでもあるもの。そういったケースに直面した際、いざという時こっそり確実に封鎖を破れる「正統王国」ルートの裏口をキープできるならそれに越した事はないだろう』

……何がひどいって、実際にはどこの誰がクウェンサー達に甘い顔をしたところで、カゴに入ったジャガイモどもにはそんな権限何にもないところだ。むしろ彼らは南部最大の切り札を奪うために行動している。策士策に溺《おぼ》れるという言葉が脳裏に浮かんで仕方がない。

「爆乳の見積もりで安心してんじゃねえぞクウェンサー」

と。

呆《あき》れたような悪友の言葉があった。

「今のは南部の連中が冷静に利でものを考えるパターンだ。これから独立宣言なんだろ？　最高潮ってヤツだ。自主とか主権とか叫んで大騒ぎして自前のアドレナリンに振り回されてるパターンなら、後先なんか考えねえで感情優先の袋叩《ふくろだた》きって線も十分ありえる。警戒だ、爆乳の予測は大体いっつもどんぶり勘定で痛い目見るってのは経験が物語ってやがるだろ」

「安全なんかどこにもないか……」

「ここは敵地だよ。ほらさっさと行けターキー」

ヘイヴィアやミョンリ達に背中をどやしつけられるような格好でクウェンサーは曲がりくねった城壁や荒々しい山肌に囲まれた、石畳やオレンジ屋根が特徴的な古城の街を走っていく。

山の麓から斜面に向けて形成された古い街並みは、石垣と坂道で作った段々畑のようだった。作物の代わりにとんがった尖塔《せんとう》や煙突が突き出し、石やレンガを積んだアパートメントで人々は肩を寄せ合っている。一つの街の中で年輪みたいに何重にも城壁が連なるため、内部はちょっとした迷路のようだ。

四方を暗い山や森に囲まれた中、所々に硬質な街並みがへばりついている、という感じだった。引っ越し業者やネット通販関係はさぞかし辟易《へきえき》としている事だろう。

「ゆっても州一個くらいはあるんでしょ。動力炉の場所、目星はついているんですか」

『南部は街全体が国際遺産に登録されているんだ。山肌から突き出たのは氷山の一角、土の中までワインセラーだのカタコンベだの秘密の変態拷問地下室だのが張り巡らされてるのよ』

「うへぇ」

『独立後は収入の八割が観光に頼る事になるんだ。オブジェクトを隠すとすれば、アリの巣みたいに広がった古城エリアは絶対に壊したくないはずよ』

道理で車の往来もメンド臭そうなデコボコの石畳がそのままにされている訳だ。クウェンサーはそこらに停《と》めてあった観光案内所代わりの屋台から無料のパンフレットを一冊引っこ抜く。

「ふうん。山の上の方がヒエラルキーは高そうだな。不便だろうに。この辺は高層マンションと同じっていうか、馬鹿と煙みたいなもんか」

『一番てっぺんは天候次第では雲に包まれてしまう。見晴らしの良さよりも、重力に従ったヒエラルキーでしょう。雨水にしても汚水にしても、パイプを通る液体は上から下へ流れていくものだよ』

「衛星から分かる事は？」

『少なくとも、五〇メートルの塊がドカンと置いてある様子はない』

「ならやっぱり地下か。でも古城の真下でもない……」

今夜〇時、歴史の変わる瞬間を分かち合おう！　と書かれた横断幕が崩れかけた城壁を飾っていた。道端にトレーラーハウスが軒を連ねているのは、古城や修道院を改修したホテルがどこも満室だからか。ハロウィンのお仲間なのか、コウモリのキャラクターグッズで縁を彩《いろど》った電光掲示板がデジタルカウントを進めている。クウェンサーからすれば、巨大な時限爆弾のようにしか見えない。吸血鬼モチーフなのか、コウモリっぽい形に整えた風船を振り回し、空いた手を母親と繋《つな》いだ小さな子供とすれ違いながら、クウェンサーはパンフレットの地図に赤ペンで印をつけていく。

「フローレイティアさん、ヤツらここ数年で大量のレンガを購入してません？　表向きの用途はピザ窯《がま》でも陶芸窯《とうげいがま》でも良い、とにかくアルミナを使ったものです」

『暇を持て余した若奥様が投機目的で大量に先物買いしている。大損している割に、当時のSNSは大人しいね。予想外のアクシデントに襲われたって感じは伝わってこない。これが？』

「アレは溶鉱炉でも使われているんです。アルミナ入りの耐火レンガの融点は鉄より高い。溶けた鉄を溜《た》め込《こ》むためのバケツの内張りには最適って訳でして」

　こういう話になると、クウェンサーは途端に饒舌《じょうぜつ》になる。フィッシュストーリーもあながち冗談とは言えなかった。今はこんな時代だが、たとえ全人類が武器を捨ててラブだのピースだの叫んだところで、この少年だけは両目を輝かせてオブジェクトの尻を追い駆ける事だろう。

「和風マニアのフローレイティアさんなら、『島国』のダイブツ、知っていますよね。何十メートルもある銅の塊は、細かいパーツを足元から積んでネジやボルトで留《と》めていった訳じゃない。まず土やレンガで巨大な型を作って、その中に溶けた金属を流していった」

『オブジェクトも？』

「ありゃ実際には薄い装甲板をしこたま張り合わせたタマネギ装甲を採用しているからそこまで簡単じゃないでしょうが、基本的なコンセプトは。ここの連中って伝統的に地下室作るのが得意なんでしょ。鉱山掘る感覚で型枠と足場を作って、一つの山をでっかい母胎みたいに扱ってる。当然、外から見ただけじゃできちゃった婚とは分からないよう、ウェディングドレスのシルエットには気を配ってね」

　ジガバチは獲物のイモムシを捕まえると生きたまま巣に持ち帰り、その体内に卵を産み付ける。孵化《ふか》した幼虫は内側から宿主の柔らかい体を少しずつ食べて成長していくという。今回のオブジェクトも似たようなものだった。一度に巨大な空間を作るのではなく小分けに山を掘り、金属の装甲や駆動系を少しずつ持ち寄っては組み立て、その繰り返しでいつしか地下に巨大な超大型兵器を丸々と肥え太らせていった。山を食べて金属の体を育てるように、ヤツは宿主の体表である山肌を食い破って表に出る日を、今か今かと待っている。

吸い尽くす。

吸血。

「……、」

とんっ、と。

クウェンサーはパンフレットの地図に指を置き、それからやや離れた山肌に目をやった。

「フローレイティアさん、モルドヴェアヌ山をチェック。パンフレットと書いてある事が違う。ここ最近で、いくつか修道院が増えている」

『地方大学のデータベース程度で良ければだけど、酸性雨で石灰質の斜面が浸食されて丸ごと崩れ落ちるリスクが出てきたので、貴重な建物を丸ごと安全な場所に移築、退避したとあるな』

「そいつは例の国際遺産？　それともくしゃくしゃに丸めて梱包材《こんぽうざい》にしても構わないその他大勢？」

『……、』

「迷彩ですよ。周到なトラップでもなければあの山が母胎で決まりかな。戦車を森に隠す時、葉の生い茂った木の枝をそのまま被《かぶ》せるようなもんだ」

『……信じられん。国際遺産の登録を逃したとはいえ、実に四世紀をまたいだ歴史ある修道院よ』

「本気で空爆の危険にさらされている時は、千年杉だろうが何だろうが枝を折って戦車に被《かぶ》せるもんです。何しろ自分の命がかかってる」

土や砂で作った型枠は割らなければ完成品を取り出せない。この辺りはブタの貯金箱と同じだ。南部観光資源もそれだけ本気という訳か。

「どうします？」

『中まで潜らなくても良い。問題の修道院の周りを適当にうろついてくれ。お前を追っている体裁で越境してきたへイヴィア達に中を調べさせる。「たまたま見つけた」感じでね』

ヴィ、ぃ、い、ン……！ という電気シェーバーのような音と共に、クウェンサーの頭上にカトンボみたいなドローンがやってきた。彼は宅配用のボックスから追加装備――今回の場合は、防犯カメラの顔認識阻害用メガネ――を受け取ってから、改めて、呑気《のんき》な観光客の流れに逆らって石畳、城壁、山肌の街を歩いていく。

途中で、サブマシンガンを肩から下げた女子高生達とすれ違った。いかにも東欧らしいウッドストックや針金ハンガーみたいな折り畳み式のストックに、服装はどこかの学校のものらしきブレザーの上から吸血鬼っぽいコウモリ調の黒マント。もちろん一一月でもがっつり生脚であった。こういう場所だと、下手な迷彩柄よりよっぽど『紛れる』かもしれない。しかしまあ、表情だけ見れば勇ましいが、武装についてはどうにも自国生産の感じがしない。銃の口径やメーカー、スリングベルト一つにしたってまちまちだ。

「ここって徴兵か皆兵制なんですか？」

『ヤツらがネットで公開している新憲法草案では志願制とある。内申点を稼ぐためのボランティア感覚かもね』

「そうしなければ進学も就職も結婚もできないなんて話なら、結局、皆兵制と同じでしょ」

たくさんのドーベルマンをリードで繋《つな》ぎ、犬を連れているんだか引きずられているんだかはっきりしないようなメガネのオドオド少女もいた。まさかの飼育委員か。率直に言って軽量素材でできたドローンより万倍怖い。よだれまみれの鋭い歯には、一目で分かる威圧がある。

クウェンサーはあくまでも歩幅を変えず、ゆっくりと散策を続けながら、

「現場チームへ。いかにも怪しげな山肌に到着。取ってつけたような修道院はひとまず無視。今すれ違ったが、崖沿いに不自然にトラックが停《と》まったままだ。おそらく出入口のマンホールでも塞《ふさ》いでいるんだろうが、俺は伝説のニンジャじゃない。誰にも気づかれずに車をどかして中に入るのは多分無理」

『任せな。指針さえ分かりゃ良い、別口を探す。迷子のふりしてベッドルームまで潜り込むよ』

ヘイヴィア達を助ける意味で、道の隅に無線ＬＡＮ機能のついたＳＤカードを落とし、トラックの真下へ蹴飛ばしておく。本当に何の意味もなく調べ物をするのは不自然だ。向こうも大義名分を守るためのヒント、言い訳が欲しいだろう。

「うっ……！」

斜面の上の方で女子高生の呻《うめ》きがあったが、わざわざそちらへ大きく首を振るほどクウェンサーは目立ちたがりではない。おそらくヘイヴィア辺りが背後から近づいて障害を排除し、別口で見つけた通風孔辺りから地下へ潜り込んだのだろう。むさ苦しいおっさんを相手取るのではない、ミニスカ女子高生を背後から襲って気絶させても許される、人生で何回訪れるかも分からない不思議な場面だ。必要以上にジャガイモ達のやる気が出てしまったのかもしれない。フリーペーパーのパンフレット片手のクウェンサーは素知らぬ顔で通り過ぎていく。

大体の目星はついた。

最初の地点から五〇メートルで考えてみる。石の階段を上がって一つ上の山肌に向かい、側溝やマンホールなどにドローンから受け取った『痕跡』――つまりある程度の個人情報を詰めた電子辞書や翻訳機などの家電製品――をわざと落としていく。実際に機密区画に潜って破壊工作を進めるのはヘイヴィア達だが、窓口は多いに越した事はないだろう。

『クウェンサー、ちょっと待って』

「ばら撒《ま》き過《す》ぎましたか？　勝手が分からずすみません」

『そうじゃないの。ヘイヴィア達との通信途絶』

流れるように言われて、一瞬クウェンサーは意味を測りかねた。しかし何かの暗喩やジョークではないようだ。

『生死不明。不測の事態が発生した、衛星やドローンの空撮では内部の様子は分からん。警戒しろクウェンサー、お前は一人よ！』

「返り討ちに遭った……？　ゆっても南部の連中は金に飽かせてオブジェクトの部品をかき集めた程度の連中でしょう。さっき兵隊とすれ違ったけどフツーの女子高生が現場に駆り出されてた。吸血鬼マントのコスプレでだ！　そりゃ俺達だって世界最高の特殊部隊なんて大法螺《おおぼら》は吹きませんが、いくら何でもあんな細腕に負けるとは思えない!!」

『単純な機材トラブルからＰＭＣなどと契約して兵力増強していた説まで、今は状況を断言できん。最悪に備えてドローンから武器を受け取れクウェンサー、まずは安全を確保して！　追加の人員を送るまで勝手に消えるなよ!!』

7

流れが変わってきた。

路駐されている乗用車のボディに楽器店のショーウィンドウ。振り返らずに背後の様子をさりげなく確認できるミラーを常に確保しながら、顔認識阻害用のメガネを掛けたクウェンサーは躍起になって『自然に』情報を集めて不安に押《お》し潰《つぶ》されないよう心の抵抗を続けていく。ここは敵地、『情報同盟』。喚《わめ》いたり騒いだりして逃げ回っても状況は好転しない。

ねじりハチマキ風の風船を頭に巻いた酔っ払いとすれ違った。吸血鬼の観光地だからか、ペペロンチーノニンニク抜きやガーリックライスニンニク抜きなんていう謎な食べ物が屋台に並べられている。

何もかもがおっかなく見えてきた。

人気《ひとけ》のない場所でドローンと合流する。

無人機が抱えていた宅配ボックスにはナイフや拳銃もあったが、結局クウェンサーは使い慣れたプラスチック爆弾の『ハンドアックス』や電気信管を掴《つか》むに留《とど》めた。下手に銃や刃物を手にしても、転んだ拍子に自分の太股《ふともも》でも貫通させせかねなかったからだ。

すでに夕方になっていた。

一一月となれば陽が落ちるのも早い。足元から冷気と共に得体の知れない寂寥感《せきりょうかん》が忍び寄ってくる。

観光地で置き去りにされた小さな子供みたいな分厚い絶望感が、何をやってもなくならない。

これでは潔癖症の人間が延々と手を洗い続けるようなものだ。

一般戦闘に長《た》けたヘイヴィア達が集団のまま忽然《こつぜん》と消えたのだ。素人同然《しろうとどうぜん》のクウェンサーが正義の心に目覚めて一人で機密区画に入る選択肢はない。考えなしの行動をしても犠牲者が一人増えるだけだ。

かと言って、尻尾を巻いて逃げ出せば午前〇時のカウントと共に数千万人、あるいはそれ以上の民間人が血と肉の塊と化す。

『ヘイヴィアやミョンリ達の反応はない。途絶したままよ』

「……、」

故の、踏《ふ》み止《とど》まり。

スナイパーの潜む中、開けた平原でぐっと仁王立ちするような、どうしようもなく役に立たない勇気が発揮されていた。

『歌って殺せる戦場アイドルレポーターのモニカですっ！　南部観光資源より最新ニュースを黒マントにコウモリビキニの吸血鬼コスでお届けっ!!　独立宣言までいよいよ六時間、まるーいピザで言うなら一八〇度のハーフカットに入りました。この歴史的瞬間をケーブル放送チャンネル２９２９は……』

あと六時間。

ことここにきて、未《いま》だに南部の連中が張り子の虎に宝石を埋め込まず、せっかく手に入れた動力炉を放置しているとは思えない。トランシルバニア方面を牽制《けんせい》する意味でも、世界中からかき集めた記者達の前でセレモニーのお披露目をしたいだろう。ヘイヴィア達が『消えた』時点で流れは変えられなかったのだ。すでに立体パズルは完成していると見た方が良《い》い。

大掛かりな準備込みの作戦は、あと一回できれば良い方だろう。

ヘイヴィア達がやられた以上、行き当たりばったりが通じる状況とは思えない。

『クウェンサー……』

「はい」

『衛星からでもヘイヴィア達が消えた座標は確認しているが、万一に備えて複数のソースを確保しておきたい。クウェンサー、現場のお前から見た位置情報をこちらに渡しなさい。最終判断の足しにする』

「……何か、打つ手が残っていると？」

『第一に避けるべきは、トランシルバニア方面と南部観光資源のオブジェクトが不測の事態で正面衝突し、飛び火も含めて複数の「安全国」が同時連鎖的に倒れていく展開よ。この場合、数千万から億に届く民間人が犠牲になると考えて良い』

「えと、つまり？」

『いざとなれば、お姫様に撃たせる』

心臓に、だ。

杭《くい》でも打ち込まれたような衝撃だった。

『南部のオブジェクトは山の中だろう。ヘイヴィア達が消えた地点から逆算すれば、サナギの位置は大体見て取れる。二機のオブジェクトが正面衝突さえしなければ、「最悪」だけは避けられるのよ。行動前に先制攻撃を撃ち込んでしまえば、山の中に身を隠す南部のオブジェクトは回避挙動を取れないから……』

「待ってください。ちょっと待って！」

ここでヘイヴィアがミョンリがと言ってもフローレイティアは止まらないだろう。何があっても仲間を見捨てない。台詞《せりふ》だけなら見事なものだが、生死不明の部下を待ち続けて数千万人の民間人が火の海に投じられるのを黙って見ているのもおかしい。分かる。理屈は分かる。

だけど実際、ここで終わりなのか？

消えた仲間達は『死んだ』とみなして行動するしか。

何か。

何か、もっと別の反論材料を考える必要がある。

「ッ、そうだっ、表向きは山中にオブジェクトがある事を誰も知らないんです。それって目的はどうあれ、お姫様はオブジェクトの主砲を使って敵国の『安全国』を破壊した事になるでしょう⁉　本格的な戦争になりますよ！」

『「戦争国」の区分の中で行われる、「クリーンな戦争」の範疇《はんちゅう》でな。少なくとも、このまま状況を放置していくつもの「安全国」が無秩序に燃え上がる展開よりは大人しくなるはずよ』

「お姫様は反逆罪で処刑される‼」

『心配するなクウェンサー。今もレコーダーは回してある、暇な群衆が死人を求めるなら処刑台に上がるのは暴走した指揮官の私になるでしょう。そういう風に調整する』

「誰もそんな話はしちゃいないいんだアンタもお姫様も消えたヘイヴィア達も全員きっちり助け

てやるからちょっと静かに考えさせろッッッ!!」

どうする。

どうする⁉

顔認識阻害用のメガネを掛けたクウェンサーはその場で立ち止まり、自分の親指の爪を噛《か》みながら躍起になって思考を回していく。もはやクレバーな演技なんて考える余裕もなかった。周りから見ればさぞかし滑稽で悪目立ちしていた事だろう。

いきなり一発で正解を出すのは諦めた。消極案でも良《い》い。絶対ダメな選択肢から潰《つぶ》していき、大きな岩を削って彫刻を作っていく感覚で正解に迫っていこうとクウェンサーは考える。

このままトランシルバニア方面と南部観光資源の正面衝突を見過ごす選択肢はない。

その危険性をトランシルバニア方面に正しく伝える事ができれば正面衝突は避けられそうだが、方法がない。

海賊電波や動画サイトから軍事機密の流出を装《よそお》っても、そんな腹芸は督戦専門の『黒軍服』にすぐ見破られて反逆罪で一生を棒に振るはずだ。

ヘイヴィアやミョンリ達と連絡が途絶し時間を無駄に空転させた段階で、機体に組み込む前の動力炉を確保または破壊する選択肢もほぼ消えた。南部のオブジェクトは完成したと見るべきだ。

ヤツが出てくる前に位置を特定し、山肌に向けてお姫様が主砲を撃ち込む事でも事態は終息する。

ただしその場合、お姫様またはフローレイティアが何も知らない国際社会から吊《つ》るし上《あ》げにされ、銃殺される。

「……、」

率直に言って、あれもダメこれもダメに近い状態だった。しかしどん詰まりとは違う。逆に言えば、それだけたくさん岩を削ってフル○ンの青年像が完成に近づこうとしている事も意味している。

そう。

そうだ。

クウェンサーは大小様々なテレビを並べている個人経営の電気屋さんのウィンドウにそっと掌《てのひら》を当て、顔認識阻害用メガネを掛けた自分の顔を眺めながら、

「強化ガラスか。フィルム状のものでなくても、例えば金網ワイヤーだって……」

『クウェンサー?』

「振りかぶった拳なら一発で砕けるウィンドウも、掌《てのひら》を、こう、ゆっくり押し付けて力を加えていくだけなら体重をかけたってガラスは割れない。重力に従ったヒエラルキー。あのオブジェクトはジガバチの幼虫だ。少しずつ山を食いながら太っていった二〇万トンの塊。カムフラージュ。衛星やドローンの空撮を回避するための。でも山の内部にある以上、万全の状態で手足を振り回せる訳じゃないから」

いける、か?

光明はある。

だが具体的な根拠が足りない。できるだけ正確な南部観光資源の図面が欲しい。必要な物資の量や布陣、重量分散についての膨大な計算も必要だ。

何にしても、まだフローレイティアとの線が繋《つな》がっていて助かった。完全に敵地で一人きりだったら打つ手がなくなっていた。

「フローレイティアさん、電子シミュレート部門と繋《つな》げてもらえますか。あと資材管理の連中にも肩を温めておけと伝えておいてください。そう、移動式の整備基地ベースゾーンを形作る建設関係の連中です!!」

8

はっぴー、つぇぺーしゅ!!　時刻は午後一〇時になりました！

ここ、南部観光資源の山間部は間もなく始まる独立宣言に向けて、最高の盛り上がりを見せています。霧で有名みたいですけど、実際には主に早朝の話のようですね。見てください、花火もあんなに奇麗に広がっていきます!!　黒マントばさばさ!!

赤や緑など、色とりどりの打ち上げ花火が夜空を彩《いろど》り、山肌に張り付いた古城や修道院の壁を照り返しで鮮やかに染め上げていた。

リミットまで二時間。

今この瞬間に世界が終わる訳ではないが、すでに賽《さい》は投げられてしまった後だ。ここから引き返して別の道に進むのは不可能。誰だって確約なんかできない。普通に考え方が間違っていて失敗するかもしれない。そんな不安にまとわりつかれても、もう全力で走り抜けるくらいしかやる事がなかった。

(『流し込み』は成功したけど、思ったよりも異臭が強いな……)

うっすらと鼻につく、ゴムが焼けるような匂いに、いよいよ一一月の寒さが顔を出してきた山間の城塞都市で白い息を吐きながらクウェンサーは内心で焦《あせ》りを見せていた。幸い、すれ違った親子連れは吸血鬼モチーフの風船を持っていたし、酔っ払いもねじりハチマキみたいな細長い風船を頭に巻いていた。後から回されてきた『正統王国』の新じゃが達がこれに気づいて、風船屋台などに細工して『理由づけ』をしてくれていると助かるのだが……。

山肌。

円形の城壁で囲まれた広場の中、ごった返す人混みを縫って小さな手がクウェンサーの掌《てのひら》を握り込んできた。例の新じゃがだ。特にそちらへ振り返らず、クウェンサーは渡されたメモにそっと視線を落とす。

(……ヘイヴィア達は相変わらず途絶、か)

本音を言えば顔認識阻害用メガネを掛けたクウェンサーだって馬鹿どもの行方は気になる。単純な友達想い？　もちろんそれもあるが、もうちょい不純である事も許してもらいたい。ここは敵地で、明日は我が身だ。ろくでもない目に遭っていないものだと信じたい。

ポンポポン！　と頭上で色とりどりの花火が大輪を咲かせていた。

スタジアムのような歓声が、わあっ！　という震動を伝えてくる。前から後ろへ、波のように伝播《でんぱ》していったそれは比喩表現でなく、本当に山肌と城壁の街を揺さぶっていたのだ。広場に置かれたライブビューイング用の大型モニターが、戦場アイドルレポーターのバラエティからチャンネルが切り替わった。どこかの中継映像だ。古城か修道院か、とにかく石で造ったバルコニー辺りに、演説用の壇と地元のジジィがセットで置いてある。

「……フローレイティアさん、セレモニーが始まりました」

『ネット動画でも確認してるよ。そしてこっちは悪い知らせだ。例の山肌に偽装した出入口から整備兵達がぞろぞろ出てきているのを衛星が捉えた。ジガバチの幼虫？　オブジェクトが出てくる際は全ての坑道が崩れて埋まるはずだ。巻き込まれないよう撤退を始めていると見るべきね』

「出撃準備っ？　でも独立宣言は二時間後でしょう」

『待ちきれなくなってフライングに陥るかもしれん。南部のジジィめ、ありゃあイカ臭い男性原理のカタマリだな。国力の象徴であるオブジェクトを見せびらかしながら演説したくなったんでしょう』

「絶倫願望の露出狂め……。ヤツがコートを開いて貧相なナニを取り出すと、全体のスケジュールが繰り上がってしまいます」

『ああ。午前〇時より早い段階でトランシルバニア方面のオブジェクトと正面衝突する線が出てきた。クウェンサー、仕掛けの方は？』

「流し込みは完了しましたが、安定するのに時間がかかります。チャンスはこの一回限りで、失敗はできない。余裕を持って一時間は見積もるべきだ」

『なら必要な時間を稼げ。方法は問わない。元々お堅いセレモニーにアクシデントは付き物よ、何としても校長先生のお話を引き延ばして時刻表の帳尻を合わせるんだ！』

（冗談じゃないぞ、まったく！）

顔認識阻害用メガネを掛けて防犯カメラの前を横切るクウェンサーは人混みに紛れていた『正統王国』の新じゃが達と合流し、ひとまず演説舞台を目指す。地元のビールをブラッドオレンジやトマトで割っているのか、変に赤く色づいたジョッキ片手に左右へ揺れている陽気な大男達に笑顔で話しかけると、古い修道院を改装した高級ホテルというのがすぐ分かった。頭にねじりハチマキみたいな風船を巻きつけた男達は特に不審に思わなかったらしい。

新じゃがの一人、装甲車では重機関銃を握っていた巨乳のおねいさんは首を傾《かし》げて、

「ヴァインリキウス修道院ねえ」

「……『ブレスラウの靴屋』とかいう、大昔の市議会が公的に対策を講じた吸血鬼だろ。何でそんなの冠につけているんだ」

「もっと有名な伯爵様のいる地方だからじゃない？　周りの連中、ハロウィンでもないのにコスプレだらけでしょ。お土産屋さんもコウモリとか棺桶《かんおけ》とかのキャラクターグッズばっかり並べているわよ」

時間が惜しい。件《くだん》の修道院に向けて早足で進みながら、クウェンサー達はざっくり作戦会議を行う。

「古城や修道院を改装したホテルなら、部屋数は少ないわ。全室スイート扱い。しかもセレモ

ニーの舞台になっているとなると、期間中は建物ごと貸し切って一般人を遠ざけているんじゃないかしら」

「だから潜り込むのは難しいって？　おねいさん、判断を急ぐ前にもうちょい情報収集は徹底した方が良《い》いな」

「？」

「テレビだよ。どんなに厳重警備のセレモニーでもカメラを入れなきゃ記者会見の意味がない。さっきからあちこちで映っていたけど、『正統王国』の撮影チームも登録されてるな。ちょいと背後から口を塞《ふさ》いでＩＤカードを盗み取ろう」

「了解。荒事はこちらで何とかするわ」

　装甲車でもお世話になった巨乳のおねいさんはガツガツいっちゃう肉食系らしい。

　獲物の放送局が中継に使っている帯域を見つけ出してピンポイントで電波障害をお見舞いし、涙目で外まで発信源を調べに来たスタッフ達の背後から首をきゅっと絞め上げれば一丁上がり。

巨乳のおねいさんが背中から押し付けたせいか、ちょっと幸せそうな寝顔だ。

「あら？　売り出し中の戦場アイドルレポーターがいるじゃない。吸血鬼コスですって、この一一月の夜にコウモリビキニなんて、保温ジェルありとはいえよくやるわね……。サイン貰《もら》っておけば良かった」

「モニカかよう－……。何で幼馴染《おさななじ》みがいるんだ、バレたら金玉蹴《け》り潰《つぶ》されるぞこりゃあ……」

戦々恐々としながらも、ビニールテープや結束バンドで後ろ手に拘束したテレビクルーから撮影機材やプロの化粧道具なども通り一遍ボディチェックして拝借しておく。この先、何が役に立つかは分からないのだ。その中には直近の目的、ＩＤカードもあった。

「はい笑ってー」

「スマホって便利よね」

「片手で目線隠してもう片方でピースしない。証明写真だよ！」

ドローンの宅配ボックスからカードサイズの携帯プリンタを受け取る。写真をナイフで切り取り、顔写真や基本データだけ張り替えれば完成、と。念押しで共通のスタッフジャンパーも借りておいた。銃器については、分解してジェラルミンのカメラケースに突っ込んでおく。カバンの中ではなく、壁と壁の間にある緩衝材のスペースに、だ。

首からカードを提げた新じゃが達はヴァインリキウス修道院を改装した高級ホテルに堂々と踏み込んでいく。

途端に暖炉で作ったと思《おぼ》しき柔らかい空気に包まれた。

「……本当に手荷物検査もＸ線検査もないのね。不用心な」

「国に入った段階で身分照会は終わっているものと判断しているんだろ。それにデジカメ全盛の時代でも、プロの撮影陣は不思議な感光フィルムを使っている人多いらしいしな」

修道院なんて言うから清貧だの節約だのでツギハギだらけの修道服着て塩だけ溶かした豆の

スープばっかりすすっているようなイメージがあったクウェンサーだが、実際に入ってみれば真紅の絨毯《じゅうたん》にでっかいシャンデリア、純金の額縁に収まったナゾの肖像画に素《す》っ裸《ぱだか》で絡《から》み合《あ》う男女の大理石像、あっちこっちにヴィンテージワインの瓶やニンニク抜きのアヒージョなど（それじゃただ食材をオリーブオイルへずぶずぶに漬け込んだだけだろなどと言ってはならない。そういう文化なのだ！）のおつまみ系を載せた食事ワゴンを押してる美人のメイドさんまで行き来していた。修道院は修道院でも、イロイロ爛《ただ》れていた時代のモノらしい。

時刻は夜の一〇時から二〇分ほど過ぎていた。早漏のジジィもみんなに見られて興奮気味だ、いつ山肌を突き破ってご自慢のオブジェクトが飛び出ちゃうか分かったものではない。

「夜道にコートの変態みたいなジジィの演説を邪魔しよう。興が乗ってオブジェクトを丸出しにしたらそこでおしまいだ」

「良《い》いけど、大雑把に銃乱射する訳じゃないんでしょ」

「貧相なナニが萎えれば良いんだ、事件にならないくらいでちょうど良《い》い。平和的に、トラブルやアクシデント程度に留《とど》めよう」

「具体的な行動は？」

「個人情報まっさら、プリペイドのスマートフォン用意」

クウェンサーは通路の壁にあった見取り図の前で立ち止まる。顔認識阻害用メガネには度は入っていない。演説会場になっているバルコニーは三階だが、少年の指は一階下を指差していた。

「大変オゴソカな演説の真っ最中なら、取材陣はみんなケータイなんて着信音は切っているだろ。ただしバルコニーは屋外に突き出している、壁がないから上下の階層の音もそのまま通る。音量最大で着信がんがんに鳴らしてジジィのご高説を台無しにしてやろう。放送禁止用語が垂れ流しになったらその時点で即死、中継は途切れてしまう。季節外れのミンミンゼミが見つかるまでご挨拶は中断されるはずだ」

「あなたが成人式の困った人にならない事を祈っているわ……。じゃあできるだけ下品なスケベソングをダウンロードしましょう。お茶の間には流せないくらいの」

「ああ。最低なのが良《い》い、レディスプリンクラーとかな」

「レディプリ馬鹿にすんな!! あれは悪魔主義に基づいた完璧に計算された歌詞で、破滅的で醜いものの中に普遍的な美を見出《みいだ》そうとする高度で複雑なアプローチなのよっ!!」

思わぬところに信者がいたものだった。モニカの吸血鬼コスにも反応していたようだし、黒《くろ》薔薇《ばら》とか銀の十字架とか、フリルだレースだで私服がひたすらもこもこ膨らんでいくそっちの趣味の御方だったか。両手で首を絞められて危うく昇天しそうになるクウェンサー。困った事に割と本望である。

無線機から連絡があったのはその時だった。フローレイティアからかと思って耳元のイヤホンに集中するが、そういう訳ではないらしい。

ざりざりと雑音の多い通信だった。砂嵐の向こうから、何やら男の声が聞こえてくる。

『……たす、……捕まっ、場所を言うから……救出チー……頼……』

ぎゅっと。

心臓を直接掴《つか》み取《と》られるような気分だった。

しかし急いで声を返そうとした巨乳のおねいさんを、慌ててクウェンサーは押《お》し留《とど》める。

「待て、待った！　迂闊《うかつ》に電波を返せば居場所が知れるっ。修道院ホテルの中から反応があるのはあまりに不自然だっ、ご破算になるぞ！」

「あれは仲間よ、ヘイヴィアからの救援要請だ！　無線信号の個体番号も合ってるっ」

「ヘイヴィア達はロストした。捕まっているか殺された線が濃厚だ」

「だから一刻の猶予もないでしょう⁉」

「どんな展開にしたって機材を奪われているのはほぼ確定なんだ！」

クウェンサーはおねいさんと睨《にら》み合《あ》う。

思わぬところで一髪千鈞《いっぱつせんきん》を引く状況がやってきた。

「……今の通信、クウェンサーともヘイヴィアとも言っていなかった。所属も階級も、何もかも！　それっぽい演技はしているけど中身がないんだ、下手な事言ってボロが出るのを恐れてる！」

もちろん裁判に使えるようなかっちりした証拠はどこにもない。

ここは敵地だ。

十分な根拠を集められないまま、仮定と仮定のぶつかり合いが続く。

「これが本物の救援要請なら、あなたは味方の悲鳴を黙殺した事になるわよ……」

「これが敵の演技なら、俺達は救えるはずだった複数の『安全国』が火の海になるのを知って目の前で華麗にUターンを決めた、歴史に残るクソ野郎決定だ」

「……、」

「その場合は最大で億に届く民間人がオブジェクトの流れ弾に当たったり踏《ふ》み潰《つぶ》されたりしてバラバラにされる。赤ん坊から老人までみんな平等に、学校でも病院でもどこへ逃げ込もうがな。どっちが良《い》い？」

「〜〜っっっ!!」

「助けに戻るにしても先に進むにしても時間がないのは一緒だ。正義感丸出しは結構だけど、怒るだけ怒って責任だけこっちに押し付けるなんて都合の良《い》いポジは許さない。全部終わってから予言者気取りでだから私は最初からこう思っていたんですう、なんて誰でもできるインスタントな後出しはナシだ。今すぐここではっきり言ってくれ、アンタはどっちが良《い》い⁉」

「ええいっ！」

叫ぶが、結局おねいさんもイヤホン越しの悲鳴を遮断した。ここで根拠がなくても全てをなげうって上半身裸でガトリング銃を摑《つか》み取《と》り、感動的な救出作戦に舵《かじ》を切らない辺り、彼らは田舎のヤンキー集団ではなく軍の所属なのだ。

「……あなた友達なくすわよ」

「情に流されて、意味もなくツブヤキを返すだけが思いやりだと？　冗談じゃない、敵からこの手は使えるって思われたら面白半分にエスカレートしていくぞ。カメラ越しに拷問ショーでも観《み》たいのか」

「……、」

「本当に何も考えていないとでも思ったのか？　チャンスは一度しかないんだ。人の命がかかっているのに、衝動に任せて賽《さい》を振るなんて絶対許さないからな」

階段を上って二階へ。目指すは演説が行われている三階バルコニーの真下だ。角を曲がって目的の部屋に向かおうとしたところで、クウェンサー達は慌てて引っ込んだ。

急にわたわたして可愛《かわい》くなったおねいさんが世の理不尽を嘆く。

「どうして護衛達が仕事サボって秘密のお付き合いなんかやらかしてるのよっ。あれじゃ部屋に入れない。あのディープキスが終わるまで待てと!?」

「テレビクルーの装備持ってるよな。誰か適当にカメラ担《かつ》げ」

「？」

「誰だって自分達のオトナのお付き合いを全世界に公開されたくないだろ。仕事サボってる真っ最中ならなおさらだ」

容赦なかった。

ペンは剣よりも強しの理屈で銃声一つなく穏便に護衛達を追っ払うと、改めてクウェンサー達は廊下を進む。

「鍵は同じフロアのリネン室を当たれば良い。清掃用のマスターキーだ」

ついに踏み込んだ。

誰も使っていない無人のスイートルームを横断して、クウェンサー達は窓辺から突き出したバルコニーへ向かう。途端に一一月の夜の冷気が全身にぶつかってきた。これだけでちょっとしたお茶会を開けそうなくらい広いが、彼が注目しているのは頭上だ。

『ええ、ですから南部の選ばれし皆様の意志と情熱が住民投票の形で表れたと言ってよろしいでしょう。我々はより良い未来を作るため、旧来のトランシルバニア方面のやり方には縛られない自由で意義ある道を……』

断続的なカメラフラッシュの光が漏れ、マイクで拾ったジジィの声がここまで届いている。これもまた迷彩か。住民投票の結果であれば私一人のせいじゃないだろうとでも言いたいのだろうか。

しかし逆に言えば、こちらが大声を出せば向こうにも聞こえる位置取りだ。それだけ確認すると、顔認識阻害用メガネを掛けたクウェンサーは小さな花の咲いているプランターの隙間にプリペイドのスマートフォンをそっと置いた。落とし物があってもおかしくない場所で、かつ初見では見つかりにくいくらいがちょうど良《い》い。

「セット完了。派手に鳴らしていくぞ」

「ちょっと待って」

部屋の入口の方で、巨乳のおねいさんが開いたドアの隙間から廊下の様子を窺《うかが》っていた。

「……この真夜中なのに生真面目な清掃メイドがいる。宿泊なしの空き部屋から出ていくところを押さえられると騒ぎになりそうね」

「もうスマホからはお下劣ソングをガンガン垂れ流してるっ。じきに見回りがやってくるぞ」

「レディプリは高尚な文化の到達点だっつってんだろクズ……!! 二階ならバルコニーから飛び降りる手もあるんじゃないかしら」

「無理だ、上から覗《のぞ》かれたら一発だ！」

顔認識阻害用メガネのつるを片手で押さえ、クウェンサーも広い部屋を横断してドアの前まで急いで移動。おねいさんと仲良くミッチャクしながら廊下を観察すると、確かに。

ケチャップ片手にオムライスと格闘するようなイロモノ感は欠片《かけら》もない。ロングスカートのスタンダードなメイドさんが廊下を行ったり来たりしている。どうにも、リネン室に誰かが踏み込んだ痕跡を見つけて不審に思っているらしい。

「時間を潰《つぶ》してるな。警備員待ちだ」

「ますますまずいじゃない」

おねいさんの瞳が危険な鋭さを増していく。

一人くらいなら排除するか。そんな眼差《まなざ》しだった。だが雨の日の子猫とマッチ売りの少女と健気《けなげ》なメイドさんは大事にしていきたいクウェンサーはちょっと考える。あと給湯室とか更衣室とかで日夜繰り広げられているであろう、女同士の凶暴な世界はあんまし見たくもない。

「ようは、廊下のメイドさんに騒がれなけりゃ良《い》いんだろ」

「?」

広い部屋を歩いて、クウェンサーは巨大なクローゼットの扉を開けた。クラシック感溢《あふ》れる高級ホテルという話だったが、そこにあったのはシルクのガウンだけではない。

何しろ古い修道院を改装した高級ホテル。単純な設備だけなら現代素材でできたマンションの方が充実しているだろう。これは、無人の建物はすぐ傷んでしまうから何とかして人を回す必要があった、という文化保全の意味合いもあるのだ。なのにわざわざ不便な山間のホテルに人が集まるのは何故《なぜ》か。美味《おい》しい料理？　時間を忘れるスローライフ？　いいや違う。ようは、ここに来る人間は高い金を払ってでも貴族の遊びを満喫したいのだ。『正統王国』出身のクウェンサーは、そういう身分差がもたらすゲスな欲には敏感だ。

絶対あると思っていた。

「こいつは禁じ手なんだが、封印されていたアレをついに繰り出す日が来たようだな」

「これって……」

「しゃーない。やると決めたらガチだ。ここは究極の迷彩と洒落込《しゃれこ》もう」

9

クウェンサー達は透明人間になれる訳ではない。部屋の壁に回転扉など秘密の出口がある訳でも、廊下が身を隠す死角に恵まれている訳でもない。

にも拘《かか》わらず、だ。

その時、確かに生真面目な清掃メイドは『正統王国』軍の新じゃが達を見過ごした。視界に入っていても見えてはいなかったのだ。宿泊予定のない空き部屋からホテルスタッフ以外の人間が出てくれば、誰がどう見たって不信感が極まるだろうに、である。

一体何が起きたのか。

答えはこうだ。


クローゼットに備え付けてあったメイド服に着替えたのだ。

巨乳のおねいさんはもちろん。

あのクウェンサー＝バーボタージュ戦地派遣留学生（♂）まで、である。

「お疲れ様です」

会釈《えしゃく》しながら挨拶を一つ。両手でスカートの裾《すそ》を小さくつまみ、楚々《そそ》としてお辞儀するメガネのメイドクウェンサーを呼び止める声はなかった。

そう。

清掃メイド以外の人間が空き部屋にいるのが不自然に見えるのだ。それなら内部スタッフになってしまえば良い。下手にコソコソせずに、堂々と扉から廊下へ出るのが正解である。

完全に信じ切った本職の清掃メイドよりも、かえっておねいさんの方が驚いて小声で確認を取っている。

「(マジかっ、どうしてそんなに着慣れているのよメイド服⁉)」

「(ふっ。地元の『安全国』では知らぬ者のいない文化祭の華、伝説の看板娘クウェン子ちゃんと言えば俺の事よ。人気を取られて不貞腐《ふてくさ》れた駆け出し時代のモニカに涙目で尻を蹴飛ばされて以来こいつは封印していたはずなんだがな)」

こういうのは表面上のお化粧を厚塗りしても仕方がない、それより下地作りが大切なのだ。

事前にモニカ達を襲ってプロの化粧道具一式を確保していたのも幸いだった。

一一月の夜に黒マントとコウモリビキニで立ち向かうための保温ジェルとはまた別に、だ。

女の子らしい皮下脂肪のないクウェンサーとしては、化粧の下地として肌を整えるためのコ

ラーゲンジェルの存在は大きい。

（しっかしモニカのヤツ、相変わらずあのジェル使っていたんだな。プロ用にアップグレードはしているけど、メーカー自体はおんなじ。昔俺が教えた通りのメイク術じゃないか）

……現在売り出し中のアイドルモニカちゃん、実は腐れ縁の男の手でメイクの仕方を手解《てほど》きしてもらっていた事実は絶対秘密なのであった‼

ここにおいて、胸が、腰が、太股《ふともも》が、そんな所でアピールする輩《やから》はビギナーである。

具体的にはうなじの破壊力が違った。

元々ズボンを穿《は》くかスカートを穿《は》くかで見た目の性別が違って映るような、中性的な顔立ちではあった。だが実際にここまで『化ける』瞬間を目の当《ま》《あ》たりにしてしまうと、誰もが人体の神秘について考えざるを得なくなる訳だ。

今さらのようにバタバタという荒々しい足音があった。黒服達は元々演説ジジィの護衛だろう。下手人のクウェン子ちゃん達の横を気づかず通り過ぎ、スマートフォンを仕掛けた部屋へ踏み込んでいく。

「効果あり」

「演説が中断してから一〇分くらい？　まだ三〇分は稼がないとダメよ。でも大音響を鳴らすスマホなんてすぐに見つからない？　並べたプランターの隙間に隠してようが何だろうが、基本的には音が出ているんだもの。隠しようがない」

「有効だって分かっただけでも十分だ。次は三階バルコニーの一階上だ。前回の反省を踏まえて簡単には撤去のできない、そうだな、異臭騒ぎが良《い》い。しかもシリアスな毒ガスっぽいのじゃなくて、できるだけ馬鹿馬鹿しい感じの。メイド迷彩ならホテルの裏側まで歩き回れるぞ。スタッフルームやバックヤードから色々拾って組み合わせよう」

「……あなた、ひょっとしてハンドル握ると人が変わるのとおんなじ理屈で、女装すると強気になるんじゃあ……？」

寝言は放っておいて本題である。

「ホテルの清掃用具だと強烈な業務用酸性洗剤があるはずだ。ひとまずこいつの原液をベースに濃縮していって、トッピングには、生卵とマヨネーズは必須、ネギ、ニンニク……はあるのかな、消毒用でも良《い》いから適当なアルコール、カニかエビもあったら、でもって隠し味にビネガーかイタリアンドレッシング辺りを組み合わせて……」

「料理のようで所々が全然違うような……。結局それで何ができるのよ」

「猛烈なゲ○の香り」

「……、」

「胃酸って成分的には塩酸なんだよ。実は本当に純粋な胃液だけならさほど匂わない。あれは何を食べて溶かすかでレベルが一気に跳ね上がるんだ」

すっかり、だ。

口を小さな三角にしたおねいさんは黙り込んでしまった。

女性として、いいや人間としてはそれが正しい。こんなもんシリアスな決め顔で語る方が頭がどうかしてるのだ。

クウェンサーの通っていた学校の話をしよう。

オブジェクト開発技術に直結する世紀の発明を連発してきた教授連中は、揃《そろ》いも揃《そろ》って年中無休でこんな事ばっかりやって爆笑している『どうかしてる』の詰め合わせでもあった。宿題をうっかり忘れたら最後、とにかく存在感のすごい軍手で顔面アイアンクローの刑も珍しくなかった。普段あれだけ勝気なモニカが一発もらってマジ泣きしたのをクウェンサーも覚えている。変に庇《かば》ったらクウェンサーまで巻き添えで一発やられてしまったのは苦い思い出だ。

「ラボで化学薬品と格闘して精密に再現を試みるくらいならトイレに駆け込んで喉に指突っ込んだ方が早いから、世界で一番不毛な研究テーマなんて言われてるけどね。ただしゼロから合成する場合は濃度の調整も自由自在だから、本物ではありえないレベルの超高濃縮悪臭祭りもできる。さあてご老人、一体いつまで厳かなシリアス空気を守れるかな?」

10

もちろんだ。

もちろんこの晴れ舞台を台無しにしようとしている、顔の見えない不審者が紛れているであろう事は、壇上に立つ老人も理解していた。

冴《さ》え渡《わた》るような冷気に支配された一一月の夜。

花火が良く見えるように、お茶会でも開けそうなほど大きなバルコニーでの一幕であった。

「続いての質問です。うっぷ、南部独立後も水源は国境外から、げほっ！　失礼。流れる川を利用する事になるかっ、むぐ、と思われますがっ、うげえ‼」

居合わせた報道陣もギリギリのところで自分との戦いを繰り広げていた。匂いは目に見えないが、吐いてしまったら即刻放送禁止だ。せっかく馬鹿高い金を払って取材許可を取りつけたのだ。生放送を『しばらくお待ちください』のお花畑でぶっ潰《つぶ》す訳にはいかない。

まさに試練であった。

報道陣のプライドが試されている。

大変下世話でどうしようもない話だが、悪臭の代表格であるクソや小便よりも吐瀉物《としゃぶつ》の方が『連鎖』は起こりやすい。公衆トイレに入った瞬間に吐いてしまう人は珍しいが、密閉されたバスや飛行機の中で誰かがエチケット袋を摑《つか》んだ途端、それをきっかけに『もらってしまう』人ならイメージもしやすいのではないか。これは嘔吐《おうと》中枢《ちゅうすう》に働きかける力は悪臭の種類によって違ってくるからである。

命に関わる塩素ガスやプロパンガスなら、シリアス顔して会見を中断し、速やかに避難誘導できただろう。

しかしだ。

まさかの、である。

こんなゲ○の香りで世紀の歴史イベントを中断できるか。南部独立、新たな歴史の最初の一ページ、初めての国儀だというのに、こんなしょうもない理由で屈服など許されるのか。残るのだ、公的記録に!!

「(……どこから漂ってるんだっ、結構酒も振る舞われたし、誰かやらかしたとかじゃないよな)」

「(……古いホテルって話だろ。ひょっとしたらどこか壁の中で配管が破れたんじゃあ)」

明らかな異変は起きている。

だけど何だか触れてはいけないような空気が蔓延《まんえん》していた。密閉されたエレベーターの中、真っ先に臭いと騒いだヤツが逆に犯人扱いされてしまうのと似たような……。

『静粛に、静粛に願います』

低く重たい声を出しても、ざわざわは止まらなかった。真面目にするほど馬鹿を見るような、大ヤケドの空気はこうしている今も加速を続けている。

スケジュールは遅延していた。

これ以上引き延ばせば引き延ばすだけ間延びしてしまう。遅れが増すほどに損害も広がっていく。

【シールドマシン002】
SHIELD MACHINE002

全長…95メートル（後部、掘削用の尻尾最大展開時）

最高速度…時速490キロ

装甲…5センチ×200層（溶接など不純物含む）

用途…国土防衛兵器

分類…陸戦専用第二世代

運用者…『安全国』南部観光資源

仕様…静電気式推進装置

主砲…コイルガン×4、掘削用尻尾×1

副砲…レーザービームなど

コードネーム…実機未確認につき、『正統王国』軍による命名ナシ

メインカラーリング…グレー

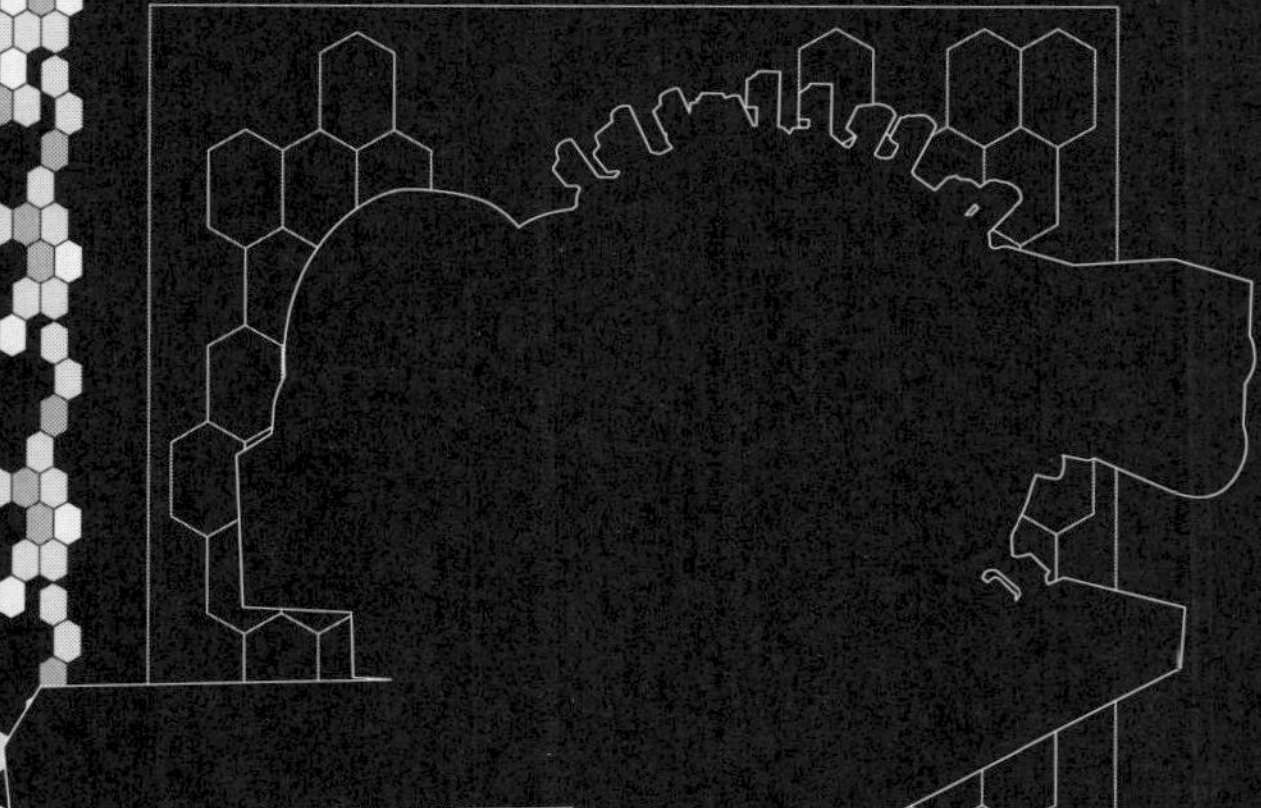

SHIELD MACHINE002

こういう時の鉄則を老人は知っている。

すなわち、

(これ以上負けが膨らむ前に、さっさと状況を進めて印象をリセットする!)

『もはや我々の前に壁などありません。目の前に立《た》ち塞《ふさ》がる問題は全て乗り越えて糧《かて》とするべきハードルに変貌する時が来たのです。我々は成長のための力を得た。一度転がり始めた雪球がどこまでも膨らむように、勢いのついた我々の歩みもまた止まらない! 紹介いたしましょう、我々が国際社会と対等に立つための力……「シールドマシン002」です!!』

11

画面を横に倒したスマホ、ワンセグアプリに注目しながらメイド達もぎょっとしていた。

「野郎超早口で言い切りやがった!!」

「あれ多分息吸ってないわね」

「一〇時五〇分。それよりこのラスト一〇分の帳尻を合わせないと!」

「でもどこから介入するの? 現場の三階バルコニーに対し、下の二階も上の四階も使い切ったでしょう!?」

諜報部門《ちょうほうぶもん》の予想図によれば、モチーフはサソリ。左右二門ずつのコイルガン主砲で叩《たた》いて敵機を弱らせつつ、機動力を失ったところで一気に近づき、その場で一八〇度反転。真後ろについている尾の先端にある円形シールドマシンでもってタマネギ装甲をごっそり削り取ってトドメ、というスタンスを取るらしい。最低限の対空レーザーなどは備えているものの、基本的には鋼の塊。設計を学ぶ者としては一度見てみたいものだったが、流石《さすが》に世界の終わりと引き換えにしてでもとまでは思えない。

他に演説会場のある大部屋からバルコニーにかけて、介入できそうなギミックは何かあるか。

「そもそも独立宣言自体、外に向けた意思表示だ。カメラがなくちゃイベントをやる意味がない」

「じゃあテレビクルーの機材に的を絞るの？　でも具体的な破壊方法は⁉」

水道管、スプリンクラー、通気ダクト、光ファイバー、電気ケーブル、暖炉の煙突、とにかく縦に伸びるパイプを頭に浮かべていく顔認識阻害用メガネ装備のクウェンサーだったが、

「……いや、そうじゃない。それじゃ自分から袋小路《ふくろこうじ》にハマってる」

「クウェンサー？」

「二階も四階も使い切ったら答えは一つだ。ラストはど真ん中の三階！」

「会場に踏み込もうとすればいくら何でもバレるわよ⁉　世界中のカメラに注目される！」

「なら、その隣の部屋はどうだ？　そこの何人か、窓辺からドローンをいくつか拾っておいてくれ。必要な事なんだ、どうか頼む！」

流石《さすが》にクラシックなメイド服のまま鷹匠《たかじょう》よろしく軽量素材のドローンを腕に乗っけていたら目立ち過ぎるので、不透明なランドリー袋の中に詰めて持ち歩く事に。

「夜空からドローン急降下させてバルコニーのジジィつつき回すの？」

「カメラの前でカツラ奪って飛び去るのも面白そうではあるけど、今は遊びを挟む時間はない。とにかくついてこいよ」

リネン室のマスターキーは全階共通らしいので、演説会場の隣の部屋に入る事自体はそう難しくなかった。

「フローレイティアさん、取材陣の名簿をチェック。心臓ペースメーカーや呼吸器を使用している人は⁉」

『全員健康よ。それがどうした』

「なら結構」

顔認識阻害用メガネを掛けた（他にもっと気になる所がたくさんある）メイド服のクウェンサーは部屋に入ってホテルマンの目がなくなった途端、複数のドローンを床に置いてマイナスドライバーで分解し、中にあったパーツを蜂の巣みたいに束ねていく。全体でお盆くらいの大きさだ。

巨乳のおねいさんは首を傾《かし》げて、

「衝突防止用のマイクロ波レーダー？」

「中継さえできなきゃイベントはご破算だろ。何も俺達が壁や天井をすり抜ける必要なんかなかったんだ。数百年前の修道院なら鉄筋なんて使ってない。電磁パルスほどド派手じゃないけど、民間レベル、剝《む》き出《だ》しの電子機器ならこいつでも十分」

両手で壁に蜂の巣機材を押し付け、クウェンサーは親指でスイッチを弾く。

「何しろマイクロ波は、対電子機器用の電磁波爆弾にも使われているんだからな」

『それ』自体には、目や耳で分かる光や音はなかったはずだ。

よって。

ズバヂィ!!　という落雷じみた火花の破裂する音が壁越しに響き渡ったのは、莫大《ばくだい》なマイクロ波を浴びた取材陣のカメラ、レコーダー、通信機器から一斉に火花が噴き出したからだろう。

「やったか!?」

「分からないわ。ワンセグ、動画サイト、公式アカウント。みんな沈黙!!」

「なら成功だ。一つだけ抜け駆けみたいなのもないなら全滅扱いでオーケー。どっちみち、もう夜の一一時だ。無事に時間は稼ぎ切った！」

直後だった。

震動があった。

隣の大部屋からバルコニーにかけては、電球一つ残っていない状態だ。通信機器も軒並みやられているため、ジジィや側近の命令は別の山中にあるオブジェクトには届かない。

しかし、途絶の前にゴーサインは出ていた。

向こうの操縦士エリートも迷ったろうが、命令はわざわざ取り消されない限り活《い》きている、と見るのが普通だ。だから、悩みながらも動かす事にしたのだろう。

ジガバチの幼虫みたいに山の中を食い散らかし、少しずつ肥え太っていったオブジェクトを表に出すために。そのためなら四〇〇年の時を過ごした修道院を破壊し、人々が暮らす街並みを国の礎《いしずえ》として土砂の下に埋めても構わないという思考に至って。

巨乳のおねいさんは青い顔で呟《つぶや》いていた。

「まずいわ……」

「いいや」

『正統王国』軍の新じゃが達も、トラブル続きのジジィどもも、動くか動かざるべきかで決断を迫られた操縦士エリートも、誰も彼も予測不能の未来に対する不安や恐怖が張り付いていたはずだ。

ただ一人、だ。

クウェンサー＝バーボタージュだけが、不敵に笑っていたのだ。

「一一時を過ぎた。その時点でチェックメイトだ」

ゴゴンッ!!　と。

くぐもった響きは確かにあった。

だがそれだけだった。山肌が崩れたり、街並みが埋まったり、全長五〇メートル以上の超大型兵器が顔を出したりはしなかった。

そう、

「……好きなだけ助走をつけられる状態ならともかく、ヤツにとっても密着した山肌は拘束衣みたいなものだったんだ。主砲はコイルガン、副砲はレーザービーム。砲撃なんかで風通しを良くしようとしたら、塞《ふさ》がったままの砲身が暴発して自分で自分の機体を吹っ飛ばすだけだ」

時間を稼ぐ。

余裕をもって一時間は欲しい。

クウェンサー達が命懸けで修道院ホテルの中を行き来していたのも、この辺りに起因していた。

核はここだ。

「それでも普通の土砂なら動力炉や推進装置の出力任せで無理矢理這《は》い出《で》る事もできるんだろうな。だから、もう一工夫だ。側溝、雨水管、マンホール、とにかく何でも良《い》い。斜面全体を網の目みたいに走る管に、整備基地の拠点を作るのに使う充填剤を流し込む。窓ガラスを強化するために、金網状に針金を通すのと一緒だ」

強度さえ上がってしまえば、だ。

オブジェクトは斜面を突き破って顔を出せなくなる。向こうのオブジェクトの最大の武器は機体後部のシールドマシンのようだが、いくら掘削機械とはいえ、生き埋めにされたまま万全の力を振るえるものではないだろう。そもそも『オブジェクトが潜れるほど』大きな直径を掘れるとも思えない。そして、一度も顔を出さなければ。公的に存在しない機体はそのまんま右から左へ闇に葬《ほうむ》れる。ヤツが社交デビューにさえ失敗すれば、トランシルバニア方面との正面衝突もなくなる。

独立の線は消えた。

「……さて、それじゃ仕上げだ」

「え？　もう山肌に寄生していたオブジェクトは縛り上げたんじゃ」

「大事な仕事が残ってる」

もう顔認識阻害用メガネに頼る必要はないだろう。

慣れないメガネを外したメイド服のクウェンサーはもはや迷彩や足音など気にせず扉を大きく開け放つと、混乱だらけの演説会場へ真正面から踏み込んでいった。

バルコニーまで大きく開かれているため、冬の冷気が押し寄せてくる。

クウェンサーは気にせず明かり一つない部屋の奥へ進み、大きなバルコニーにスマートフォンのLEDライトを突き付ける。

一〇〇人の報道陣？

知った事かとクウェンサーは意識から切り捨てた。ここが何であろうが、録音録画できる機材は何もない。ヤツらは好きなだけ世界の真実を見聞きして、しかしたったの一行も客観的に証明はできないのだ。

「やあじいさん！　俺はアンタの名前も知らないし自己紹介も求めちゃいない。このメイドが必要な事だけ言うから耄碌《もうろく》した頭に叩《たた》き込《こ》んでおけ。ミスったら歴史が台無しになるぞ」

ガシャシャ!!　と複数の護衛達が今さらのように拳銃を向けてきたが、クウェンサーは鼻で笑った。両手も挙げずに彼は続ける。

「良《い》いのか？　強烈な電磁波は電子機器だけじゃなくて、感度の高い信管や雷管も誤作動させるぞ。暴発で大事な部下の手首が吹っ飛ぶところを見たいのか？　あるいはあらぬ方向へ飛び出した鉛弾がたまたまアンタの脳みそを吹っ飛ばすかもしれない。頑丈な石造りのホテルだろ。その位置取り、きちんと跳弾まで計算できてるか？」

「……、」

「衛星兵器かな？　あるいはドローンや爆撃機？　頭の上だけ注意するのが本当に正解か。案外、地磁気や火山活動が影響しているかもしれないけども」

ハッタリでも構わない。

すでに結果を出した。それが『どこまでやれる』のかは、渦中《かちゅう》にいるジジィどもに分かる訳がないのだ。情報なき暗闇の中で、敵は勝手に疑心暗鬼を熟成させていく。最大の迷彩とは色彩でも陰影でもなく、つまり人間の脳の働きそのものだったのだ。

「要求は一つだ」

南部観光資源、世界中の報道陣、さらには遅れてやってきた『正統王国』軍のメイド新じゃが達まで、誰も彼も呆気《あつけ》に取られる中、クウェンサーだけが明確な目的を見据えてこう突き付けた。

そう、これが言える立場まで自分のステータスを吊り上げる必要があったのだ。

「お宅の秘密基地に迷い込んだウチの猫達を引き取るから返して欲しい。一刻も早く。できないと言ったら、アンタは自分の選択をこの先墓に入るまでずっと後悔し続ける事になる」

多くの報道陣が何の効力も持たない事に、また老人も気づいたのか。

駆け引きの対象が、明らかに一人に的を絞られた。

「……すでに死んだと言ったら？」

クウェンサーはプラスチック爆弾をアンダースローで気軽に護衛の一人へ放り投げた。電気信管など刺していなかったが、それだけでコワモテの黒服が腰を抜かしてへたり込んでしまう。

「次は信管アリでやる。無駄を省いてクレバーに交渉を進めよう。これ以上くだらない駆け引きするようなら、アンタを爆殺してナンバー二と取引するよ」

「貴様」

「自分の命に無限の価値があると思ってんのか。俺にとっちゃ、アンタは窓口の一つに過ぎない。きちんと機能しないなら部品は交換する」

　クウェンサーは全く容赦をしなかった。

「それから、大元のトランシルバニア方面にこう伝えるよ。南部はアンタ達を官民問わず殲滅《せんめつ》するために専用のオブジェクトを密造していたが、結局成功しなかった。だけど愚かな虐殺思考まで消えてなくなる訳じゃない、ってな。いきり立ったトランシルバニア方面はきっと容赦しない。俺以上にだ。果たしてオブジェクトなしで何とかなる状況かね」

「……、」

「良く考えて、首を縦か横に振れ。答えを間違えなければこの伝説のメイドがトランシルバニア方面に伝える内容を変えてやる。我々は『正統王国』だが、敵国といえど『情報同盟』の『安全国』の民が一方的に虐殺される事は望まない。もしも一方的に強行するのなら人道的観点に基づいてトランシルバニア方面は争いを望む『戦争国』であるとみなし、オブジェクトを含む貴国の主要軍事設備を軒並み破壊するから覚悟しろってな。どうする？　どっちが良《い》い」

「選択の余地があるのか」

「そうか？　格好つけるのはそっちの勝手だが、どう取り繕ったってトランシルバニア方面は午前〇時に動き出す。それまでに大物ぶった顔を保つのに必死なアンタの頭に有効な策がポンと浮かぶと良《い》いな。その手で捕らえた猫ちゃん全員の解放が条件だ。一人でも欠けていたら、生きたままアンタの首に爆弾巻いて切り取るぞ。分かったら返事をしろ。首を縦か横に、だ」

12

そんな訳で、だ。

移動式ベースゾーンの敷地《しきち》にきっちり送り届けられた悪友との涙の再会になった。

いつもの軍服に着替えたクウェンサーはあくび混じりで、

「……結局アンタ達どこで油売ってた訳？　いきなり全員通信途絶って時点で、少なくともナゾの外国人傭兵部隊《がいこくじんようへいぶたい》とかが疾風の如《ごと》き大活躍をした線はほぼ捨ててたけど」

「ヤツら坑道ごと爆破して生き埋めにしやがったんだ。通信途絶？　鉱山じみた山の中に潜ったんだぜ。電波なんかいつまでも届くかよ」

つまりそういう話だったのだ。

そこらのコスプレ女子高生すら現場に駆り出す南部観光資源側にまともな兵力が揃《そろ》っているとは思えない。にも拘《かか》わらずヘイヴィア達集団行動を取るジャガイモ達が悲鳴や救難信号の一つも出せずに一瞬で全員ロストするとしたら、方法はどうあれ可能性はほぼ一択だ。不意打ちの電波障害、これしかない。

結局、こいつもまた南部観光資源の迷彩の一つだった。高度に訓練された暗殺集団の存在を匂わせる事で、全貌の見えない侵入者の足を止めたかったのだろう。クウェンサー達に届いた救援要請の個別番号の件などもあるので、向こうにも頭でっかちのハッカーくらいはいたかもしれないが。

そう。

そのはずだった。

「見えてこない事がある」

「ああ」

南部が本当に軍事面において素人《しろうと》の寄せ集めたとしたら、一体どうやってオブジェクトを丸々一機組み上げた？

そもそも、高度で複雑な教育プログラムを必要とする操縦士エリートはどうやって確保した。エリートは量産できない。当人に合った機体をゼロから構築して互いに馴染《なじ》ませる、オンリーワンの兵力となるはずなのに。

「……誰かが必要なモノを必要なだけ供給している。もちろん、莫大《ばくだい》な金を持つ南部の富裕層をターゲットに選ぶようなやり口で」

大金と引き換えに武力を提供するモノ。

木っ端《こっぱ》のアサルトライフルや地雷ならともかく、超大型兵器オブジェクトや操縦士エリートまで手を伸ばした存在。

おそらくは。

次の敵。

「武器商人、か」

行間一

ほらね、言った通りになったでしょう？

やっぱり無理だったんですよ。

確かに今はオブジェクト全盛の時代です。これを無視して商売を進めていくのは無理があります。けどさあ。全長五〇メートル、重量二〇万トンのカタマリなんて見つからないはずがありません。監視の目も厳しい。そして何より顧客の連中は大概悪目立ちを望んじゃいないんです。国際社会から袋叩《ふくろだた》きにはされたくないからな。需要も供給も的外れですよ、これじゃあマーケティングの観点でいちいち指摘するまでもない。ビジネスモデルは破綻しています。

一機造るのに五〇億ドルもかかって、完成までに数年間現地で面倒見る必要があって、途中でバレて国際社会から止められたら大事な顧客は報酬を払う暇もなく殲滅《せんめつ》される。分かるでしょう？　ハイリスク過ぎる‼

だから前から言ってきたんです。

そういう方法じゃダメなんです。というか、オブジェクトの時代に乗っかるからって、何も馬鹿正直に丸々一機組み上げる必要なんかどこにもないんです。

俺達は巨大な後ろ盾を持った世界的勢力じゃない。そしてだからこそ、様々なしがらみに縛られる必要もありません。

ここに不自由を感じてはなりません。

何事もモチベーションが大切で、逆転のインスピレーションが成功の秘訣《ひけつ》で、イノベーションが、クリエイティビティが、後はまったりしてそれでいてクセがないでしたっけ？　まあ、言葉の表現はどうでも良《い》いですが。

さあ、戦争を楽しみましょう！

パラサイトプラン、組み立て開始って事で構いませんね？

第二章　兵器貸出始めました　〉〉ハワイ方面技術解析戦

1

はいどうも、歌って殺せる戦場アイドルレポーターのモニカだよ。

やる気？

ないけど。

にしても、まあ、クウェン子ちゃんか。検索エンジンのホットワード見た？　伝説のメイド、堂々の第一位だって。そうか相変わらずしれっとバズりやがってあのメイド服の悪魔が再び私の前に立《た》ち塞《ふさ》がるかうふふふふふふふふ。

あー、はいはい。

やるよ、やるってば！

こほん。私は今、『資本企業』が半ば実効支配しているハワイ方面にやってきています。あろはー。分類上は中立の『空白地帯』だから、こうして四大勢力の観光客でごった返しているんですけどね。

ハワイ方面は昔から海の要衝として知られており、ハワイを制する者が広大な太平洋を制すと言われてきました。

島と言っても色々あって、重視される条件も多岐にわたります。例えば真水の確保や作物を育てて自給自足は可能か、複数の海流の通過点であるかなど。グアムやハワイが持《も》て囃《はや》される一方で、同じ太平洋にあるモアイ像で有名なイースター島は何故《なぜ》歴史の最前線から捨て置かれたのか。この辺りを追っていくと、海の要衝という言葉の意味に深く切り込めるかもしれません。具体的には2929辺りでな。

うーん、リハはこんなもん？

四分三〇秒……うえっ、確か五分のコーナーだよね？　うわーあ、大分巻いてんじゃん。やっぱダメだわ炭水化物抜くのって人間の構造的に無理がある。ご飯食べないとパワーが出なーい!!　ADちゃんちょっと検索お願い、ロコモコの美味《おい》しいお店はどこだー!?

えっ、今のでオッケーなの？

ちょいちょいちょいちょい!!　ちょっと待ってなにイイ笑顔浮かべてんの本番は別で回してよ!?　こんなだらっとした顔お茶の間に流せるかっっっ!!!!!!

2

遊泳禁止!!　今年はサメが増えています!


「……、」

「……。」

一体何しにハワイくんだりまでやってきたのよ、とは『正統王国』軍の馬鹿二人は考えない。

島を釣り上げた神様の伝説を紹介する看板の上からべったり張り付けられた緊急警告の貼り紙。しかし問題なのは砂浜のど真ん中にある警告文ではなく、目の前に広がる驚愕《きょうがく》の光景である。

「……何でお構いなしに裸足《はだし》で白い砂蹴って海に向かって突っ走ってるんだ、水着の眩《まぶ》しいかわいこちゃん達は」

「知らねえのかよクウェンサー、人間ってな肉食いたいってだけで身の丈よりデカいマンモスに襲いかかっていたような生き物なんだぜ。生き抜くためなんて言い訳だ、鹿だのウサギだの手頃なサイズでも収められただろうによ」

浜辺。

より正確には『島国』風ウミノイエとガソリンスタンドとモーテルを合体させたような、ようは観光地価格で不味《まず》いフランクフルトと毒みたいな炭酸飲料を売り捌《うさば》くお店だった。一応は『空白地帯』、誰のものでもないハワイ方面に備え付けた『正統王国』軍の偽装監視バンカーの一つであった。ちなみに防犯、諜報《ちょうほう》、監視、見守り、情報収集、サンプリングなんてのは言葉の角を丸めただけで、全部が全部『最低のド変態覗《のぞ》き行為』と置き換えられる。毎日エアコン利《き》いた二階の部屋で双眼鏡片手にビキニからこぼれる弾《はじ》ける肌を眺めていれば公務になって国の税金から安定給料をいただけるというのだから担当者をぶん殴ってやりたい。

「……おー、次のバスが来たよ」

「これで何度目の乗り換えだよクソが！　あっちもこっちもジグザグ行ったり来たりしやがって、もうオアフ島を三周分くらいしてんじゃゃねえのかっ」

バスとは名ばかりの幌《ほろ》付きトラックだった。側面には現地の言葉でパイナップル農園の名前が書いてある。エアコンのない殺人的な荷台もサスペンションのイカれた車の振動で腰を叩《たた》かれるのにももう慣れた。馬鹿二人含むジャガイモ達は魚が死んだような目でもそもそと荷台に乗り込んでいく。

かれこれ三時間くらいガタゴト揺さぶられているが、未《いま》だにどこへ向かっているかの説明もなかった。

「……最悪だ。戦争するような陽気じゃないよ。何でハワイまで来て『島国』のジュードーギみたいな匂いに包まれなくちゃならないんだ」

「にっへへ」

隣でうずくまっているヘイヴィアから変な音が出た。過酷な『正統王国』軍ではもはや珍しい現象でもない。ちゃんと命令を聞いて真面目に働いたらランナーズハイに襲われるとか、いよいよ人間の生存環境が壊れてきている。

シラフでドリーム世界へ旅立ち始めた人の口からゆるゆると何か溢《あふ》れてきた。

「……クウェンサー知ってる？　伝説のメイドが東欧の修道院ホテルに現れたってハナシ……」

「びくっ⁉」

「……ホテルスタッフの連中も知らねえんだとさ。世界中の報道陣が目撃したけど、機材が軒並み壊れちまって誰も記録に残せなかったらしい。伝説のメイド、検索のホットワードだぜ？　ウワサじゃオブジェクト使った無理矢理な独立の危険性を伝えるために現れた美少女メイドの幽霊だって情報も流れていて……」

だらだらだらだらだらだらだらだらだら、とクウェンサーの顔というより背中の方から嫌な汗が噴き出していた。

変な方向に拡散が始まっていた。

伝説のメイドクウェン子ちゃん、何だか人外の美へ片足踏み出してしまったらしい。放っておいたら『資本企業』発のテクシブとかで予想図を描き殴られた上、『情報同盟』辺りでナントカチューバーとか言って3Dモデリングされて一人歩きでも始めかねない勢いだ。

パイナップル農園の幌《ほろ》付きトラックが到着したのは、海沿いの加工場だった。屋根の下まで車ごと乗り付ける。荷台から降りたクウェンサーは作業服の男に、

「お次は？」

「ゴムボートのモーター回して沖へ。洋上待機している駆逐戦艦と合流しろ！」

「……海軍め、オブジェクトに活躍の場を奪われて暇だからってまた世にも不思議なフネでも海に浮かべやがったのか……」

パイナップルのヘタを切るためか、馬鹿デカい山刀で指し示した方へクウェンサーやへイヴィアは向かう。電動モーターのついたゴムボートは、多分ハワイならそこらのレジャーショップでも覗《のぞ》いた方がよっぽど良《い》いものが手に入るだろう。サメ除《よ》けとして底の部分にイソギンチャクを連想させる赤やオレンジの毒々しい警戒色が施されているのと、ボートの上にもっさりサトウキビの束を積んであるのが特徴か。

コンクリートの岸から出発進行。

パイナップル加工場から沖の駆逐戦艦まで直行してしまうと身元がバレてしまうため、途中で適当な橋の下へ向かい、もっさり積んでいたサトウキビの束を海に放り捨てて『衛星からの印象』を変えておくのも忘れずに。

ややあって、だ。

「？」

ばしゃっと高速で流れる真横の海面を割って何か大きな影がジャンプした。

イルカが併走しているなんて甘い話ではなかった。相手は全長八メートル、ちょっとした乗用車くらいの筋肉の塊だ。

本気のホオジロザメだった。

「おっかねえッ‼」

ようやく正体に気づいてヘイヴィアが腰から熊殺しの異名で知られる軍用拳銃を抜いたところで、併走していた巨大サメは興味を失ったような仕草でコースから外れていく。

何もできずへたり込んでいたクウェンサーも手の甲で額の汗を拭《ぬぐ》って、

「……海全体が学習してる。あの動き、銃の威力を理解してるぞ。並のルアーなんかじゃ引っかからなくなったブラックバスだらけの川みたいに」

「こりゃ確かに難儀しそうだぜ」

しばらく、ヘイヴィアは銃をホルスターに戻せないでいた。こちらはエンジン付きとはいえゴムボートなのだ。

「レンドリースだっけか。今回も大失敗と大ヤケドの予感しかしねえ」

こうなったら一刻も早く駆逐戦艦とやらに乗り上げるしかあるまい。

それにしても小さくて大きいとはどういう事か。拳銃のはずなのに肩当てつけないと手首をやっちゃう化け物マグナムとかやたらとデカいハチなんかを頭に浮かべたクウェンサーだったが、実際にサメに脅《おび》えながら（あんまし役に立たない）イソギンチャクの警戒色で守られたゴムボートに乗って海の上を疾走してみれば、イカリを下ろして待ち構えていたのは時代遅れの重巡洋艦だった。全長二〇〇メートル弱の灰色の巨体に速射砲の砲塔や垂直発射式巡航ミサイルの群れ。そして両サイドには追加で細長いジェット水流式の推進フロートがヤジロベエみたいに取り付けられている。

「……元から大艦巨砲主義のカタマリだし、速度上げりゃあオブジェクトに噛《か》み付《つ》けるとでも思ってやがるのかね」

「冗談だろ。車の速度メーター見ろよ。真《ま》っ直《す》ぐ進むだけの最高速度と左右に細かく曲がれる通常速度って全然別腹だぞ。こんな船で勢いに任せてサイドステップなんかやらかしたら真ん中からボッキリ折れるのがオチだって」

吊《つ》り橋《ばし》と似たり寄ったりのタラップを下ろしてもらって、クウェンサー達はナゾがナゾを呼ぶ（あるいは人様の税金じゃぶじゃぶ使って迷走しまくった）駆逐戦艦とやらに乗り込んでいく。

艦内、会議室へ入る前に、狭い通路の途中にあった喫煙スペースでフローレイティアと目が合った。

正しい答えなど決まってはいないが、今日に限っては馬鹿二人、速やかに退散しようとしたのが裏目に出た。

「おうおうおう。これはどうした事だ敬愛の精神が足りないんじゃないか将校サマに対してよお一？」

「うわ想像以上にやさぐれてるっ⁉　銀髪で巨乳で一八歳で美人将校でもメンド臭いの方が表に出ちゃうなんてアンタ相当のタマですよ‼」

「絡《から》み巨乳め、俺らに振り向いて欲しけりゃバニースーツにでも着替えてきやがれってんだ……」

とはいえこうなっちゃうと超絶縦社会の軍では打つ手なしだ。そもそも公務員だっつってんのに労働監督所の人が面倒見てくれないなんて軍は狂ってる。こんな調子ではバカンス時間やシエスタが導入される日も永遠にやってはこないだろう。

「思えば最初からややこしくなると思っていたのよ、私は」

危険である。

ほら私バカだからさ、と同種の入りだった。長ったらしい校長先生のお話だからと言って、はいはいそうそうですねと機械的に頷《うなず》き続《つづ》けているとぶっ飛ばされる例のアレである。

「型落ち兵器のレンドリースだなんてな」

「使わなくなった兵器をよそに貸し出すアレですよね」

合いの手を打つクウェンサー自身、眉をひそめていた。

自分達で作った兵器をわざわざ他人に貸すメリットは様々だ。

敵の敵は味方の理屈で武器を渡して兵力を強化すれば、共通の敵は多面同時攻撃にさらされる事になる。そうでない場合、そもそも火中の栗《くり》を拾わせるため部外者に武器を貸すケースもある。こちらは公式の戦死者をカウントせずに望んだ戦果だけ欲しがる時などに有効だ。他には中古品を言い値で押し付けられるので、財布を潤すのにだって利用できる。

当たり前の話だが、戦争はお金がかかって人が死ぬ。それでは困る場合は書類を誤魔化し、表面上の数字を書き換えようとする者も現れる。

「金に命。戦略白書の数字を気にするってこたあ……」

「一年って早いでしょう？　もう年末の恒例行事が顔を出してきた。ま、ここを穏便なラインで済ませないとお茶の間の皆さんが貴重な若者の命を守れとか税金の無駄遣いはやめろとかで反戦運動とか始めてしまうからね」

平たく言えば、政府主導の裏稼業《うらかぎょう》だ。

麻薬戦争という名前をつけて国が白い粉をばら撒《ま》くのと同じ。今回のケースでは武器商人よろしく大量の武器を他人に貸し出して戦局の再調整を図っている。

より具体的には、『空白地帯』ハワイ方面における四大勢力の影響力、である。

それにしても、だ。兵器なんて機密の塊で、誰かに渡せばネジ一本まで分解されてしゃぶり尽くされるに決まっている。ステルス機には落ちるな、戦車には撃破されても良いから中途《ちゅうと》半端《はんぱ》に泥にハマるなと命じられる奇妙な世界のお話である。いくら事前審査で身元を確認しているとはいえ、整備マニュアル付きで自前の兵器を明け渡すなんて正気の沙汰とは思えない。

軍事機密をその辺の共有フォルダにぶち込んで放《ほう》ったらかしにするのとどっこいどっこいの暴挙である。

フローレイティアは口で咥《くわ》えた細長い煙管《キセル》をゆっくり揺らして、

「だから退役前の、とっくに消費期限の切れてる旧式兵器だけを選んでる」

「知財って言葉を知らないほど遅れているって訳じゃあないでしょう、いつ何が行き詰まった技術開発のブレイクスルーに繋《つな》がるか分かんないのに!?」

「あれだけ長い期間現場で使っていたのよ。どうせ死体の手からもぎ取ったモノが分析され尽くしてる」

ああ言えばこう言う。宿題やったの？　あーあ今やろうとしてたのにこれまで積み重ねたモチベが全部台無しに！　とおんなじ響きであった。エンジニア系の、それも見習いクラスの言い分なんてこんなものか。

「元はと言やあ、ここらを牛耳ってる『資本企業』を叩《たた》くため、その対抗馬へ武器を流してるって話だったんすよね？」

「色々端折《はしよ》って結論を急ぎ過ぎだへイヴィア。まずこのハワイ方面は厳密に言えば『空白地帯』で誰のものでもないのよ。『資本企業』は我が物顔で実効支配は終えていると主張しているがね」

「で、それが本格的に邪魔になってきちまった、と」

「まだよへイヴィア、がっつくな」

フローレイティアは呆《あき》れたように紫煙混じりの甘い吐息をこぼす。

このハワイ方面は誰のものでもない。故に、四大勢力が各々《おのおの》勝手に守って『あげる』形を取っている。『正統王国』の沿岸警備隊、『信心組織』のハワイ・ポリネシア神話文化保全活動、『情報同盟』のマスメディア放送局設営……と色々あるが、中でも強いのが発電や上下水道など生活インフラ整備に乗り出した『資本企業』だ。そして学校や病院を独占されてしまうと、どうしても全体のカラーはヤツら一極に傾きがちになってしまう。

「問題なのは連中がやっている慈善事業よ。オキシオーシャンオペレーション。貧酸素状態、いわゆる死の海に外から活力を入れようというお題目だが……」

「あれですよね。ようは熱帯魚が死なないよう水槽にポンプで空気を送る？」

「そうそれ。スケールはケタ違いだがね。一分間に何万リットルもの酸素を海水に溶かすトンデモポンプをそこらじゅうに設置している」

「そんなに大量に送り込んでも水に溶ける限度は決まっているんじゃあ……？」

さあな、とフローレイティアは『学生』へ投げやりに呟《つぶや》いたのち、

「一応は海水を施設内に引き込み、莫大《ばくだい》な圧を加えながらマイクロバブルを使って酸素を溶かしていって、加工済みの海水を外へ逃がす仕組みらしいがな。その理屈だと常圧に戻った途端酸素も分離され、逃げてしまいそうなものだが……まあ、貧酸素の『死の海』は主に深海のくぼ地で深刻な被害をもたらす。元から水圧の高いエリアなら問題ないんでしょう」

しかしどうしてそこまでして水質を変えたいのか。

それも軍が、である。

フローレイティアの答えはこうだった。

「『資本企業』としちゃこの辺一帯を高級魚の宝庫に戻したいらしい。つまりサメ、フカヒレよ。高級食材だの化粧の下地だの、セレブ向けの商品に化けるようね」

「……、」

「……。」

すでに一回電子メールで目を通した内容の確認のはずだった。だが何度確かめてもビミョーな顔になってしまう。

「つまり、やっこさん達は金のために、人の手を使ってアレを増やしていると？　冗談じゃねえ防止ネットだって完璧じゃねえんだ、この夏だけで何人サーファーが喰《く》われたと思ってやがる」

うんざりしたように言うヘイヴィアだが、フローレイティアはどこか冷淡だ。

「そもそも四大勢力から旅行客が押し寄せる観光地はどこもスパイ天国よ。このハワイ方面で一強の実効支配を謳《うた》う『資本企業』としては面白い状況ではない。できる事なら塗り替えたいのさ。そのためのお題目として、もっと金になる、って上の上のてっぺんを納得させるプロモーションを織り交ぜなくちゃならないみたいだけどね」

「……これまたざっくりした陰謀で大雑把に荒稼ぎしやがって。ヤツらハッカー集団とか怖くねぇのか」

「別に露見しても構わんのだろう、『資本企業』としてはとにかく観光客には立ち去ってほしいんだからね。それにサメ被害の恐怖が拡散すれば保険事業が活性化するでしょう。ひょっとしたら安いB級パニック映画も流行《はや》るかもな」

ああ言えばこう言うで札束の山が右から左へ流れていた。

当然ながら『正統王国』はいつだって邪魔したい側だ。ハワイ方面は観光客で賑《にぎ》わっていてほしくて、スパイ天国をキープしたい。ビキニと弾《はじ》ける肌がグシャグシャになる衝撃映像を双眼鏡越しに眺めたいとも思わない。銃の構え方もあんまり分かっていないクウェンサーだが、だからこそか、意味もなく訳知り顔で唸《うな》っていた。

そんなクウェンサーは似合わない仕草で肩をすくめて、

「でもこっちはそのための『貸し出し』でしょ、つまりサメ退治！　ウチの沿岸警備隊の連中、そんなに不調なんですか？」

「さてな。ヤツらそもそもサメなんかと戦ってないもの」

フローレイティアが意味不明な脇道に逸《そ》れ始《はじ》めた。

ここから先は聞いてない。

「手元に大火力があるならと、元凶のエアポンプ場に的を絞ってしまったらしい。莫大《ばくだい》な圧を掛け、一分間に何万リットル？　とにかく海中への酸素供給を止めない限り永遠にサメは増え続けると言ってね」

「……うへぇ」

「バカに道具だけ与えるとコレだ。だから嫌なんだレンドリース。墓場行き寸前の擦り切れたお古の機関銃抱えて『資本企業』軍の本丸をつついた訳ね。おかげで、」

そこでフローレイティア＝カピストラーノの言葉がわずかに途切れた。


ツッツゴン!!!!!!　と。


間近の木の幹を太い落雷が真っ二つに割るような轟音《ごうおん》と共に、二〇〇メートルに届く世にも不思議な駆逐戦艦が縦に跳ねた。

何かが当たったのではない。あくまで余波のうねり、高波に揺さぶられただけでこれだ。

フローレイティアは壁に手をついて、

「……おかげで、眠っていた虎が目を覚ました。『資本企業』軍の第二世代、『オーバーキャビテーション』。ウチの『ベイビーマグナム』はあちこち贅肉《ぜいにく》削られてダイエット中よ」

かんっ！　と硬い音を立てて、フローレイティアは煙管《キセル》の中身を灰皿に出した。

続きは会議室で、という事なのだろう。

馬鹿二人を連れて両開きの大きな扉を開け放った銀髪爆乳の将校様は開口一番こう宣言した。

「諸君！　時間がないので手短にまとめるぞ。サメと戦う準備だけしておけ！」

プロジェクターを使ってハワイ諸島と周辺の海図を呼び出しつつ、

「現在、お姫様と『オーバーキャビテーション』が洋上で交戦中だが、こちらについて詳細を知る必要はない。バカが束になって突撃したところで何の足しにもならん。お前達の命はもう少し有意義に使ってやるからバカなりに感謝しろ」

お料理番組の『実際に三〇分寝かせた生地がこちらになります』くらいざっくりした流しだった。

どうやらお姫様、今回は本当に時間がないらしい。

「過去の交戦記録を分析するに、『オーバーキャビテーション』はかなりの手練《てだ》れよ。しかし一方で、ヤツは潤沢な気象・海洋データのサポートが揃《そろ》わない環境では絶対に戦わない、という奇妙な特徴が見られる。温存されているな、常に勝ち続けてきたからこそのわがままだ。ひとまずここを突く」

カシャリ、とアナログなシャッターを切るのと似た音と共に、次の画像が重ねられる。ハワイ諸島を構成する八つの主要島のあちこちにバッテンがついていた。

「元々ハワイ方面は複数の活火山を抱えていて、毎年三〇以上のハリケーンをおもてなしする災害多発エリアでもある。つまり気象台や海洋観測所はあちこちにある。エースの『オーバーキャビテーション』のお眼鏡に適《かな》う立地ね」

トドメに、だ。

フローレイティアは壁に映した一際《ひときわ》大きなバッテンを細長い煙管《キセル》で叩《たた》いて、

「ロッキーコースト海洋気象学研究所。全てのデータが集まる心臓部で、『オーバーキャビテーション』とも直結で繋《つな》がっている。こいつを叩《たた》いて揺さぶりましょう。ヤツが動揺すれば、お姫様にもクロスカウンターのチャンスがやってくる」

3

すでにお姫様はリングの上だ。

うちのカワイイ猫ちゃんが崩れ落ちて四《よ》つん這《ば》いにもなれず小さなお尻を突き上げる格好で無様にケイレンするより早く逆転のチャンスを与える必要が出てきた。

例のロッキーコースト海洋気象学研究所はオアフ島の海沿い、断崖絶壁の近くにある。例の『熱帯魚の水槽のポンプ』の面倒を見るためでもあるのだろう。となると海からモーターボートで近づくのが手っ取り早そうではあるが、

「おっかねえ！」

爆音と衝撃波、そして荒ぶる高波のせいでゴムボートが大きく飛び跳ねた。底面、役に立つ

んだかどうかもはっきりしないサメ除《よ》けの赤やオレンジで塗り分けられたイソギンチャク柄が大きく覗《のぞ》く。いつひっくり返るか分かったものではない。でもって忘れてはならない、ここらは高級食材で丸儲《まるもう》けしようとしている『資本企業』のお歴々がでっかいサメをたくさん育てているという簡潔な事実を。

「ダメだっ、キャットファイトの余波がデカ過ぎる！　多少遠回りになってでも陸路に変更するべきだ‼」

「ちくしょっ、もう突端見えてんのにな……」

感動的に突撃して海に投げ出され、八メートルのホオジロザメにガブガブやられて映画化されスクリーンにポップコーンの容器を投げつけられるにしては給料が安過ぎた。忠誠と奉仕の心が足りないジャガイモ達はやむなく針路を変えて、ナイフの刃みたいな海岸線に向かう。

「ここどこだよ……。ああっもう！　平気で八キロくらいあんじゃねえか‼　潮のせいで戻ってる、どんだけ遠回りしてんだ⁉」

「……その八キロ歩いて渡ったらいよいよ実戦だよ。ここ『戦争国』じゃないんでしょ。ほんとに撃つ勇気ある？」

「うるせえ俺らよりお高いライフルと手榴弾《しゅりゅうだん》で身を固めて『資本企業』に機密売っておいてボク素人《しろうと》ですなんて通用するか」

「やだやだ、相手が薄幸の美少女でも同じコト言えるかなあ……？」

すでにこの海岸線からでも、洋上で行われるオブジェクト同士の殴り合いは見て取れた。

片方は『ベイビーマグナム』。

逆Y字の静電気式推進装置に追加の海戦用フロートを取り付け、巨大な球体状本体の後部から延びる七本の兵装アームに取り付けられた主砲の群れが多角的に獲物を狙う。

もう片方は『オーバーキャビテーション』。

こちらは最初から海戦専用。球体状本体の真下から後ろに向けて流れるフロートもまた、特化したエアクッション式だった。本来ならバランス保持のための錘《おもり》、シャークアンカーを敢えて排除しているのは素早いフットワークのためか。空気の力で浮かび上がっている割に水陸両用ではないのは、塩分濃度を利用して『空気の粘り気』を微調整しているから、らしい。しかもそれとは別に、いくつもの金属パイプが翼のように左右へ広がっている。世界はうっすらとけぶっていた。海水でも吸い込み、動力炉が生み出す莫大《ばくだい》な熱で水蒸気に変えているのか。蒸気の力を借りた二〇万トンの塊が、右に左に小刻みにスライド移動を繰り返す。

主砲は正面に一門。

長い砲身を支えるためなのか、根元の辺りから二本、バイポッドに似たパーツが海面へ延びていた。副砲についてはレーザービームと下位安定式プラズマ砲を揃《そろ》えているようだが、球体状本体にウニやイガグリみたいに張り付けているのではなく、その本体の上部に三つほど専門の塔を設け、そこに全部まとめているようだった。機体全体を水や蒸気でまとめているからその他の部分を脇に寄せているのか、あるいは自分で撒《ま》き散《ち》らす大量の蒸気でレーザーやプラズマの照準・軌道が微妙に歪《ゆが》むのを避けるための配慮なのか。

「イカれてるぜ……」

　はるか彼方《かなた》の殴り合いを遠い目をして眺め、ヘイヴィアが呻《うめ》くように呟《つぶや》いていた。

「蒸気の槍《やり》だ、あんなもんで攻撃してやがる。オブジェクトのタマネギ装甲は核攻撃にも耐えるんだろ。蒸気機関！　何でウチのお姫様はあんなスチームパンクの手でズタズタにされてんだ⁉」

「単なる蒸気圧で切ってるんじゃない。キャビテーションだよヘイヴィア」

　元々、キャビテーションは水中の気泡の力で船のスクリューなどに多大な負荷を与え、破壊する元凶として扱われている。つまり攻撃手段に転化する場合も、大量の細かい気泡を届ける、水を利用した導火線の存在は必須となる。

「キャビテーションは水中で大きな塊を素早く通す他に、音圧を高めた超音波を走らせる事でも発生する。おそらく水の槍《やり》を飛ばし、その内部に超音波を通して大量の気泡に作り替えているんだ。後はベルヌーイの法則、水撃作用で一気に標的を叩《たた》く」

「勃起してねえで分かりやすく言ってくれよ」

「全長一〇キロのパイルドライバーだ。城の門をぶっ壊す巨大な杭《くい》とでも考えてくれ」

　水そのものを兵器に変え、『ベイビーマグナム』の装甲を毟《むし》り取《と》りにかかる『オーバーキャ

【オーバーキャビテーション】
OVER CABITATION

全長…140メートル(主砲最大展開時)

最高速度…時速630キロ(シャークアンカー排除による姿勢不安定化を実装)

装甲…2センチ×500層(溶接など不純物含む)

用途…海上掃討兵器

分類…海戦専用第二世代

運用者…『資本企業』軍

仕様…エアクッション+次世代蒸気機関

主砲…コイルガン×4、掘削用尻尾×1

副砲…レーザービーム、下位安定式プラズマ砲など

コードネーム…オーバーキャビテーション
(大量の気泡による水撃作用を利用した主砲から)。
『資本企業』軍正式にはアントワネット。

メインカラーリング…ブルー

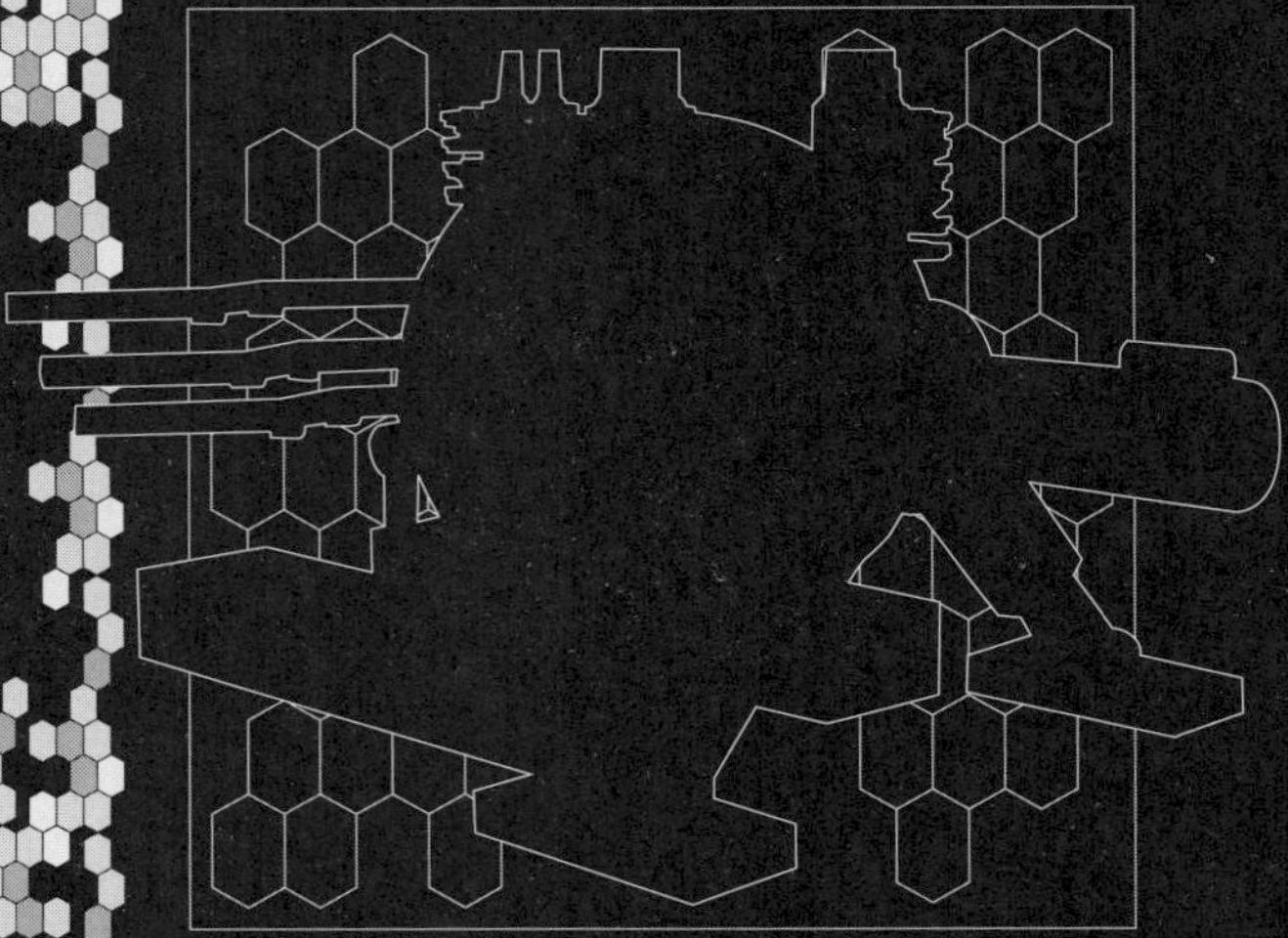

OVER CABITATION

ビテーション』。

悔しいが、観客席から応援してもお姫様が奇跡のパワーでナゾの覚醒を遂げる訳ではない。

「行くぞヘイヴィア、俺達は俺達でやれる事をやるんだ」

「今やれる事？　ナニでも擦って不貞寝《ふてね》するくらいだよ、くそったれ!!」

「ヘイヴィア」

「最低でも誰を殺しゃ良《い》いのか教えてくれよ!!　あの研究所にいるの皆殺しにしても構わねえのか!?」

そんな訳にもいかなかったので、ちょっくらドローン君に偵察してもらう事にした。東欧の修道院ホテルでもお世話になったカトンボみたいな無人機を操るトーマスによると、

「あるある、赤外線の点滅。肉眼じゃ分からないけど、海のオブジェクトから誤射で吹っ飛ばされないよう右腕にマーカーつけてる。正規支給品だ。つまり迷彩服だろうがアロハシャツだろうが全裸のヌーディストだろうが、中身『資本企業』の軍人で確定」

「ありゃ貸し出し品じゃねえのか？　うちのスクラップみてえに」

「クラス三の軍用規格だ、向こうの社長さんだの会長さんだのは点滅信号の乱数表を見破られるのを恐れてる。旧バージョンから更新されたのはたった二週間前、現場で死んだ兵士からドッグタグと一緒に回収するよう周知徹底されてるくらいだよ。レンドリース？　スケベなディスクじゃないんだ、向こうの個室鑑賞の棚にゃ並んでないね」

なら確定だが、赤外線は目に見えない。カメラで撮られて恐怖の虐殺映像とかタグ付けされてひっそり動画サイトに嫌がらせで投げ込まれても対処がめんどいので、違いの分かる通の皆様はきちんと正当性を担保してからミナゴロシモードに入りたいものであった。

それにこうして上から眺めてみれば、戦う前から大体の敵兵分布が分かる。例の海洋気象学研究所の周りには猟銃から軍用に大出世したボルトアクションのスナイパーライフルを手にし、この暑いのに頭からギリースーツを被《かぶ》った警備兵がうろついているが、周辺一帯の荒野はのどかなものだった。あちこちある小さな熱源反応は野生動物のものだろう。おそらく、できるだけ広い範囲を少人数でカバーするため、射程の長い狙撃系を揃《そろ》えているはずだ。

だとすると、

「……念のため地雷に注意。あの手の狙撃銃は人海戦術、まとまった数の一斉突撃に弱い。足を止めてから撃つ、が基本だ。バリケードじゃねえとなると、土の中に何か埋めてる可能性は捨てられねえ」

「嘘《うそ》だろ、ゆっても観光地でしょ？」

バチンというプラスチックのツメを弾《はじ》くような音があった。

ヘイヴィアがアサルトライフルの先に追加のアタッチメントを取りつけたのだ。銃剣とは大分形が違う。丸い輪っかのようなパーツは、クラブの出入口で用心棒などが使っている簡易式の金属探知機に似ている。

「特に『安全国』の指定もねえ『空白地帯』だがな。中立ってのも善《よ》し悪《あ》しだ、四大勢力のどこのフォーマットが機能してるのかはっきりしてねえんだしよ、きちんとルールが決まってねえからやりたい放題だぜ」

「ぴーくる？」

が、ここでまたトーマスがしゃしゃり出てきた。

「やめやめ、地雷探知機のアタッチメントはビークルに取り付けよう」

「陸上用の無人機。電波の良く届くＲＣカーとでも考えてくれれば」

トーマスはやたらと鼻息を荒らげて、

「探知機だって完璧じゃない。ガラスやプラスチックの地雷にゃ反応しないでしょ。ひとまずこいつを先行させよう。地雷を見つければそれでよし、見逃してもオモチャがドカンと吹っ飛ぶだけだ」

「『情報同盟』みてえな野郎だな」

「この時代に騎士の名誉にかけて白いお馬さんにでもまたがる気かね？　良《い》いところは素直に認めて吸収する。時代の変化についていけなくなった巨人は惨《みじ》めだよ、これからは兵器もＩｏＴの……」

ぱんという乾いた音があった。

音源はわずか五メートル先。側面からこめかみに一発もらったトーマス君が真横へ棒切れみたいに倒れる。あまりにあっさりし過ぎて馬鹿二人は思わず見送ってしまった。

というか何だ。

今の一体何だ⁉

「銃撃っ」

「どこからだ⁉」

探知機のデバイスをつけたままの不格好なアサルトライフルを突き付けて、しかしそこでヘイヴィアの銃口が迷いに揺らぐ。

辺り一面はナイフのように尖《とが》った海岸線で、突端に向かうにつれて緩やかに高さが増して岬となっていく。辺りはゴツゴツした岩なんかがたくさん転がっているが、少なくとも音の聞こえた五メートル先に人の隠れられそうな物陰はない。せいぜい一抱えくらいの大きな石がいくつか。そもそも真っ先にやられたトーマスはドローンを飛ばして上空から現場を監視していたのだ。物陰に身を潜めたって、上から覗《のぞ》かれれば露見は避けられないはずなのに……。

(何か埋めてあるのかっ、爆発するんじゃなくて扇風機みたいに首振りするリモート拳銃とか)

もぞりと一抱えの石の陰で何か蠢《うごめ》いた。

違う。

何かいる⁉

「無人機かっ⁉　ちくしょう一体何だってんだ⁉」

「ぶっ壊してから考えろ‼」

スリッパよりデカいやたらカラフルな虫でも見つけたような嫌悪感《けんおかん》だった。クウェンサーは適当な大きさに千切ったプラスチック爆弾に電気信管を突き刺し、周りに硬い結束バンドをぐるぐると巻きつけた。こんなものでも弾《はじ》け飛《と》べば破片をばら撒ける。

が、

「ああっ⁉」

アサルトライフルの照準越しに視界を確保したまま回り込み、ついに大きな石の陰にいた刺客の正体を目撃したヘイヴィアが、あまりの理不尽に絶叫していた。

テクノロジーはこんなものまで戦場に送り出してきた。

猿、である。

体長六〇センチほどの猿が、３Ｄプリンタで作り出したと思《おぼ》しきやたらと薬室の膨らんだ拳銃を、摑《つか》んで、いる……？

ギッ、という短い警戒の鳴き声があった。

誰が握っていても、どんなものであれ、銃口は銃口だ。

相手の指が動くより早く、ヘイヴィアは短い連射で猿のど真ん中を撃ち抜いた。

「ふざけ、」

ざわりと空気が変わった。

仲間を殺された、という事実は認識できるのか。

あちらの岩陰、こちらの木の枝、あちこちから同じプリンタ銃を握り込んだ猿達が一斉に銃口を突き付けてくる。

「馬鹿にすんじゃねえっ!! こんなのでトーマスは命落としたってのか!?」

拘泥《こうでい》している暇はなかった。

向こうの数は一〇〇匹どころではない。その全てが実銃を手にして殺気立っている。クウェンサーはプラスチック爆弾に隠し味を加えたお手製手榴弾《しゅりゅうだん》を投げて速やかに無線で起爆した。猿を全滅させる、なんて一足飛びには考えない。とにかく身を隠し、盾にする遮蔽物《しゃへいぶつ》が欲しい。

今は繋《つな》ぎの煙幕で良《い》い。

流れを断ち切ったクウェンサー達はあちこちにある太い木の幹まで急いで走る。物陰まで間に合いそうにない兵士達については、自分から崖の向こうへと跳んでいった。

「ヘイヴィアっ上!!」

「ったく!!」

祝砲や威嚇射撃みたいにアサルトライフルを上に向けて引き金を引き、枝の上にいる猿を落として安全確保。

「全然楽してねえぞ。俺らは安全に『オーバーキャビテーション』の足止めする係じゃねえのかよっ」

ぱんぱんっ、という安っぽい銃声がそれとは別に響き渡った。

幸い、猿の使う銃弾は軽い九ミリ弾だ。おそらくそれ以上は反動に耐えられないのだろう。こんな木の幹でも盾として機能してくれる。

「つか何なんだっ、何なんだよおこいつは⁉　一体どういう状況なんだ⁉」

「……ヤツらが調達した兵器だろ」

「動物が銃握ってこっち狙ってんだぜ⁉　メルヘンにしちゃビジュアルが悪夢過ぎる‼」

「どっかのネットニュースでさ、森に置いたデジカメに興味を持った猿があれこれいじくり回して自撮りを始めたってのがあったろ」

「それが一体、おいまさか……」

「被写体を狙ってシャッターを切るアクションができるなら、銃を向けて引き金を引くのだって手順はほとんど同じだ。訓練次第で何とでもなる。連中のプリンタ銃は基本的に使い捨てだ、複雑な分解整備なんて考えてない」

「つっても、猿だぜ⁉」

「動物を兵器として扱うのは戦争条約に反した行いじゃない。軍用犬くらい誰でも知ってるだろ。条件次第だろうけど、半導体工場設備がないならプラスチックとレアアースのドローンより安定増産できるかもな。多分、保護条約に引っかからない猿を丁寧に選んでる。なんか脳科学の研究とかで何十万匹もの猿を実験投入するっていうのがあったはずだ。あるんだよ、抜け穴は！」

銃の大きな利点は、誰が撃っても殺傷力は平等というところだ。たとえ人間以外の存在が、その意味も理解せず教えられた通りに引き金を引いているだけだとしても。

「それにしたって何度も言うが動物だ！　信じられるかよクウェンサー⁉」

「さっきから同じ事繰り返してると思ったら、思考が停止してるのかヘイヴィア。逃避しているだけの暇なんかない。全部片付けて安全確保してから続きを考えよう！」

他の木々に張り付いている『正統王国』のジャガイモ達と連携を取り、ヘイヴィア達は一気に動く。

幸い、だ。

数こそ多いが、猿達は３Ｄプリンタで作った粗悪な拳銃から威力の弱い九ミリ弾を吐き出すだけ。『撃てれば良い方』であって、コンセプトの時点で確実な戦果など期待している素振りがない。質より量。最初にトーマスがやられたのは実に五メートル。おそらくかなり近づかれない限り当たりはしないだろう。

移動標的への有効射程は四〇〇から五〇〇メートル。

各種センサーで補強したヘイヴィア達のアサルトライフルが一斉に火を噴く。

分かってしまえばこんなものなのだ。

そもそも死んだトーマスが放ったドローンは猿達の反応をきちんと捉えていた。あれは人間じゃないから、危険はない。そんな固定観念が目の前の危機を右から左へ流してしまった。目の前にあったのに、見えない。これもまた迷彩か。

だけど、いったん理解が追い着いてしまえば。

あれは敵だと、認識を更新すれば。

ドパン！　たたんタタタン‼　と。

あちこちの木々を盾にしたヘイヴィアやミョンリらの正規装備が、速やかに脅威を排除していく。

「お次は何だ⁉　キツツキ部隊でも良《い》いラッコ部隊でも容赦しねえ‼　道具を使う害獣ども、根絶されたいヤツからかかってきやがれ‼」

「……これ、ほんとに『資本企業』の正式配備なのか？　動物の安易な繁殖増産はさておいて、使っている銃が安過ぎる。プリンタ銃を実戦配備している軍隊なんか聞いた事もないぞ」

嫌な予感があった。

東欧、トランシルバニア方面から尾を引いている事態。

武器商人。

「俺らが沿岸警備隊に武器の貸し出ししてるみてえに、顔も見えねえ連中も『資本企業』側に武器を流してるってのか？　こっちは麻薬戦争やってんじゃねえんだぞくそが！」

「カブトムシのツノにタコ糸結んでの代理戦争になってるぞ……。俺達は一体誰のために髪の毛の摑《つか》み合《あ》いをやらされているんだ」

数の優位とやらが追い着かず、奇襲のインパクトから解放されればこちらがやられる心配はない。質より量には同じ論法で。あだ名が『お母さん』の女性兵士（一七歳）が軽機関銃のフルオート射撃で群れをまとめて薙《な》ぎ払《はら》うと、夢から覚めたようだった。一転。銃を手にした猿達は一斉に逃げ出していくが、ヘイヴィア達は容赦なくその背中を撃っていった。銃を手放さない限りは敵。一度逃がして潜伏されたら、側溝に屋根の上、木のうろにほら穴、一体どこから狙われるか分からなくなるからだ。

相手は人間じゃない。

それをメリットとして振り上げるのなら、デメリットについても享受してもらおう。

バチュン‼　と寄り添っている木の皮が弾《はじ》けたのはその時だった。クウェンサーは思わず首を縮める。プリンタ銃の安い九ミリではない。もっと重い。

「スナイパー‼　あれだけ人間だっ、研究所の見回りが狙ってきてる。ここからじゃ届かねえ‼　ちくしょう俺だけいっつも貧乏くじだ。伝説のメイドを一目見るまでは死ねるもんかよ……‼」

「今その話題やめてっ‼」

「？」

「とにかくトーマスの忘れ形見を寄越せよヘイヴィア。工作なら得意なんだ、カトンボみたいなドローンを殺傷力でデコってやる」

やる事は簡単だった。

わざわざバランスが不安定になる追加の爆弾を巻きつけるまでもない。長時間飛ばす軍用規格のドローンは大きなリチウムイオンバッテリーを搭載しており、こいつはちょっと小細工するだけで爆発するのだ。仕掛けを施したら天高くドローンを飛ばす。後は上から覗《のぞ》き、ヤツらの頭の上からモーターを止めたドローンを直接墜落させれば良い。

この場合、スナイパーライフルで撃たれたり落とされたりは関係ない。

質量保存の法則は絶対だ。ぐしゃぐしゃの残骸になっても爆発物は地上まで届く。

無線機で吹っ飛ばし、あちこちに散開していた狙撃手を一人一人排除して安全を確保する。

枯草やヤシの皮っぽいのでギリースーツを飾っていたのはまずかった。単純な爆風ではなく、変に火が点《つ》いて火だるまになっている。

「うわあー……。なんか激しく踊っちゃっているけど、もうあれ撃ってやったら、ヘイヴィア？」

「……やだよ面倒なんて見たくねえ。にしても射程距離も関係なけりゃ物陰に隠れても頭の上から覗《のぞ》き込《こ》まれて襲われるってよ。平面の戦争に終わりが見えてきたぞ」

「言うほど便利じゃないよ。妨害電波に強力な赤外線、空港警備を中心にドローンの制御を奪って強制着陸させる対抗手段だって開発されてる。下手すりゃサイバー攻撃でまるっと向きを変えてこっちに襲ってくるかもしれないんだぞ」

火だるまから発砲音があった。ポーチに収めた予備弾薬が破裂したのか、あるいは最後の力を振り絞って拳銃で自分の頭でも撃ち抜いたのか。スナイパーさえ叩《たた》いてしまえばこちらのものだった。もはや遮蔽物《しゃへいぶつ》に隠れる必要すらない。ロッキーコースト海洋気象学研究所とやらに歩いて近づきつつ、わずかに残っていた猿を散発的にアサルトライフルで仕留めていく。

「……異変自体は察知されてるぞ。びっくり箱に注意、インテリ共の巣から何が飛び出すか分かんねえ。相手は『オーバーキャビテーション』のお気に入りだぜ」

とはいえこの先にあるのがトラップだろうが待ち伏せだろうが謎の古代文明超兵器だろうが、クウェンサー達には盾にできそうな戦車や装甲車が随伴している訳でもなければ、地べたは猿が隠れる程度の障害物しかない。結局、できるだけ間隔を広く取って、一度の掃射や爆破で全滅しないように気をつけようねっ☆　くらいしかやる事はなかった。

「……俺達の命、プラスチックのオモチャやペットショップの売れ残りより安くなってないだろうな……」

「ヤツらの命よりゃ高いだろ。年末セールの時間だぜ」

問題の研究所は海岸線の突端、岬に近い場所にある。崖から攻められれば簡単に侵入できたが、結果はご覧の通りだ。海で戦うお姫様達のおかげで大荒れになっていて随分遠回りになった。

人間に動物にドローンの残骸にと死屍累々《ししるいるい》の陸から迫ってみれば、有刺鉄線ぐるぐる巻きにして横に倒した、人の背丈より高いバリケードと強化コンクリート塀の二重防護、その各頂点には監視塔と、まるで刑務所のようだった。後から付け足した感じがしない。見た目の登録はどうあれ、実際には最初から軍用規格として建設されたのだろう。

「どうすんの」

「無線で信号一発、反応ナシなら敵対の意思アリで殲滅《せんめつ》。目的はオブジェクトの足引っ張る事だろ、とっととインテリ野郎と『オーバーキャビテーション』に一泡吹かせてやろうぜ」

「……そんなコアな帯域、火星人以外に受信できるかなあ？」

勝っている時の戦争なんてこんなものだった。監視塔には見張りの狙撃手もいない。奥へ引っ込んだのか。無人で首振りだけする重機関銃があったので、こちらは器用貧乏なミョンリが持ち替えた対物ライフルで黙らせると、大振りのナイフで針金を切り裂いて奥へ。強化コンクリート塀に近づきながら、

「ミョンリ、辺りのカメラを潰《つぶ》したら正門をノック」

「こいつじゃ鉄扉《てつび》は破れませんよ」

「安全に距離取って注意だけ引いておいてってハナシ」

ドローンで空撮して見取り図を把握し、塀から一番近い建物に狙いを定める。ミョンリが対物ライフルで巨大な正門を叩《たた》いている間に、クウェンサーはとっととプラスチック爆弾を設置すると、

「ミョンリ、タイミング合わせろ！」

ズッツッドン!!　と馬鹿みたいな発砲音に被《かぶ》せて塀を爆破。開いた大穴からクウェンサー達は敷地内《しきちない》を数メートルほど踏み込み、さらにすぐそこにある建物の壁にも爆弾を取りつける。

「ついでだ、中庭向かいの壁の配電盤潰《つぶ》してセキュリティ殺せ。頼む！」

「はいはいと」

派手な銃声で覆い隠し、もう一発。

もはや建物のカメラもセンサーも使い物にならない。停電してエアコンの切れた廊下へジャガイモ達が潜り込んでいく。

実際に屋内へ入ると、クウェンサーが一歩下がってヘイヴィア達が前へ出た。ミョンリもサブマシンガンに持ち替えている。

一見すると誰もいない。

だが夜の学校とは違う。息を潜んでじっと待つような、奇妙な圧がある。

「伏兵に注意だぜ……」

「皆殺しは必ずしも必要じゃないよ。優先は気象・海洋データのサポートを潰《つぶ》して『オーバー

キャビテーション』を動揺させる事だよヘイヴィア」

「余裕の戦いでわざわざ背中撃たれて戦死してぇのか。モヤシ研究者の反撃でくたばるとかペット被害より締まらねえ、墓になんて刻みゃ良《い》いんだ」

壁の案内板を見る限り、地下にかなり大きなボイラー室があるようだ。そちらに爆弾を設置すれば施設全体を吹っ飛ばせるだろう。

ごりりと。

下り階段の待つ曲がり角から、重たい金属を引きずるような音があった。

ヘイヴィアがアサルトライフルをそっと向け、念のためクウェンサーがプラスチック爆弾を手榴弾《しゅりゅうだん》サイズに千切って丸めておく。

曲がり角で、まず注目すべきは床だった。

光を照り返す床。そこにぼやけた影がちらついている。

確定だ。

誰かいる。

ただし相手の装備や人数までは見えない。

「……、」

先行してアサルトライフルのヘイヴィア。さらにやや後ろからサブマシンガンのミョンリ。

シビアなようだが、仮にヘイヴィアが撃たれた際速やかに連射で仕留める布陣だ。

一歩。

二歩。

三歩。

曲がり角ギリギリで、ヘイヴィアはそっと止まる。銃身の振りを自由にするため、壁には張り付かない。

一息で仕留める構えだ。

が、そこでクウェンサーは気づいた。曲がり角の壁。正確には工事現場の足場みたいな分厚い金網で出入りを禁じられた窓。そこに何かが映り込んでいたのだ。

クウェンサーはシリアス度一二〇％でアサルトライフルを構えるヘイヴィアのこめかみに丸めた粘土を投げつけた。

「馬鹿ヘイヴィアちょっと待てッ‼」

「ぶがらっちゃ⁉」

柔らかいかと思っていたけど、意外と重さがあったみたいだ。袋に詰めたリンゴを振り回して頭へぶつけられたように、ヘイヴィアが棒切れっぽく床に倒れていく。

ミョンリも目を剝《む》いて、

「クウェンサーさん日頃の恨みですか⁉」

「軍のコンピュータ使ってピンク動画検索していた罪を俺に押し付けやがって、俺がこいつ殺す時はもっと綿密に計画立てるわ馬鹿もん！　とにかく待てっ、待て!!」

叫び、銃を下ろさせて、そしてクウェンサーは死角となっていた曲がり角の奥を覗《のぞ》き込《こ》んだ。

一二歳くらいの、小麦色の肌の少女が涙目でへたり込んでいたのだ。

しかもその細い足首には、グレープフルーツ大の鉄球らしきものが取り付けられていたのだった。

4

最悪であった。

アロハシャツにテニスウェアみたいなプリーツスカート。セミロングの黒髪にはハイビスカスの飾り、ウェストにもスカートの上から腰ミノみたいなアクセサリをつけてある。全体的に南国ムードなのに、へたり込んでの涙目に足首の鉄球のせいで、この子の周りだけどんよりとした重力を感じる。

「うう……」

「ちょっと失礼、見るだけだ」

しゃがみ込んで目線を合わせるクウェンサーに、ようやっと女の子は尻餅をついたままそっと細い足首を伸ばしてきた。短いスカートから下着が見えそうになったが、これについては片手で押さえてやりつつ。体温高めのほっそりした足首に触れてみる。

見たかったのは足枷《あしかせ》だ。

これだけでも進展したものだ。ミョンリ達など近づくだけで金切り声が飛んでくる。銃を手に押し寄せるジャガイモ達が悪鬼羅刹《あっきらせつ》にでも見えているのかもしれない。経緯を考えれば無理もない話だが、直前でヘイヴィアを打撃して黙らせたためクウェンサーだけは別枠みたいな扱いを受けていたのだ。

まるで怖い刑事と優しい刑事だな、とクウェンサーは多少の罪悪感にまみれつつ、

「……見た目よりも軽いな。航空素材か何かでできたカプセルだ。中身はGPS発信器かな」

大きな声を出したり上から目を合わせようとするとパニックになるみたいなので、ミョンリは褐色少女の扱いに気を配りつつ、

「性犯罪者向けの監視装置？　なんてもの使ってトラッキングしているんですか……。でもあれって足首のベルトだけで十分じゃありませんでしたっけ。日常生活に支障を与えないよう、ズボンの裾に隠せるとかで」

「見た目にも気を配って尊厳をゴリゴリ削ってるんだろ。『資本企業』の連中、金に飽かせてこんな真似《まね》しやがって……」

とはいえ、細い針金と違ってナイフで切れるものではないし、銃弾や爆弾では威力が高過ぎ

Hina
Liqueurball

る。整備基地ベースゾーンまで戻れば特殊な工具なんてゴロゴロあるのだが……。

「レディ、こいつをお借りしても？」

「んっ……分かった」

クウェンサーは少女の薄い胸にあった身分証を拝借する。

何かのキャラクターグッズなのだろうか、三頭身くらいにデフォルメされた、太陽を背にして釣竿《つりざお》を持った男らしきシールが貼ってあるのはさておいて。

「ヒナ＝リキュールボール、か。……？　聞き慣れない並びの名字だな」

「四大勢力以外だと、元々このハワイ方面の子じゃないですか？」

「……でもって身分は、キラウェア大学学生研究員・奨学生。うん？　何でまた？」

年齢は一二歳だが、飛び級についてはクウェンサーも『安全国』の学校で結構見かけた。映画やドラマの住人のような話でも、実際いる所にはいる。が、それとは別の箇所が引っかかった。わざわざ奨学金を借りているかどうかを、ＩＤに明記する必要があるのか。甚だ疑問だが、『資本企業』とはそういう組織なのだろう。お金を持っていない、よそから借りて生活している。それが連中の世界でどういう扱いを受けるのかは明らかだ。その結果が、足首につけられた隠しようのない屈辱の枷《かせ》なのだから。

実効支配。

なあなあで勝手に居座っているだけで、ここはまだ、『資本企業』としての登録などされていないのに。『オーバーキャビテーション』はすでに王様を気取ってふんぞり返っている訳だ。

クウェンサーは天を仰いで、

「つまり、向こうの大企業だの投資家だのは才能を持った人間を青田買いして奨学金で縛り付けては、恩を売って自分の利益のために使い倒しているって訳か。今回だってそうだ。危険な最前線に近い研究所を回すために、事実上利子のない借金状態にある奨学生ばっかり集めてる」

もはやそれが『当然』なのか、褐色肌のヒナは小首を傾《かし》げているだけだった。ミョンリの方がぞっと、今さらのように寒気に襲われているようだった。

「……何の罪もない苦学生。いやあ、迂闊《うかつ》に撃たないで正解でしたね。ファインプレーです、クウェンサーさん」

「よしてくれ、ただ死ぬほど褒めてくれて構わないぞ」

ちなみにそのファインプレーをこめかみへまともに浴びたへイヴィアはまだ廊下に倒れて小刻みにケイレンしていたが、誰もそっちは見ていなかった。

「レディ、怖い銃を持った人達は知り合いか？」

「ボク知らない。あの人達、軍隊からやってきた」

だろうなとは思っていたけど、実際に耳にすると安堵《あんど》感《かん》が違う。

何しろ向こうから撃ってきたとはいえギリースーツに火を点《つ》けて生きたまま火だるまにしてしまったのだ。実はあれ民間人でしたではちょっと悪夢過ぎる。

狙撃銃を抱えた兵隊自体はプロの動きをしていた。ヒナに最低限の護身銃の支給もないという事は、おそらく『資本企業』軍は現地調達した彼女達を信用していなかった。恨まれる心当たりはあるのだろう、銃を与えるのが怖かったのだ。

逆に助かった。

殺して良い人間といけない人間を区別できるのは幸いだ。これが、変に訓練を強要されていたら区別をつけられなくなっていたかもしれない。

「……なら、研究員はみんなこんな感じか。爆破の前に外へ出さないとな」

「ええと、今さら説得に応じてくれますかね？　私達殺す殺すオーラ全開で踏み込んじゃいましたけど」

「ほらこれ」

「はい？」

クウェンサーが適当に見せつけたのは、壁の防災ボックスに斧《おの》と一緒に突っ込んであったカラーボール発射機だった。コンビニのレジ横に置いてあるアレを、圧縮した炭酸ガスの力で手軽に撃ち出すためのものだ。形自体は単発式のグレネード砲に似ている。

「こっちで出力いじって昏倒《こんとう》用に改造する。アンタらはお米でも小麦でも良《い》いから、靴下かストッキングに穀物でも詰めてプロジェクタイル作ってくれ。サイズはこのカラーボールと同じ。穀物なかったらビーズクッションでも枕の中身でも構わないけど、パチンコ玉みたいな鉄球はやめてくれ。それだと普通に人が死ぬ」

「えと」

「説得に応じない場合はそこでひくひくしてるヘイヴィアみたいにしてから表に引きずり出す。今はとにかく時間がない、このままじゃお姫様が『オーバーキャビテーション』にやられてしまう。顔を狙うと目をやってしまうリスクがあるからNG、それから机の角とか床の出っ張りとかで頭を打たないよう位置取りだけ気をつけろ」

「……わあー。やっぱジェントルとは程遠いわこの人」

サボりや寄り道への情熱が激し過ぎるものの、一度自分で目的を決めてしまえばジャガイモ達は早い。クウェンサーはひとまず改造発射機を五つほど組み上げて、

「ヘイヴィア、起きろ、仕事だよ」

「うぐぐ……、一体何が」

「悪夢の超兵器が突如として襲来してきてムチャクチャ大ピンチになったけど俺が華麗に助けてやったんだ。こいつやるから、むせび泣きながら感動的に借りを返してくれ」

テキトーに言って発射機を押し付け、ヒナ＝リキュールボールを伴って施設内を洗っていく。

「むぎゅ」

「失礼レディ」

クウェンサーがヒナの小さな頭を片手で摑《つか》んで腰の横へ密着させた理由は単純だ。……アロ

ハシャツが割とぶかぶかなので、無防備なヒナをうっかり上から見下ろすと成長前の胸元がトンネルみたいに抜けて覗《のぞ》けてしまいそうになるからである。何かしら塞《ふさ》ぐ必要がある。

実際には発射機の出番などなかった。撃つ撃たない以前に、チョコレート色の研究員達（いや、ヒナを取り巻く環境を考えると彼らも苦学生か）は赤いレーザーポインターの光点を突き付けると短い悲鳴と共に両手を上げてくれる。猫や鳥かごを抱えている人もいた。キホン無害な人達なので、必要と分かっていても流石《さすが》のジャガイモ達も胸に重たいものが溜《た》まる。

何かしら地元の神話や伝説に由来するのか、イカやウナギのマスコットなんかがちらほら見つかったが、それくらいのものだ。ドアノブに手榴弾《しゅりゅうだん》、といったエグい仕掛けもない。

「やべえぞ、多いっ、思ったよりもゾロゾロいやがる！　この研究所って送迎バスとかあんのか、じゃねえと連れ帰れねえし!!」

「何でお持ち帰り前提なんだよバカ。外に放り出せば自分ん家《ち》に帰るだろ、この人達は俺達と違って『資本企業』から命を狙われてる訳じゃない」

「GPSの信号はどうするんです？　一緒にその辺うろついている間くらいは切って欲しいものですけど」

「電波関係は鉛があれば最強なんだけどな。使ってるのってケータイと同じマイクロ波でしょ？　なら電子レンジの扉と一緒だ、目の細かい金網被《かぶ》せておけば遮断できるよ」

ぱぱんっ！　という派手な銃声があった。

クウェンサーが渡した昏倒用《こんとうよう》の発射機ではない。ヘイヴィアは空いた手で大型の軍用拳銃を掴《つか》んだまま舌打ちして、

「たまにその辺のロッカーからアロハを盗んだ変なのが交じってやがる……。腕の刺青《いれずみ》見ろよ。ホワイトハープーン、海兵系ＰＭＣの精鋭じゃねえか。足首に鉄球ねえから丸分かりだけど。天罰ってなあるもんだな」

「おい、今の発射機で良かったんじゃないのか。今のでまたコツコツ貯《た》めた好感度がゼロまで暴落したぞ」

「今ので最後ですかね。施設で見つけたこれ、水温計測用の高感度サーモセンサー。銃の多目的電子照準器に繋《つな》いで見る限り、他に熱源なさそうですけど」

「そっちで点呼しろよ。少なくとも、専用のシールドで反応隠すのは民間人じゃねえだろ。プロの兵隊が避難に遅れて何人死のうが知った事じゃねえよ。むしろ一石二鳥だぜ」

「好感度」

呆《あき》れたように言うクウェンサーの腰に例のヒナちゃんが涙目でひっついていた。悪夢を見るのが怖くて巨大なぬいぐるみでも抱き締めているようだ。高めの体温と共に、黒髪のものか、ほのかに甘い香りが鼻をくすぐる。どうやら周りが怖がらせれば怖がらせるほどジャガイモ一号に頼るしかなくなるらしい。

途中で地下のボイラーにも爆弾を設置して、クウェンサーは無線機でよそと連絡を取り合っ

た。

「あろーはー、お姫様元気してる？　あちこち削られているみたいだけど、まだグロ映像の素材にはなってないよな」

『……早くして。こっちはきんちょうだけで2キロくらいやせそうなんだけど』

「はははあと一キロ粘れば元の体重に戻るじゃないか」

ッッッドン!!　と派手な誤射が全然関係ない海面を突き破ったようだった。

「バカ悪目立ちっ!!」

『わたし別に太ってないし、きちんとじこかんりしてるし』

「やっぱりあのココナツミルクのせいだよ。コックピットに冷蔵庫置くの、ちょっと一考した方が良《い》いぞ。それからこっちは制圧完了、いつでも施設側からの気象・海洋データの転送は止められる。爆破のタイミング預けるから『オーバーキャビテーション』の足引っ張る瞬間を教えて」

　ちょいちょい、と指を振ってクウェンサーはみんなに外へ出るように伝える。

『カウント30からスタート』

「了解、無理なら中断してやり直しても構わない。自分で設定した時間に追い立てられて変に深追いするなよ」

『だれにものを言ってるのかな？』

「劣勢でご自慢のドレスをビリビリ破かれてる方だろ。ほらカウント始め」

幸い、やり直す必要はなかった。

『ベイビーマグナム』に『オーバーキャビテーション』。

強化コンクリート塀の外まで歩いて、岬の突端から海へ目をやるクウェンサーは、カウントの終わりを耳にした。

『3、2、1』

「ゼロ」

ドッッッガッッッ!!!!!!　と。

クウェンサーの背後で、地面から突き上げるような大爆発が起こり、刑務所みたいな研究施設を崩していった。

5

その変化は、『ベイビーマグナム』のコックピットからでも如実《にょじつ》に掴《つか》み取《と》れた。

かくんっ、と。

レコードの針飛びみたいに、あれだけ左右に細かく動いてこちらを翻弄してきた『オーバーキャビテーション』の動きがわずかに引っかかったのだ。

（やれるっ……）

火器管制はゴーグルとレーザー光による目線の読み込みで回せる。極限の集中を保つため、むしろお姫様の片手はストロー付きのドリンクボトルに伸びていた。一口含んでから、その甘ったるさにやっちまったと後悔する。クウェンサーの言葉が一〇代少女の超繊細な胸に刺さるが、今さらココナツミルクを吐き出す訳にもいかない。

『姫様。機体を浮かばせるエアクッションとはいえ、だからこそ、波の状況で空気の層には機嫌が生まれるはずじゃ。それから、「オーバーキャビテーション」は空気に混じる塩分で「粘り」が発生する事も見越した、陸では動かせん海戦専用じゃぞ。そういった諸々を正確に知るためのデータ支援のはず』

ともあれ、だ。

見開かれたお姫様の瞳は正確に獲物を捉えていた。兵装選択し、七門の下位安定式プラズマ砲が、データ支援が途絶えてわずかに挙動のブレた『オーバーキャビテーション』を正確に捕捉する。

これならもう外さない。

クロスカウンターでも良《い》い。ここで戦闘は終わるのだ、致命傷にさえならなければ多少の手傷が増えても構わない。

最優先で撃破する。

（ここでっ、おわり!!）

そして。

そして。

そして、だ。


ツッツボン!!　と。

突如現れた『脚』が、水面を蹴っ、横、に……???


「……あ……?」

七門の主砲を解き放ってから、お姫様は呆気《あっけ》に取られたように呟《つぶや》いていた。必ず殺す。そのはずだったのに、現実には向かって右手側へ弾《はじ》かれたように敵機がかっ飛び、通常回避で動ける範囲へ扇状に広げた七つの光条の外まで逃げ切っている。

主砲だ。

厳密にはその根元にあった二つのバイポッドのようなパーツ。それが特殊警棒のように伸びたと思ったら、いきなり海面を蹴ったのだ。

ジジッ!!　と。

翼のように広げた蒸気パイプ、そして球体状本体の端。タマネギ装甲をオレンジ色に削り飛ばしたものの、そこまでだ。『オーバーキャビテーション』は、まだ動く。莫大《ばくだい》な水蒸気と気泡を組み合わせた、長大な白い槍《やり》じみた主砲がこちらを狙う。

(きいてない……)

お姫様もまた強引に回避挙動を取ろうとするが、急激な切り返しの要求に機体の方が追い着かない。ギシギシミシミシという家鳴りのような低い音があちこちから響き、何より、お姫様の華奢《きゃしゃ》な体の中でも内臓を絞られていく。

あれは何だ?

『脚』。

あんな装備の存在は聞いていない!?

6

『オーバーキャビテーション』から、無慈悲な一撃が解き放たれた。

岬の突端から海を眺めていたクウェンサーもまた、呆然《ぼうぜん》と呟《つぶや》いていた。

「……ふざけんな」

震える手で無線機を掴《つか》む。

「ふざけんなよフローレイティアさん!!　事前の情報と全然違うッ！　俺達もお姫様も言われた通りにやっている。なのにあんなでっかい秘密を隠したままなんてアンタみんなを殺して笑う気か!?」

『こっちにも分からん!!　過去の戦績を見る限りあんな推進装置はついていなかった。ただでさえ厄介な第二世代なのに、知らぬ間に近代化改修が行われている!!』

「お姫様はっ」

『まともに主砲を浴びた、ギリギリで中破扱い。きちんと浮かんで戦っているのが不思議なくらいよ』

「……、」

嘆いていても仕方がない。

どれだけ理不尽でも今ある現実を受け入れ、その裏の裏まで読まなくては立ち尽くしたまま皆殺しにされるだけだ。

『資本企業』軍の正規スペックの外にある新型装備。全く技術の系譜が違うあの推進装置をもたらした、正式部隊以外の存在と言えば？

「……武器商人だ」

「あん？　東欧の時と同じ……？」

「連中、学習してる!!　オブジェクトを丸々一機造ると数年かかるけど、パーツ一つならコストも期間も大幅に減らせる。修道院ホテルの時は手間がかかり過ぎて事前に露見したけど、この方法なら国際社会の監視も追い着かない!!」

「で、でもその場合って、『資本企業』のオブジェクトは『資本企業』のものでしょう？　武器商人さん？　を利用するだけ利用して、近代化改修が終わった途端逮捕に踏み切るリスクだってあるんじゃあ……」

「機体の生命線になる推進装置や主砲みたいな重要パーツの整備・交換技術を武器商人が独占しているとしてもか？　何かしらコンプレックスがあるから『オーバーキャビテーション』側も怪しい連中との交渉にこっそり応じたんだろ。改修・強化なんて都合の良《い》いコト囁《ささや》いてるけど、これじゃ実際には機体の乗っ取りと変わらない。オブジェクトを維持するために武器商人が必須なら、『資本企業』も安易に排除できなくなる。システムに深く食い込んだヤツらは、公的に保護された犯罪組織になる!!」

　単純なオブジェクトのビジネスよりも、そちらが主なのではないか。そんな風にさえ思ってしまう。役員を脅して健全だった大企業を犯罪組織のフロントへ作り替えるように、だ。

「どうすんだクウェンサー！　お姫様がやられちゃ元も子もねえぞ。切り札がなくなる!!」

「分かってる！」

　今は正確な情報が欲しい。『オーバーキャビテーション』の足回り、新型推進装置の。ただし正攻法の戦いの中で観察していくだけでは、分析完了までズタボロにされたお姫様が保《も》ちそうにない。

ショートカットが必要だった。

考えは一つだ。

「ハワイ方面に浸透した武器商人を炙《あぶ》り出《だ》す。ヤツらがお守り代わりにしている推進装置の図面を毟《むし》り取《と》るために!!」

7

クウェンサー達は元々モーター付きのゴムボートで海から接近するつもりだった。つまり車がない。話を聞いたフローレイティアが手配したのだろう、ちゃんと脅威が去るまで決してこっちに近づかなかったお行儀の良《い》いクソ野郎どもが操る軍用トラックの荷台に飛び乗っていく。

「つか武器商人ってなほんとに現場にいるのかよ。今は何でもネット通販の時代だろ？　地球の裏側でくつろいでるかもしれねえじゃん」

「ヤツらは新型推進装置の秘密を独占する事で身の安全を守っているんだ。絶対に図面やマニュアルは渡さない。現場で都度都度指示を出して、整備兵達には全体像を見せないまま顎《あご》で使うに決まってる」

「あと何でヒナのヤツまだテメェの体にひっついたままなの？」

「わお！　いつの間に紛れ込んでたレディ、家に帰るなら向こうのトラックだッ！」

今さらのように指摘しても、もうオアフ島市街地行きのトラックとは別れてしまった後だ。乗り換えはできそうにない。

「くーさー」

しかもぷくっと頬を膨らませたまま巨大なぬいぐるみを抱き締めるヒナ＝リキュールボールはてこでも動く感じがしなかった。高めの体温と共にほのかに甘い匂いが伝わってくる。会話を聞いて耳で拾ったのだろう、微妙にズレた言い回しで名前を呼んでくる少女は、もはや軽めのモテ期というよりストックホルム症候群の香りが漂い始めていた。何だかダシにされてる感を拭《ぬぐ》えない嫌われ者達は呆《あき》れたような口振りで、

「ちゃんと自分で面倒見てくださいね」

「流れ弾飛んできたらテメェで庇《かば》えよ。これでいったん助けたはずのヒナが死んだら四大勢力全部から袋叩《ふくろだた》きだぞ」

「……お前さん達はろくに拳銃も撃てない戦地派遣留学生にナニを求めてるの？　こっちは何発もらっても倒れる気配を見せない上半身裸のガトリング男とかじゃないんだぞ」

ともあれ、だ。

今から大逆転で好かれる展開はもう諦めたのだろう、ヘイヴィアはヒナを刺激だけしないよう努めながら、

「つかよ、一口にハワイ方面っつったって小さなものまで入れたら一三〇以上の島があるんだぜ。このトラックどこ向かってんだ、目星ついてんのか？」

「ヒントはヒナだ」

「ん？　ボクが？」

言われた当人の褐色少女がキョトンとしていた。

「厳密にはこの子がいた海洋気象学研究所。わざわざ岬の突端近くにあったのは、ご自慢の設備の面倒見るためだろ」

「何だそりゃ？」

「ひとまず放っておきましょうよ。好きに言わせておけば一〇分後くらいには答えを言ってくれるんじゃないですか？」

疲れが溜《た》まってるのか、ミョンリがさらりとひどい事を言ったがクウェンサーは泣かない。

「武器商人は普段『資本企業』のテリトリーの中でぬくぬくと過ごし、いざその『資本企業』が掌《てのひら》返して襲いかかってきた時に備えて逃げ道も用意しているはずだ。海に囲まれた島でレーザー満載のオブジェクトまでいるとなると、使える手は潜水艦くらいかな。用意周到だけど、逆に候補地は多くない。上から見れば平たいけど海の中にも地形ってものがあって、ソナーの探知をかわせる変温層とか汽水域とかに緊急潜航ですぐさま逃げ込める場所は限られているからな」

「具体的には？」

「海の地形はヒナに確認取ってもらうとして、だ。過剰反応があったトコが臭いのさ。ヘイヴィア、そもそも『ベイビーマグナム』と『オーバーキャビテーション』はどういうきっかけで衝突したんだっけ」

「あん？　そりゃあよ、レンドリースで借り物の武器だけ受け取ったウチの沿岸警備隊がサメの増殖を促してる『資本企業』のエアポンプ施設を襲ったもんだから、ヤツら虎の尻尾踏んづけて……」

言いかけて、気づいたようだ。

クウェンサーは指をパチンと鳴らして、

「つまり、そこが一番でっかい過剰反応だ。わざわざ第二世代を派遣してまで守りたいものがあった。オキシオーシャンオペレーション、武器商人はあちこちに点在するエアポンプ施設の一つにいる。ここだ」

軍用トラックが向かったのはやはり海沿い。しかも今度は長く長く沖に向かって延びた橋の先にある人工島だ。ヒナの話によると、一辺一キロ以上あるあの陸地全部が海水を吸い込んで莫大《ばくだい》な圧を加えつつマイクロバブルを使って大量の酸素を封入し、貧酸素の『死の海』が広がる深海のくぼみなどに再び送り返すための施設らしい。

流石《さすが》にトラックで逃げ場のない一本道の橋を渡って施設まで乗り付けるほどクウェンサー達

も命知らずではない。

トゥナロア橋とかいう名前の、いったん進んだらもう止まれない直線コース。釣《つ》り竿男《ざおおとこ》とでっかいウナギと少女のイラストが並んで描かれた看板の手前に停《と》めた軍用トラックの荷台からジャガイモ達はもそもそ降りながら、

「御粗末《おそまつ》なプリンタ銃摑《つか》んだ猿の軍団に注意。出処はおそらくヤツら武器商人だ」

「連中また同じ手でくんのかね？」

「あとオブジェクトもな。同じ蜂の巣つついた沿岸警備隊が『オーバーキャビテーション』を招き寄せたの忘れるなよ」

「おっかねえ……。注意したから何になるってんだ。そいつは天気予報で今日は午後から特大の流星群がそのまんま地上まで降り注ぎますってにこやかに教えられるのと同じだぜ」

ひとまず一二歳の民間人、ヒナ＝リキュールボールは軍用トラックに置いていくとして、だ。

素直に一本道の橋を渡るか、イソギンチャクっぽい赤やオレンジの警戒色で底面を塗り分けたゴムボートで海を走るか。

正しい答えが見つからない場合は、人員を分けて全部選択すれば良い。誰かが死んでも別の誰かが目的地に到達する。

「……命のバーゲンセールだよ。魂に特売シール貼られたぞ」

「その揉《も》みくちゃボートにヒナ連れ込んでんじゃねえよ馬鹿っ!!」

「くーさー」

ヒナお前ーっ⁉　とクウェンサーがぎょっとした顔で叫んだが後の祭りだ。またもやいつの間にか紛れ込んでいた。そしてもうゴムボートはモーターを回して海に出てしまっている。同じ場所で変にまごまごしているとホオジロザメがやってきそうだ。

ミョンリ達はちょうど真上の橋を徒歩で進んでいるはずだ。石橋を叩《たた》く感覚でドローンでも飛ばして先の様子を確かめながら。

「……予想より何もないな。もっとこう、待ち伏せとかあって派手な撃ち合いになると思っていたのに」

「もぬけの殻とかになってなけりゃ良《い》いけどな」

徒歩とボートなら船の方が早い。クウェンサー達は一足先に人工島に乗り付けると、辺りに銃や双眼鏡を向けて安全を確保する。

やや遅れて、ミョンリ達が合流してきた。朗らかな笑顔と共に彼女は言う。

「いやあー誰も死にませんでしたね、珍しい」

「ミョンリ生理の日ってそうなるんだっけ？」

衝動的に撃たれそうになったのでヘイヴィアを盾にしながら、クウェンサーは会話を進めていく事に。

「どんなもんです？」

「地べたから観察する限り何もなし。ドローンは？」

「こちらもです」

ますます不可解だった。敵が見つからない。平素であれば殺し合いを回避できて喜ぶべき事態のはずなのに、しこりがある。不自然で落ち着かない。

とにかくこの人工島には、『オーバーキャビテーション』を動かして事態を戦争までこじらせるほどの何かが眠っているはずなのだ。それに瀕死《ひんし》の『ベイビーマグナム』にはとにかく時間がない。不気味だからと言って足踏みしている場合ではなかった。あの第二世代の足回りについての正確な情報が欲しい。それも一刻も早く。こうなると、多少怪しくても奥まで踏み込んで調べるしかない。

「……これがホラー映画ならこういう無茶なゴーサインが引き金で全滅が始まるんだ」

「じゃあ一人で入口の前にぽつんと残るかよ？　そいつもスプラッタの犠牲者の鉄板だろ」

そういう訳で迂闊《うかつ》にヒナだけお留守番させる訳にもいかなくなった。彼女の頭脳の価値を認めているのは『資本企業』であって、武器商人まで温存するとは限らない。

人工島は何の予備知識もなければ四角い土地に工場や太いパイプを並べているように見える。建物の高低差にはばらつきがあり、これ自体が軍艦みたいなシルエットを作っていた。ぎっちりスペースを埋め尽くしている。

「……武器商人のコンセプトは安価で確実だ。大量確保した実験用の猿にプリンタ銃持たせたのもそう、『オーバーキャビテーション』の足回りの近代化改修だって。アイデアは突飛だけど無茶はしないタイプだな。面倒な相手になるぞ」

ぱしぱしっ、という小さな音が遠くから聞こえてきたのはその時だった。銃声とか爆発とかではない。蒸気の弁を開けるような。一面はエアポンプ施設なのだし、そういう設備はそれこそ山のように積まれているのだろう。

そう思っていた。

直後。


ザァッッッ!!!!!! と。

クウェンサーのすぐ横に、金属球のスコールが降り注いだ。


「えっ……?」

あまりの激変に、クウェンサーの意識は最初ついていけなかった。ついさっきまで弛緩《しかん》しきっていた。誰も死ななかった事を笑い合って話していた。そこには確かな息遣いがあって、みんな当たり前に生きていた。

それが。

一面アスファルトを削るオレンジ色の火花。

いったん硬い地面にぶつかってから飛び跳ねる、パチンコ玉より大きな金属ベアリングの群れ。

高所からの大量落下。

そして何より、辺り一面に撒《ま》き散《ち》らされた赤と黒。

軍服も銃器も人肉もない、もはやどこにドッグタグがあるんだかもはっきりしない味方のなれの果て。

いっそゼリーに近い何か。

まるで見えない巨人の足でアリの行列を踏《ふ》み潰《つぶ》すような、無慈悲な死だった。ほんの三メートル『スコール』が横にズレていたら、死んでいたのはクウェンサー達だったはずだ。

「……っ!!」

今さらのようにクウェンサーがヒナに覆《おお》い被《かぶ》さって幼い視界を塞《ふさ》ごうとした時、再びあの音が響いてきた。

ぱしぱしぱしっ、という気の抜けた、空気の漏れるような音。集中していないと聞き逃してしまいそうなくらい小さな、死神のため息。

「屋根だ！　何でも良《い》い、傘になりそうなもんの下へ飛び込め!!　クウェンサーテメェはヒナだッ!!」

ヘイヴィアが叫び、ミョンリ達も慌てて走り出す。班行動とか隊列なんて気を配っている場合ではなかった。両手の空いているクウェンサーは体温高めのヒナの小さな体をお姫様抱っこし、手近な鉄扉《てつぴ》を背中で押し開けて、半ば倒れ込むように屋内へ逃げ込んだ。

ザァッ‼　と。

再び、死のスコールが表を埋め尽くす。

「な、なに、あれ、くーさー、今の、あれ……⁉　離しちゃやだよ、怖いよ‼」

「レディ、大丈夫だ。建物の中に入ればあれは当たらない！」

細かい理屈を説明するのはかえって追い詰めると判断し、クウェンサーは結論だけ叩《たた》きつけた。それにいつまでも抱えているとこちらの震えまでヒナに教えてしまいかねない。

威嚇射撃などで、拳銃を真上に向けて撃つ事がある。映画やドラマではお馴染《なじ》みの光景だが、ではその弾はどこに落ちるのか。高層ビルの屋上から落としたネジやボルトが凶器となるように、必ずどこかに落ちる銃弾もまた、確かな殺傷力を伴っているはずなのだ。おそらく、大都市であれば年間で落雷よりは多くの命を偶発的に奪っていくほどに。

武器商人はそれを具体的に兵器化した。おそらく太い筒にパチンコ玉みたいな金属ベアリングをしこたま詰めた上で、圧縮空気か炭酸ガスでも使って上空一〇〇メートル以上まで打ち上げている。精密照準など気にせず大雑把に狙いを定めて面で地上を制圧するため、『スコール』を思わせる物量を実戦に持ち込んだのだ。

避ける避けないではない。

感覚的にはトゲだらけの吊《つ》り天井《てんじょう》に押《お》し潰《つぶ》されるのに近い。

多少の工作は必要だが、規格化された機関銃よりもはるかに安価。何しろ耐久性、連射性、直進性、命中精度などは全部無視して、とにかく打ち上げられればそれで良《い》いのだ。工業製品としてのクオリティを考えなくても構わないのなら、圧倒的に手間を少なくできる。

安価で確実。

効率的にコスパで人の命を奪う新商品。

歯噛《はが》みしながらクウェンサーは無線機を掴《つか》み直《なお》して、

「ヘイヴィア。最短ルート、表に出て合流するのは無理だ！　屋根の下を伝っていくルートを探すか？」

『さっきのスコールでドローンも落とされた。大雑把な航空写真は携帯端末にあるが、正確な内部構造は不明。軍艦みてえにゴチャゴチャしてんだろ。今すぐ合流できる保証はねえ。各自、自分の動ける範囲で敵を排除。陣取りゲームで安全圏を確保してからエリアを繋《つな》げて合流しようぜ。ガラス窓の水滴を合体させるみてえにさ』

「こっちには銃なんかないぞ……」

『その分施設に詳しそうなヒナがついてんだろ。見捨ててねえよな？　アドバイスもらいながら奥に進めよ、テメェだって戦争しに来たんだろ』

「……マジかよ」

『貧乏くじなのはみんな一緒だ。ちくしょう俺は伝説のメイドに会うんだ、できる事なら個人的にスカウトしたい……』

「(いよいよどこにも味方がいなくなってきたぞ……!!)」

クウェンサーは舌打ちしてバックパックからプラスチック爆弾の『ハンドアックス』を取り出した。使い方次第では手榴弾《しゅりゅうだん》の代わりにはなるものの……逆にこう考えてみれば良い。複雑に入り組んだ屋内戦闘を、手榴弾《しゅりゅうだん》だけで制圧できるか。

(下手すりゃ自分の爆風にやられて真後ろに吹っ飛ばされるかも……)

武器商人の手の内は、あれだけではないだろう。まずだだっ広い屋外を封殺した。次は分断されたジャガイモ達を一個一個屋内で収穫していく腹だ。

自分の身は自分で守るしかない。

ハイビスカスの花飾りで彩《いろど》った黒髪からうっすら甘い匂いを振《ふ》り撒《ま》いて、体温高めのヒナが腰の横にひっついている以上、間違いは許されない。クウェンサーの死は彼女の死も意味する。

「レディ」

幸い、小柄なのはプラスに働いた。

クウェンサーはその辺に転がっていたダクトテープ、コピー用紙の束、合板のボードなどを使って小さな体をすっぽり覆う四角い盾を作りながら、

「ちょっと重たいけど、とにかく何か音が聞こえたらそっちに向けて両手で構える事。盾の底

はぴったり床に押し付けて、隙間を作らないように」

「……、」

「映画やドラマと違って、手足の先を撃たれても出血多量で命を落とす事はある。だから絶対に、盾を構えたら全身すっぽり覆い隠すんだ。分かったか？」

「……くーさーは？」

「俺は、」

生身で剥《む》き出《だ》し。

鉛弾なんか一発もない。

敵は何人いて、どんな装備で身を固めているのかも分からない。

どんなに助けを求めても、ヘイヴィア達は駆けつけてきてくれない。

改めて質問された事で様々な『現実』が押し寄せそうになり、しかし、クウェンサーは無理矢理にでも呑《の》み込《こ》んだ。

手製の盾を持って不安そうにしているヒナに、悟らせる訳にはいかない。首を横に振って彼は言う。

「……俺は大丈夫だ。ほら行くぞ」

ヒナに盾を持たせたのは、武器商人側の銃弾だけでなく、至近の爆発から身を守らせる意味もあった。やるしかないのは分かっているが、入り組んだ屋内で爆弾を投げた場合何が起こるか予測がつかない部分もある。

それに、自分で目隠しとなる盾を持ち歩いてくれれば、ぐしゃぐしゃになった死体を見る機会も減らせられるだろう。

「ヒナ、武器商人の話はいったん脇に置こう。単純にエアポンプ施設を動かすにはどれくらいの職員が必要なんだ？」

「んっ。多分ゼロ」

意外な答えだった。

「学部をまたいで、無人工場のＯＳ開発が相乗りしていたはずだから。実際には、トラブル時に備えて三人くらい常駐しているとは思うけど……」

「そいつら特徴は？」

「地元の言葉で分かる。よそから来た兵隊、ボク達の言葉を聞いてもキョトンとするだけ」

「あろーはー、の？」

「くーさー、それ、こんにちはの他にさようならの意味でもあるんだよ。お葬式でも使える挨拶だって知ってた？」

ヘイヴィアの言っていた通りだ。ヒナの存在はかなり大きい。あるいは工業製品の拳銃なんかよりも、よっぽど。

今回のケースだと、砲台を破壊しろとか発電施設に踏み込めとか、一つの決まった目的地はない。手当たり次第にぶつかった部屋を全部見て回って可能な限り安全を確保し、敵兵がいる場合は排除せよ。言ってみれば、自分から地雷原を歩き回って危険物を見つけ出すようなものだ。できれば事前に察知して掘り起こしたい。踏んで排除するのは真っ平だ。

無人が前提だからか、明かりのない通路に出る。打ちっ放しのコンクリート。ヒナを連れて歩くと、どうしても細い足首で引きずっているイミテーションの鉄球がごりごり音を立ててしまう。鎖が中途半端《ちゆうとはんぱ》なので両手で抱えて持ち歩けないし、タオルを巻いても気休め程度にしかならない。直線ではできる限り、すぐ飛び込めるドアだけはキープしておいた。窓から射《さ》し込《こ》む光で映写機みたいに埃《ほこり》がキラキラ浮かび上がっている。エアコンらしいエアコンもなかった。緊張と暑さで集中が乱れる。指先から生きたまま腐っていくようだ。

ここは変電室だ、こっちは電気分解した海水から出た塩の塊の集積場だとヒナから説明してもらいながら、しばらく奥へ進む。塩なんて右から左へ流すだけで売り物になりそうなものだが、どうも不純物まで濃縮されているので人の口には入れられないものらしい。ふぐや貝の毒も元を正せば水中に漂っているプランクトンを食べて溜《た》め込《こ》んだ結果なのだ。海の世界において、積もり積もっては馬鹿にできない。

しかし、誰もいなかった。

武器商人は人が入れないような隙間を出入りする猿まで兵器化しているし、こっちの武器は主に爆弾だからドアの裏など至近に敵兵が張り付いていたら万事休すだ。自然と緊張の密度も高くなるものだが、やはり誰もいない。

「おかしいな……」

やりたかったのは工場見学や廃墟探検《はいきよたんけん》ではない。表を金属球のスコールが降り注いでいる以上、『敵』自体はいる。ハズレという事はありえない。武器商人はわざわざ長い橋では手を出さず、こちらが人工島に踏み込むのを待ってからスコールを降らせてクウェンサー達を屋内に逃げ込ませた。分断して閉じ込めたと言い換えても良い。必ず二の矢三の矢が来ると思っていたのだが……。

「……、くーさー」

ハンドメイドの盾を両手で掴《つか》んだまま、ヒナが寄り添ってきた。盾の内側へ包み込むように。不安なのか、クウェンサーを守りたいのか。

高めの体温に、うっすらと甘い香りが鼻につく。

クウェンサーも無線機が恋しくなってきた。もっと言えば、人の気配やリアクションに。意味がないと分かっていても、ついスイッチを押してしまう。

「ヘイヴィアっ、そっちはなんかあったか？」

ノイズしかなかった。

「ヘイヴィア？」

『敵』はいる。

武器商人は意図してクウェンサー達を招待した。逃げ場のない屋内に、人工島そのものも。

二重の底に閉じ込めて、確実に仕留めるために。

だとすると、

「ヒナ、盾を構えておけ……」

「どういう事？　あっちが狙われているの？」

こちらを見上げて不安げに尋ねてくる褐色少女に、それ以上は何も言えなかった。

……違う。

電波障害を受けているのはクウェンサーの方だ。つまり、彼ら二人は『正統王国』軍の塊から切り離され、猟犬どもに囲まれた状態にある。

激突は近い。

（電波障害下って事は、電気信管の無線起爆もダメか）

ただでさえ少ない手札がまた一つ潰《つぶ》された。一応、ボールペン型の信管は時限式にも対応しているが、タイミングを計るのは慣れが必要そうだ。

さらに注意深く扉を一つ一つ見て回ると、おかしなものを見つけた。

「これは……？」

広い空間だった。

元々何のためのスペースだったのかはさておいて、その真ん中にでんと何かが置かれていた。

銀色の光沢を放つ、平べったい円筒だった。ゴツく、分厚い質感を突き付けてくる。サイズは学校の教室よりも大きい。側面に潜水艦みたいに丸いハンドルを回して開ける気密扉がなければ、これを『部屋』とは認識できなかっただろう。

明らかに今まで見てきたものとは系統が違う。

風景から浮いている。

ヒナも首を傾《かし》げていた。

「ボクこんな設備知らない。なにこれ、圧力鍋？」

伊達《だて》や酔狂でこんな事を言っているのではない。てっぺんにある安全弁は、スケールこそあれ原理だけなら鍋のものと同じと見抜いての発言だ。見た目は小さな女の子だが、すでに飛び級で大学に通っているのだ。単純な知識量だけなら、クウェンサーより上かもしれない。その上で彼女はこう言ったのだ。

見た事もないほど巨大な圧力容器だ、と。

「……高圧酸素曝露室《こうあつさんそばくろしつ》、か」

少年は思わず呟《つぶや》いた。

そう言えば、ここは貧酸素状態の死の海へ人工的に確保した酸素を大量注入して高級食材として価値の高いサメを増やすためのエアポンプ場だったか。

オキシオーシャンオペレーション。

確かにその施設の馬力を借りれば破格の設備を回す事もできるだろうが……、

「無理だよ」

知識量で劣っていた訳ではない。

正しい知識があったからこそヒナには思い浮かばず、そしてクウェンサーの意見にも反発したのだ。

「高圧酸素。だってそれじゃあ、これは工業用じゃなくて、人の体に使う医療用って事になるんだよね？」

「……、」

「この人工島のエアポンプ場は特に大きいから毎分九万リットルの酸素を内部へ取り込んだ海水に溶かす事ができるんだよ。こんなでっかい圧力鍋に生身の人間なんか詰め込んだら、過呼吸程度じゃ済まない。血中の赤血球が破裂するか、最悪、気圧に押《お》し潰《つぶ》されて死んじゃうよ」

「……それが、普通の人間ならな」

段々と、だ。

見えてきた。

『オーバーキャビテーション』の足回りが秘密裏に近代化改修されていた理由。高圧酸素曝露室《こうあつさんそばくろしつ》、エアポンプ場と連動したこの施設を手放せなかったのは。武器商人が『資本企業』から重宝され、手放せない存在となったのは何故《なぜ》？　そもそもヤツらの言う、オブジェクトにとって不可欠なコアの部品とは何だったのか。

そして。

ヘイヴィアでもミョンリでもなく、軍人ですらないクウェンサー達二人が真っ先に狙われた理由は。

ヴィ、ぅ、ン……！　と。

電気シェーバーみたいな音が、大きな空間の外から聞こえてきたのはその時だった。それは決して派手なものではなかったけど、これだけ誰もいない場所ならボールペンを落とした音だって聞き逃す事はない。

(ドローンか何かかっ？)

「くーさー」

「(しっ！　ヒナこっちだ、来い)」

とにかくでっかい圧力鍋みたいな高圧酸素曝露室《こうあつさんそばくろしつ》を回り込む。

音は廊下からだった。

空間は広いが、他に出入口はない。爆薬を使って壁を破れるかも分からない上、高濃度の酸素系配管がずらりと並んでいるとなると引火や誘爆のリスクもある。手榴弾《しゅりゅうだん》のように開けた空間を叩《たた》くならともかく、材質も分からない内から分厚い壁に挑むのは危険過ぎた。

やり過ごせればそれで良《い》い。

このまま廊下を通り過ぎてしまえば。

だけど、

「(音が……)」

ハンドメイドの盾をぎゅっと摑《つか》んだまま、ヒナが絶句していた。

電気シェーバーのような音源が、ドアのすぐ近くで止まった。通り過ぎない。留《とど》まっている。出口を塞《ふさ》いでじっくり様子を見ているのだ。あの機材(?)はこちらの存在を捕捉している。

「(怖いよくーさーっ、どこか鍵のかかる、そうだ曝露室《ばくろしつ》に閉じこもろうよ)」

「(外から機材を操作されたら高圧酸素で気絶するぞ)」

パニックに呑《の》まれている場合ではない。

こうしている今も状況という列車は先に進んでいる。目的の駅を通過してから飛び降りる覚悟を固めたってどうにもならない。

考えを切り替えろ。

チャンスと言えばチャンスなのだ。

出入口は一ヶ所。

敵が何であれ、向こうだって必ずそこを通るのだ。扱いにくいプラスチック爆弾だけど、ドアに向かって大雑把に投げ込めば爆風が敵を叩《たた》いてくれる。下手に自由な大部屋に踏み込まれてからでは遅い。ひょうたんや砂時計のくびれのような、ここ。この一点で確実に仕留めるのが最善だ。

「(ヒナ、盾を構えてここで待ってろ)」

「(一人で行くの？　待ってよくーさー)」

大部屋中央にある高圧酸素曝露室《こうあつさんそばくろしつ》は、石油タンクみたいな平たい円筒だ。四角いビルと違って、角というものはない。相手から見えない、ギリギリのラインも見極めにくかった。

「(くーさー)」

結局、涙目の少女がちょこちょことついてきてしまった。これで、クウェンサーがくたばった時点で『敵』が満足して立ち去る選択肢は消えた。死ぬ時は二人一緒だ。クウェンサーの瞳がわずかに鋭くなった。もう甘えはいらない。『敵』を確実に叩《たた》き潰《つぶ》して安全を確保する以外の道はなくなったのだ。

とにかく湾曲した金属壁に体を預けるようにしてジリジリと進みながら、プラスチック爆弾を丸めてボールペン状の電気信管を突き刺す。電波障害があるからリモート起爆はできないが、タイマーなら何とかなりそうだ。三秒設定にすれば、扱いは手榴弾《しゅりゅうだん》と変わらない。

問題は、クウェンサー自身『普通の手榴弾《しゅりゅうだん》』をまともに扱った事がないくらいか。

「……、」

出入口のドアが見えるか見えないか、ギリギリまで近づいたと思う。

これ以上出たら見つかる。

クウェンサーは無言で立ち止まり、丸めたプラスチック爆弾を握り込む手を肩と同じ高さで水平に上げる。もちろん側面の壁とは反対側の腕を、だ。サイドスロー。基本は手榴弾《しゅりゅうだん》だが、粘土みたいに柔らかいので床を何度もバウンドしたり転がったり、は期待できそうにない。放物線を描いて、ぼてっと落とす。何とかしてイメージを固めていく。

電気シェーバーみたいな音は今も続いていた。

それとは別に、軽い足音が混じっている。

（足っ？）

ただの無人機ではない。ドローンを伴った、人か？　疑問は消えないが、その間にも状況は進む。かつ、かつ、コツ、と音の質が切り替わった。

廊下から大部屋の床へ。

誰だか知らないが、ヤツは今まさに扉を潜って敷居《しきい》をまたいだところだ。ひょうたんや砂時計のくびれ。彼我《ひが》の技量格差なんて関係ない、素人《しろうと》の爆破でも何とかなりそうな最初で最後のチャンス!!

「ふっ!!」

己の命が天秤《てんびん》に載っているのに、いや、だからこそか。もう自分の思考なんて二の次だった。三秒設定。状況に衝《つ》き動《うご》かされるように身を乗り出し、クウェンサーはサイドスローで粘土の塊を放り投げる。サイドの壁、コーナーの外から内へ投げ込む感覚で。

身を乗り出してみて、初めて分かった事がある。

『敵』は人間だった。

しかし『兵士』と呼んで良いのかどうかはっきりとしない。何しろ軍服さえ着ていなかった。そういう『主義』なのか。軍用のブーツの他、首から紐《ひも》で下げた小瓶に、せいぜい緩く全身に巻いた薄いリボンくらいしか身に着けていない。長身、光を弾《はじ》く眩《まばゆ》い肌に長い赤毛をたなびかせる女が無造作に扉を潜ってきたのだ。

そしてその女には、やはり巨大な赤い翼が生えていた。

「な……」

人外の、何か。

光り輝く裸身のインパクトすらも吹っ飛んだ。

何だ？　あれは一体何だ⁉

バチュン‼　という激しい圧搾音《あっさくおん》があった。翼が唸《うな》り、流線形に溶けた。本気でそう見えたが……違う。電気シェーバーのような音は今も続いているし、厳密にはあの翼、裸の女の背中とは接続されていない。

（あの羽音……ドローンと同じローター？　『空飛ぶ車』に装甲でも張り付けたのかっ⁉）

声に出している暇もなかった。

翼は金属バットのように唸《うな》った後だ。そして正確に粘土を叩《たた》き、こちらへ打ち返してきている。

激しい電波障害の中だった。

リモート起爆が使えないので、信管はタイマー起爆に切り替えていた。

三秒設定。

扱いは手榴弾《しゅりゅうだん》と同じ。

「まず……ッ!?」

バドミントンよろしく、さらに相手のコートに打ち返す余裕なんてなかった。

クウェンサーの頭の上で、『ハンドアックス』が容赦なく起爆した。

8

耳というより腹の中の内臓を丸ごと絞られるようであった。音や衝撃波というより、圧力の問題だったのかもしれない。

「ぐうう……っ!!」

体をくの字に折り曲げるクウェンサーがバラバラになっていない理由はいくつかあった。一つ、プラスチック爆弾は硬い結束バンドを巻いたりパチンコ玉を埋めたりといった対人用の加工をしていない、素のままの状態であったため。二つ、足元に落ちる前、わずかに距離の開いた空中で爆発したため。

そして三つ。

「ヒナ、か……!?」

「んっ、くーさー!!」

とっさに前へ出たヒナ＝リキュールボールがハンドメイドの盾を頭上に構えてくれたからだ。たった一発でコピー用紙の束を使った緩衝材は破けて合板のボードも割れたけど、これがなければ助からなかった。

即席の盾を失って無防備なヒナの体を両手で抱えるようにして、クウェンサーはよろめきながらも後ろへ下がる。

緩くリボンだけ巻いた、裸の女はまだ何もしていない。

「さて」

初めての声。

いよいよのアクション。

その赤い翼のモチーフは天使か、それとも悪魔か。

あたかも禁断の果実のように、裸の女は首から下げた小瓶から赤い花弁を一つ摘《つま》んで舌に乗せる。

何かのついでのようだった。

左右一対の特殊兵器――おそらくは『空飛ぶ車』を装甲化したモノ――を無造作に差し向けてくる。

ヴィウッッッ!!　と電気ジェーバーのような音が吼《ほ》え立《た》てた。

今度はクウェンサーが助ける番だ。とっさにヒナを抱えて倒れ込むと、すぐ真上をバイクというより車に近い大質量が突き抜けていった。

「ひっ⁉」

「大丈夫だ、レディ。まだ生きてる！」

一発直撃すれば即死だった。

全身で感じるヒナの体温や甘い香りだけが、クウェンサー達が幽霊になっていない証《あかし》だ。

『空飛ぶ車』なんて言うと大仰に聞こえるが、飛行機やヘリコプターベースなど結局はいくつかの方式に分かれる。このケースだと重量一トン以上の大きなマルチコプター式のドローンだと考えれば良い。流線形のボディが撮影用のカトンボみたいな形に見えないのは、どこぞの『羽根のない扇風機』みたいにローターを本体内部に格納して通風孔から風だけ真下に吹き出しているからに過ぎない。

「安価で確実が基本方針じゃなかったのかよッ!!」

叫び、どうにかして身を起こしたクウェンサーは、体温の高いヒナの掌《てのひら》を摑《つか》み、半ば引きずるようにしてもう一度後ろへ。ヤツの視界に入っている状態ではあまりに危険だ。突き抜けていった赤い翼は戻ってこなかった。円筒形の高圧酸素曝露室《こうあつさんそばくろしつ》の周りをぐるりと一周回って裸の女に回収されたのだろう。何しろ『車』だ、人の感覚とは速度が違う。

湾曲した金属壁の向こうから、甘ったるい、それでいて不健康そうな声が響く。

こちらの声に興味を持ったのか、注意を引いて裏から何か仕掛ける気か。

「意外と安上がりなのよ、これ」

互いの姿を捉えた時には、どちらかの命が散るだろう。

今のままでは、ほぼ確実にこちらがやられる。

「すでに商用モデルは組み上がっているから。間に変なディーラーさえ挟まなければ、中古車くらいの値段で手に入る」

軍用車もピンキリだが、一番高い戦車だと一両で一〇〇〇万ユーロもかかる場合もある。宝くじで一等を当てても買えない額だ。そんな世界に耐えられる『車両』の値段で考えれば、やはり破格の低予算と言えるのか。

「アンタは、」

「ドーラ＝ブルーハワイ。クイーン、ミストレス、ハニー、冠は何でも構わないわよ」

まともに信じる気も起きなかった。一応は『資本企業』系の名字ではあるものの、この局面に来てハワイの名前が組み込まれているとか、あまりにご都合過ぎる。そもそも武器商人、犯罪集団の人間がいきなり本名を名乗るとも思えない。

「ここがどんな場所かは、もう目星はついているわよね？　私が他の誰を差し置いても、真っ先にあなた達を始末しなくてはならなくなったのも」

「……、」

くいくいと小さなヒナがクウェンサーの軍服を引っ張っていた。彼女は後ろ、円筒形の壁の先を指差している。消極的でも良《い》いからこのまままじりじり下がり続ければ一周回って唯一の出口まで辿《たど》り着《つ》く、それで大部屋の外へ逃げられる、とでも伝えたいのだろうが……多分、そんなに甘くいかないとクウェンサーは考えていた。ヒナの心拍数を落ち着けるため頭のてっぺんを掌《てのひら》でポンポンしてやると、彼女はちょっとくすぐったそうにしていた。やる時は一瞬だ。例えば、ドーラの命令一つで左右の赤い翼を右回りと左回りで飛ばせば、必ずどこかでクウェンサー達は挟み撃ちされてしまう。

（ほんとに装甲車並みの分厚い防弾加工を施されているとしたら、普通の銃じゃ通用しない。闇雲に丸めた爆弾を投げてもダメだ。貫通に特化した何か。ヘイヴィアが持っているような携行式のミサイルでも持ち出さない限り勝ち目はないぞ……）

単純に、絶対パンクしない無人の車が真っ直《まっす》ぐ検問に突っ込んでくると考えれば良い。タイヤも運転席も効果がないとしたら、銃弾で食い止めるのは相当骨が折れるはずだ。ましてそれが分厚い防弾加工だとしたら……？

そのまま速度と質量で敵対者を叩《たた》き潰《つぶ》し、銃撃から身を守る盾にも使える。表裏一体の特殊装備だ。

「アンタ達の商材は、新型の推進装置なんかじゃなかった。もっと重要なコアの部品だったんだ」

「そうね」

「表に見えているのは、あくまでもバランス調整用のオプションに過ぎなかったんだ。本質はそこじゃない」

「その通りだわ。だから私は、虎の子のパラサイトプランを暴いたあなたを確実に殺さなくてはならなくなった。まあ、ここまできたら、見当違いのたまたまでも口を封じるのは一緒だけど」

ドーラ自身は銃を持つ必要性を感じていないのか、あるいは『商品』それ自体を扱い慣れていないのか。確たる証拠は何もなかったが、楽観はやめようとクウェンサーは考えた。どれだけ突飛に見えても、あの女は最前線で生き抜いている。それも、四大勢力の看板や『クリーンな戦争』の建前を一切使わずに、だ。システムに守られている側からすれば、これだけで驚《きょう》愕《がく》に値する。

「道理で『資本企業』はアンタ達を無視できなかった訳だ……。ここが襲われた時、ビジネスパートナーとはいえ外部の犯罪集団を守るため、一目散に『オーバーキャビテーション』が動いたのも」

「あら、そんな名前で呼ばれていたの？　第二世代『アントワネット』はもう、私達の身内だしね。パラサイトは完了した。『資本企業』よりも、我々の都合を重視する。んっ、ふ」

言葉を切って変な息遣いが混ざったのは、小瓶から取り出した花びらでも口に含んだからか。

とはいえ、だ。

向こうがこちらについてくるなら、反撃のしようがあるのも事実だった。リモートが使えないので即応はできないが、それでもタイマーで三〇秒なり一分なり遅めに設定し、金属壁と床の接する角の部分などにそっと置いておけばドーラを爆破圏内まで誘い込める。

(それに、あの翼は『空飛ぶ車』だ。大雑把に目標へ突撃する事はできても、角にあるゴミを掻《か》き出《だ》す事はできないはず。お掃除ロボットの設計がここで苦労するように！)

もうハンドメイドの盾はない。

湾曲する金属壁を回り込むだけでは足りない。起爆の瞬間、クウェンサーは体温高めのヒナの体をぎゅっと抱き締めて身を丸めた。

バガッッッ!!!!!!　という派手な爆発音が空間を埋め、ほのかに甘い香りを吹き散らす。

今度は打ち返されなかった。ヤツの足元で爆発したはずだ。

しかし、

「で、こんなもので私を殺せるとでも？」

(不発、じゃない!?　あいつ……!!)

「盾の精度が違うのよ。何だったら次は化学砲弾でも使ってみる？　ナパームでも白燐《はくりん》でも構わないわよ。マルチローター式の『空飛ぶ車』の実態は、一トン以上の塊を常時浮かばせるほどの大出力の扇風機よ。気流・気圧のコントロールにおいて、あなた達生身の兵隊が敵《かな》うと思って？」

一トンの金属塊を押し上げる、暴風。

毒ガスや火炎放射でもヤツは流れを逸《そ》らしてしまう。ひょっとしたらあの女の前では、長距離狙撃さえ使い物にならなくなるかもしれない。

真正面から分厚い盾で弾《はじ》き返《かえ》すか、ダメなら空気の力で左右へ押し出すか。何にしてもヤツは鉄壁だ。

（どうする……？）

時間はない。

相手は待ってくれない。

（普通の爆発じゃダメだ。そもそもあの翼を何とかしない限り、傷一つつけられない！　でもあれはどうやって動かしているんだっ、今は電波障害の中にあるはずなのに……!!）

爆破のために、ある程度は円筒形の高圧酸素《こうあつさんそ》曝露室《ばくろしつ》を回り込んでしまった。時計の文字盤なら、クウェンサー達がいるのは四時、ドーラがいるのは九時、そして出口は一二時だ。ヒナがくいくい軍服を引っ張ってくるが、違う、これはチャンスではない。ドーラはこの大部屋でケリをつけようとしている。つまり一二時の出口がリミットだ。あれは巨大な蜂の巣。クウェンサー達が考えなしにそこまで到達したら、ヤツはなりふり構わず赤い翼を二機とも瞬時に突撃させてくる。時速一〇〇キロ以上で、右回りと左回り。挟み撃ちされたら逃げられそうにない。

（電波はない。赤外線だと炎で簡単に遮られる。超音波は爆風で影響が出るはず。オフラインのプログラムによる完全な自律駆動？　いいや、ヤツにとっては自分の命がかかわるんだぞ。万引き防止センサーの誤作動みたいな事になったらそこでおしまいなんだ、そんなのに頼れない。絶対に自分で直接微調整するための無線のインターフェイスがあるはずだ……!!）

もう一手か二手が限界。

巨大扇風機、装甲化した『空飛ぶ車』の最終突撃まで時間はないが、ミスもできない。

「パラサイトプラン？　つまりアンタ達の商品は、操縦士エリートだった!!」

「『アントワネット』は優れた第二世代だったけど、中身のエリートが風土病で倒れたようでね。くたばるまでに時間がありそうだったから、こちらで新しい人材を『調整』するのに苦労はしなかった」

そんな訳ない。

そんな簡単なはずないのに、現実にあっさりとドーラは言い放つ。

「とはいえ、基本的にオブジェクトと操縦士は一対一の関係。一つの機体を二人のエリートが全く同じレベルで動かす事は難しい。よって、パラサイトプランでは基本のフレームを維持しつつも新しいエリートのための機体構成に変更する必要があった。彼女だけの、世界で一つのオブジェクトにね」

どれだけ優れたオブジェクトでも、動かす者がいなければ宝の持ち腐れだ。維持費だけかかる兵器など、倉庫に詰め込んでおくだけで損失を膨らませていく。廃棄処分以外の道はない。

それを、再び息を吹き返せると言われたのだ。

『資本企業』軍はまさしく悪魔に魂を売る心境だったのだろう。

「……この処刑装置みたいな高圧酸素曝露室《こうあつさんそばくろしつ》も、操縦士エリートを調整するための設備だった」

「彼女にとっては居心地の良い《い》ハンモックみたいなものらしいわよ？　ただ、まあ、おかげでやたらと気象情報を警戒する子に育ってしまったけど。気圧が変わると頭痛がするらしいのよね」

実際には核にも耐えるオブジェクトのコックピットで、外の気圧が影響を及ぼすとは思えない。おそらくは心因的なダメージだろう。風土病で倒れたらしい『初代』はどうだったのだろう。やはり頭痛持ちだったのか、別の理由で気象情報を要求していたのか。今となっては知りようがない。

ビタリと止まる。

クウェンサーの腰の横にひっつくヒナは何度も出口の方を振り返って、黒髪から甘い香りを振《ふ》り撒《ま》いていたが、これ以上は下がれない。

ちょうど、高圧酸素曝露室《こうあつさんそばくろしつ》の潜水艦みたいな鉄扉《てっぴ》やコンソールのある所だった。

（考えろ）

クウェンサーは暴れ回る自分の心臓と格闘しながら、

（装甲化した『空飛ぶ車』、素《す》っ裸《ぱだか》で銃も持っていない、常に傍《そば》に侍《はべ》らせる随伴・防御用。自分から電波障害を起こしても問題ない、空気を操る……。何かあるはずだ。必ず合理性のある一本の柱が!!）

「くーさー……」

心臓への重圧に耐えられなくなったように、腰にひっついてこちらを見上げるヒナからそんな言葉があった。

そしてクウェンサーは見る。

ヒナの目元に浮かぶ涙に、水を弾《はじ》くように健康的なチョコレート色の肌、艶《つや》やかな黒髪、その頭を彩《いろど》るハイビスカスの飾り。

（まさか……？）

騙《だま》し絵《え》のようだった。

今の今まで全く認識していなかった。しかし、それがそうだと分かってから改めて周囲を観察してみれば、ある、違和感が。ここにこれがあるのはおかしい。おかしなものがあるとしたら、そいつはドーラが自分の目的のためにこっそり持ち込んできたものだ。

ここに賭けるしかなかった。

クウェンサーは粘土状のプラスチック爆弾『ハンドアックス』を握り込んで、

「ドーラっ!!」

「そういえば、あなたの名前も聞いていなかったわね」

当たれば一発で即死。

お互い本名も知らない二人が必殺の得物を取り、最後の激突が始まる。

9

気負う必要はなかった。

ドーラ＝ブルーハワイとしては、同じ事の繰り返しで良《い》い。

喉を鳴らして、口に含んだ赤い花弁を飲み込む。

胃袋まで落とす。

赤い翼の内、片方は保険の防御用として手元に残した上で、もう片方を標的に差し向ける。

重量一トンの装甲の塊を時速八〇キロで突撃させる。その殺傷力は対物ライフル以上だ。相手がパワードスーツで全身を覆っていてもぐしゃぐしゃに粉砕できる。

これで終わりだ。

そのはずだった。

「くーさー！」

「？」

しかし無造作に湾曲した金属壁を回り込んだ裸の女は、そこで怪訝《けげん》そうに眉をひそめた。確かに『正統王国』軍と思《おぼ》しき軍服を着た少年は床に薙《な》ぎ倒《たお》したが、何か妙だ。一トンの塊を高速道路クラスの速度で正面衝突させたにしては、キレイ過ぎる。現地の少女が涙目ですがりついているあの影、どこかが折れている様子すらない。

ドーラはカラダにゆったりと巻いたリボンを細い指先で弄《もてあそ》びながら、

（……狙いを外した？　服の端を引っ掛けるレベルに留《とど》めたのかしら）

だけど、だ。

原因もなく機械は誤作動を起こさない。狙いを外したからには理由がある。小瓶から取り出した赤い花弁を舌に乗せ、ひとまず飛ばした翼を回収しようとしたドーラは、そこでわずかに息を呑《の》んだ。

ブーツの足で、横へ一歩。

ガッヅン‼　と乱暴な挙動で、速度も殺さずに赤い翼が床を叩《たた》いた。硬い足場はべこりとへこんでいる。あのままだったら持ち主のこちらが挽肉《ひきにく》にされていたかもしれない。

初めて、だ。

何の気のない動きとはいえ、あのドーラが回避行動を取ったのだ。

「なに、が……？」

見れば、防御用に随伴させていたもう片方も不自然に揺れていた。派手に暴走するほどではなかったが、いつ失速して床に落ちるか分からない状態。これでも一トンの金属塊だ。うっかり足の小指に落としましたで大惨事になりかねない。

そもそも最後の瞬間、あの軍服は一体何をした。馬鹿の一つ覚えで信管刺したプラスチック爆弾を投げ込んでくる様子はなかったが……？

その時だった。

ドーラ＝ブルーハワイはようやっと見つける。湾曲した金属壁。高圧酸素曝露室《こうあつさんそばくろしつ》の気密扉が中途半端《ちゅうとはんぱ》に開いたまま、コンソールのランプが点灯している事に。

プラスチック爆弾は、通常火薬と変形しやすいゴムを組み合わせた特殊な爆薬だ。専用の信管がなければ爆発させる事はできないくらい安定している。しかし一方でゴムの性質は如実《にょじつ》に継承している。例えば熱湯を注げば溶けてしまうし、ビニールパッケージを剝《は》がした上で長時間空気中にさらして放置するとひび割れや溶解の原因になる。

空気中。

酸素。

エアポンプ施設全体の力を引き込み、中の人間を殺しかねない超高圧力を生み出す高圧酸素《こうあつさんそ》

「電波でも、赤外線でも、超音波でもなかった」

「くっ……」

倒れたままの少年からの声があった。

弱々しくても彼は笑い、そして中指を立てていた。

「匂い。イオン吸着センサー、だ。アンタが素《す》っ裸《ぱだか》だったのだって、甘い汗に混じったアドレナリンだの何だのを起点に機材をコントロールしていたからだろ。いちいち首の小瓶から取り出した花びらをもくもく食べていたのだってそのためだ。銃を持たなかったのは硝煙の匂いが髪にこびりつくのは避けたかったから。『空飛ぶ車』、巨大扇風機は空気を吐き出すだけじゃなくて、片方から吸い込んでもう片方へ吐き出す仕組みの機械でもあるんだしな。まあそのせいで、無人機のくせにあまり遠くには飛ばせないようだけど」

「くそっ!!」

「ヒナを抱えるとさ、髪から甘い匂いが広がるんだ。……分からないもんだよな、何がきっかけで逆転のきっかけが見つかるかなんて。でもこれは、一般人のヒナだからだ。戦場を行き交うアンタから出てきちゃまずいものだろ」

もちろん匂いなら何でも良《い》いという訳ではないだろう。ドーラは毒ガスも白燐《はくりん》もどんと来いといった話をしていたはずだ。

しかし一方で、何を軸にしているか予測がついていれば話は別。悔しいが、ドーラはカラダだけ見るなら良《い》い女だ。あの肌や髪から辛《から》さや酸《す》っぱさが飛び出すとは考えにくい。

甘さ。

ゴムの溶ける独特の臭気は、時に甘さを錯覚させる。

そいつがコントロールを阻害したのだ。

ドーラは叫んで赤い翼を叩《たた》き込《こ》む。地べたの軍服は褐色少女を抱き寄せて横に転がる。普段ならその程度でかわせるはずもない。しかし今は違った。素人《しろうと》丸出しの動きに対応できず、ギリギリで食いそびれ、中途半端《ちゅうとはんぱ》に開いた高圧酸素曝露室《こうあつさんそばくろしつ》の鉄扉《てっぴ》にぶつかって勢い良く閉める事になった。

攻撃はまだ良《い》い。

この分だと、防御の精度にも疑問が出てきた。一度のミスで文字通り全てを失う、そちらの方がよほど問題だ。

ドーラ＝ブルーハワイは迅速に決断した。

こちらの圧倒的優位は変わらない。侵入者の手で高圧酸素曝露室《こうあつさんそばくろしつ》が破壊されるのは困るが、何もここで決着をつける必要はない。仕切り直し。よそへ逃げて改めて一対の赤い翼で攻撃を仕掛ければ、あんな雑魚《ざこ》は一秒で挽肉《ひきにく》にできる。

しかし。

しかし。

しかし。

花の香りがドーラの鼻に忍び寄った。

「うっ……⁉」

ガンガシャン‼　と左右の翼が無造作に床へ落ちる。ビタリと裸の女の動きも止まってしまった。装甲化した『空飛ぶ車』の機能が完全停止した訳ではないが、一トンの塊だ。バランスを失ったまま無理に飛ばそうとして、もしもネズミ花火みたいに暴れ回ったら最後、ドーラ自身の肉体を潰《つぶ》してしまいかねない。

あの少年はこう言っていた。

分からないもんだよな、何がきっかけで逆転のきっかけが見えるかなんて、と。

「……、」

無力に思えた、チョコレート色の少女だった。

頭にあったハイビスカスの飾り。プラスチックのイミテーションではなかったのか。それを握り込んで、手の中で潰《つぶ》していたのだ。女の子の汗と花の蜜の混ざり合う、甘い香りを振り撒《ま》くために。

ドーラの首にある小瓶の中身と。

女性のカラダを通して混ぜ合わせた微細な香りと、同じモノ。

これが通常の戦場なら、ここまで振り回される事もなかった。基本的に敵から位置を察知されないよう無臭であるべきとされる兵士達は、香水どころか石鹸《せっけん》や衣類の糊《のり》さえ命取りになるとして自分から徹底的に取り除くのだから。

だけど、ここは違う。

ハワイ方面は『資本企業』を中心に四大勢力が勝手に居座っているだけで、『戦争国』ではない。誰のものでもない『空白地帯』なのだ。市街地で暮らす一般人は、実にたくさんの『匂い』に包まれている。

がつっ、と。

倒れているクウェンサーの手から、プラスチック爆弾をもぎ取る音があった。ヒナ＝リキュールボールのものだ。

一二歳の少女にはあまりに不釣り合いな殺傷兵器。

ぎぎぎぎぎぎぎぎぎ、と裸の女はぎこちなく振り返った。

「……あら懐《なつ》かしい。見覚えのある顔じゃない」

「……、」

「ロッキーコースト海洋気象学研究所。何度か出入りしていたから、私の顔は覚えているわよね」

だから見逃せ、と言っているのではない。

むしろ、

「それにしても意外だわ。あなたはもっと従順で、いいえ、無気力だと思っていたのに。何しろあの研究所で回していたのはオキシオーシャンオペレーション、危険なホオジロザメの増産よ。あなた、自分のご両親がどうやって亡《な》くなったか覚えていないはずがないわよねえ？」

っ、と息を呑《の》んだのはヒナではなく、倒れたままのクウェンサーの方だった。

無慈悲に傷痕を抉《えぐ》るように、ドーラの言葉だけが続く。

「銃で脅されてお金の話を引き合いに出されて、それなら仕方ないで諦めたんでしょう。オトナの力には敵《かな》わないって。私達も鼻が高いって頭を撫《な》でて褒めてもらったご自慢の頭脳を使って、自分の親を食べたサメを増やす計画の面倒を見る事にしたんでしょう！　あはは!!　そんなあなたが今さらお涙頂戴の復讐《ふくしゅう》ですって？　面白い！　どうせ長いものに巻かれる、シーソーの傾き次第で誰にでも尻尾を振る負け犬のくせに!!　生意気にも人生を取り戻そうと言うのかしら!?」

思えば、だ。

不自然に見えなかったなんて言わせない。

『正統王国』軍が刑務所みたいな研究所の塀を破壊して乗り込んできた時、どうしてヒナは無理にでもクウェンサーにしがみついたのか。安全な家に帰らず、こんな所までついてきたのか。

戦う力が欲しかった。

家に帰っても、そこにはもうぬくもりなんてなかった。

すがってしまったのだ。

ある日、たまたま出会っただけの年上の少年。赤の他人に毛が生えた程度でも、久しぶりの大きな背中が恋しく思えた。人を喰《く》うホオジロザメを増やすなんておかしいと、そう言ってくれる誰かが眩《まぶ》しかった。

だから。

今ならまだ戻れるかもしれないと。

そんな風に思ってしまったから。

「……やってみなさいよ」

奇妙な笑みと共に、裸身にゆったりとしたリボンを巻いただけのドーラは言い放った。

金の亡者《もうじゃ》の『資本企業』軍さえ呑《の》み込《こ》もうとする、武器商人の女が。

「どうせできっこない。後悔するわよ、『正統王国』に相乗りしていれば自分も勝ち組の仲間入りできるとでも⁉　こいつらはすぐに立ち去る、あなただけが残る、また『資本企業』が持ち直してシーソーは傾く！　その時、裏切り者の烙印《らくいん》を押されたあなたを助けてくれる人なんか現れない！　両親も、軍隊もっ‼　あなたも私と同じ、」

とんっ、と小さな音が響いたのはその時だった。

ドーラの裸の胸、その真ん中で何かが跳ねた。

クウェンサーが倒れたまま腕の振りだけでゆっくりと投げつけた、ボールペン状の電気信管だった。

タイマー起爆、三秒設定。

バンッ!! と、信管単体でも爆竹よりは派手な音が響き渡った。首元の小瓶が砕け、体を緩く巻いていたリボンが引き千切れ、柔肌が赤黒く弾《はじ》け飛《と》ぶ。ピンポン玉。ごっそりと胸の真ん中を抉《えぐ》られたドーラ＝ブルーハワイが、血を噴いて棒切れみたいに後ろへ倒れていった。

「うるせえよ……」

珍しく乱暴な口調で、少年はそれだけ吐き捨てた。

ゆっくりと時間をかけてクウェンサーは身を起こすと、携帯端末を取り出した。狙いはもちろんドーラの操っていた赤い翼。装甲化した『空飛ぶ車』。ケーブルで繋《つな》いで中身のデータを吸い出しつつ、電波障害を起こしていたジャミング機能も切断する。

久しぶりの無線だった。

「ヘイヴィア、『オーバーキャビテーション』の図面を手に入れた。パラサイトプランで武器商人どもが好き勝手に近代化改修した箇所も網羅した完全版だ。ここを起点にお姫様を援護するぞ」

『ずっと応答ねえから死んだかと思ってヒヤヒヤしたぜ。今どこだっ、こっちはもう撤退始めるトコだぞ！』

「撤退？　ドーラの他にもゲテモノで身を固めた武器商人がいたのか？」

『馬鹿!!　電波障害でネット遮断されてる間にどんだけ情弱に転落してんだっ。オブジェクトだよ、「オーバーキャビテーション」がこっちに向かってきてる!!　最初に蜂の巣ついた沿岸警備隊の時と一緒だ!!』

「……、」

あの時と一緒。

そうだろうか、とクウェンサーは心の中で思う。もしもパラサイトプランで乗っ取った『オーバーキャビテーション』の操縦士エリートが、脳波計や心電図など何かしらの方法でドーラ撃破を感知していたら。前提や状況を全部無視して、人工島全体を吹き飛ばしてでもクウェンサーへ報復する可能性もゼロではない。

エリートが本当に守りたかったのは、何か。

もしもそいつが自分自身の調整装置でなかったとしたら、今頃コックピットの中で慟哭《どうこく》しているはずだ。

「ヒナ。必要なデータは吸い出した、とにかくここを出よう。ヒナ？」

呼びかけに応じないのでクウェンサーが振り返ると、チョコレート色の少女、ヒナ＝リキュールボールはゆっくりと武器商人の女に近づいていくところだった。

ドーラ＝ブルーハワイ。

裸の女。

ただしその両足だけ硬い軍用ブーツで覆われていた。気になる点ではあった。ヒナはしゃがみ込むと、自分と同じ、右足を脱がせて露《あら》わにする。

足首をぐるりと囲むように、古傷があった。

鎖で鉄球を引きずったまま長期間歩き回った者特有の傷だった。

「……おどろ、いた……？」

あなたも私と同じ。

そんな中で、裏技や反則技を使ってでも閉塞しきった人生を打開しようとした女。

何かと引き換えに巨万の富やセレブのステータスを手に入れた武器商人。

彼女は最期《さいご》に、イタズラ好きの子供みたいな笑顔でそう言《い》い遺《のこ》したのだった。

10

ようやっとの合流だった。

幼いヒナを伴ったまま、クウェンサーはヘイヴィアやミョンリと顔を合わせる。クウェンサーがドーラと戦っていた間にヘイヴィア達は独自に施設を探索し、二、三人ほど常駐しているとされるエアポンプ施設の正規職員も確保していたようだ。見慣れないアロハシャツが何人か増えている。

「……屋内に閉じこもったってありゃどうしようもねえぞ。むしろ、辺り一面高濃度酸素の配管だのタンクだののばっかりだろ。オブジェクトの馬鹿みてえな砲撃一発撃ち込まれたら、どこからどう誘爆するか分かんねえっ！」

ツッツシュド‼‼‼　と。

金属砲弾とはまた違う、蒸気の噴き出す激しい音が外から響いてきた。

恐る恐る窓辺に寄ってみると、

「橋が落ちてる……」

「逃がす気はねえって事だろ、おっかねえ」

すでに『オーバーキャビテーション』の射程圏内だ。真正面に立ったら一発ですり潰《つぶ》される。

無線を使うのは怖かったが、それでも状況の確認が必要だった。

実際にどこまで役に立つかは不明だが、一応は施設内にあった連絡用の無線機をいくつか噛《か》ませて欺瞞《ぎまん》を施してから、

「お姫様、まだ生きてるか⁉」

『……ギリギリ。今、「オーバーキャビテーション」がふしぜんにしんろをかえなかったらや

られてた……』

「機体が動くならケリつけよう。パラサイトプラン込みの正確な図面は手に入れた。主砲の根元、バイポッドみたいな形で擬態していた新型推進装置の『脚』だが、結局はエアクッションの亜種だ。空気の層で、見えない風船でも踏むように海面をキックする。こいつは水の上でしか機能しない。お姫様、アンタが言われた通りに動いてくれれば一泡吹かせられる。やれそうか⁉」

『じらさないで早くして』

やはり頼りになるイイ女だ。傍《そば》にいるだけでチャンスが転がってくる。クウェンサーはドーラの機材から吸い出した図面をみんなで共有すると、自分の考えを話して行動を促す。

当然ながら、一〇〇%の確度なんかない。

ここに来るまでですでに何度もアクシデントや予想外に見舞われ、決して少なくない数の仲間が倒れていった。

これで派手に失敗したからと言って、クウェンサーには責任の取りようなんかない。

それでも皆が動いてくれた。

黙ってやられるのを待つのだけは真っ平だ。少しでも勝算があるなら、それで良《い》い、乗っかる。そんな考えが背中を押しているようだった。

「ヒナ、逃げ込むなら向こうの物置にしろ。どうも図面にない空きスペースを後から改築したみたいだ。爆発事故用のパニックルームもあるにはあるが、向こうのエリートが施設の構造を熟知している場合は真っ先に攻撃される。欲しいのは真正直な壁の厚さじゃなくて、敵の裏をかく意外性だ。ヒナ？」

「……、」

役割のない少女だけが、置き去りにされているようだった。

ぽつんと立ち尽くしたまま俯《うつむ》いているヒナに、クウェンサーがしゃがみ込んで下から瞳を覗《のぞ》き込《こ》んでいくと、だ。

「……て、るの？」

「ヒナ」

「どうしてそんな風に前を見られるの？」

やがて。

そんな言葉があった。

「ボクなんか、結局何もできなかった。お父さんはカナヅチだって知ってた、お母さんだって無理に海には誘わなかった。サーフィンしてる途中サメに襲われたなんて絶対におかしいのに、オトナに言われた事を信じるしかなかった！」

「……、」

「オブジェクトが怖かった！　軍服着たオトナが怖かった!!　武器商人を捜し当てたけど結局

ボクは震えているだけだった!! 決着をつけてくれたのはく—さ—だったじゃない。ボクの手には爆弾があって、敵は目の前にいたのに!!」

……誰に責められる。

頭に銃を突き付けられて、金の話を持ち出されて、警察も軍隊も法律も自分の不利になるよう調整されて、彼女を取り囲む大人の世界はみんなして嗤《わら》っていて、本来幼い彼女を守るべき両親はどこにもいなくて。そんな中で命を守るため唇を噛《か》んだとして、それを卑怯《ひきょう》だ臆病だと、一体世界の誰が言える。

だけど、だ。

誰も糾弾しないから、少女の中で澱《よど》みは少しずつ溜《た》まっていった。やがてはこびりついて取れなくなるほどに。

「ほんとは分かってたんだ、ただの事故じゃないって。お父さんもお母さんも、外からやってくる人を歓迎してた。でもそこに上とか下とか順番を決めちゃダメだって言って、実効支配を一方的に主張する『資本企業』の人と言い争いになってた! オキシオーシャンオペレーション。あれが軌道に乗ったらどうなるか知ってた。だから、話し合いに行くって、あの夜もだから、きちんと話し合えば分かるって……ッ!! それをあいつらっっっ!!!!!!」

「ヘイ」

ぐしゃぐしゃで、音の体裁も取れない言葉の連なりを遮るようにして、クウェンサーは軽く口を挟んだ。

「なんか勘違いしてないか、レディ？　俺達は別に聖人君子じゃない。戦ったヤツが正しくて、戦わなかったヤツが間違っているなんてのは、戦争を都合良く回すための方便だ。それが最高に格好良いんだって事にしなくちゃ志願兵が集まらないからな。そんな正義は放っておけ、信じるだけ馬鹿を見る」

「だって、あいつはお父さんとお母さんのっ、ボクは何もできなかった‼」

「だからヒナ、アンタの両親は最期《さいご》までそんな道を貫いたんだろ」

小さなヒナが、両目を真ん丸に見開いた。

呼吸が止まったような褐色の少女に、クウェンサーはさらに言う。

「金儲《かねもう》けのためにサメを増やせば、何も知らない観光客から喰《く》われていく。相手は人殺しを生業《なりわい》とする軍隊で、秘密の話し合いがこじれたらどれだけ危ない目に遭うかも分かってた。……それでもだ。それでも、アンタの親は銃に頼らなかった。テロでもゲリラでもない。話し合いで戦うって決めて、最後の舞台に上がっていったんだ」

「……、」

「それは、尊いだろ。戦争の方便なんかに負ける訳ない。レディ、アンタは自分のお父さんとお母さんが命を懸けて貫いたものを、示した道を、その手で汚してしまうつもりなのか？　強いとか弱いとか、正しいとか間違っているとか。そいつを決めるのは、暴力なんかじゃないだろ」

それ以上は言葉にならなかった。

ぐしゃぐしゃの顔になったヒナが、しゃがみ込んだクウェンサーに抱き着いて爆発したように泣き出したのだ。

親の仇《かたき》を取れない。

そんなの、この上なく辛《つら》い選択だったかもしれない。

だけど凍りついた顔で銃やナイフを握り、憎い敵の死体の前で呆然《ぼうぜん》と立ち尽くすよりも、よっぽど強くて人間らしい。ヒナ＝リキュールボールは体温高めで髪からほのかに甘い香りを振《ふ》り撒《ま》く、頭は賢いけれど心優しい女の子であってくれれば良い。

ちょっと離れた所から、ヘイヴィアやミョンリが手を振ってきた。

向こうも準備が終わったらしい。

クウェンサーは抱き着かれたまま頷《うなず》いて、それから空いた手で施設の床に落ちていたものを摑《つか》んだ。

針金を切るためのニッパーを、両手持ちの枝切りバサミ大まで大型化したような工具。

チェーンカッターを。

「心配すんな、レディ」

短く。

それでいて、はっきりと。

「汚れ仕事は全部こっちで片付ける。これは、ヒナが手を汚すような話じゃない」

ばちんという音があった。

明確な、反攻のサイン。それは少女の足首を縛《いまし》めていた鉄球、その鎖を断ち切った音だった。

11

『オーバーキャビテーション』は迅速だった。

無防備な固定目標で、内部の構造は網羅していて、何よりもはや向こうには遠慮をする必要がない。一辺一キロ以上ある正方形、大小無数の建物により軍艦みたいになったシルエットをぐるりと回り込むようにしながら、立て続けに白い蒸気と気泡の槍《やり》を突き刺していく。

シュドッッッ!! と。

分厚いコンクリートの壁に人が立ったまま潜れるほど太い鋼管。それらが発泡スチロールのように呆気《あっけ》なく砕けて吹き飛ばされていく。

上空からの落下物に、ヘイヴィアが目を剝《む》いてその場に伏せた。

「あらかじめ予想できてたろ。直線距離で三キロか。チャンスだ、思ったよりも近い！」

「おっかねえ!!」

「チャンス？　これがかよ!!」

「今までずっと隠れて一人で泣き続けてきたヒナは、ここにいる俺達の誰にもできない選択をした。それでも戦わないいって選択をだ。無下になんかできるもんか！」

「チッ、しゃあねえな!!　今日だけ騎兵隊になってやるとするか!!」

一〇キロ圏で殴り合うオブジェクト同士の戦闘を考えれば、懐《ふところふか》深くまで潜り込んでの猛ラッシュに近い。蒸気を使った特殊な主砲とはいえ、その場から動く事のない固定目標相手とは思えない挙動だった。それだけ向こうの操縦士エリートは頭に血が上っているのか。

殺したい理由があるのはどっちも同じだ。

ただでさえ外道《げどう》の『資本企業』軍の内部に食い込んで、さらにドロドロに腐敗を進ませる犯罪集団。親を殺され、だけどぐっと我慢したヒナと約束した。その『力』には敬意を表する。クウェンサー達だって、クソ野郎どもをいつまでもこのハワイ方面で野放しにするつもりは毛頭ない。

予想通り、圧縮タンクや発電施設、それからパニックルームなどの重要施設から串刺しにされていく。

だけど内部構造を知り過ぎているのも問題だ。建設完了後に改築された部屋までは頭の中にないのか、ヒナ達が隠れている頑丈な物置には気づいていないようだ。

これで憂いは消えた。

思う存分、狼《おおかみ》達《たち》は大物狩りに専念できる。

「始めるぞ、ヘイヴィア。どっちみちチャンスは一度だ」

「……ここで舌舐《したなめず》りが出る辺り、よくよくテメェも変態だな」

すでに海水を電気分解して取り出した酸素を再び海中へ送り込むエアポンプ施設はかなり破壊されてしまったが、目的のアクションは終えている。

言っても三キロ。

地べたにいるクウェンサー達には近づけない。ゴムボートを走らせる前に瞬殺される。

ぱんぱん、とクウェンサーはヘイヴィアの背中を叩《たた》いた。

悪友は携行式のミサイルランチャーを担《かつ》いでいた。

「飛びやがれ」

ファシュッッッ!! という花火のような発射音と共に、爆発物が一直線に飛んでいく。いちいち目で追い駆けて成否を確認する暇もなかった。手持ちにしては威力が高くて便利だが、煙のせいで発射元がバレやすく、その場に留《とど》まっていると高確率で反撃が飛んでくる。

レーザービームをしこたま搭載している第二世代なら、撃ち落とすチャンスなどいくらでもあっただろう。しかしレーザービームや下位安定式プラズマ砲をまとめた機体上部三つの塔では、何か迷うような、奇妙に人間臭い砲身の揺らぎがあった。ミサイルは『オーバーキャビテーション』に向かっていない。黙っていてももっと手前に落ちる軌道だったからだ。

クウェンサー達からすれば、発射した時点で目的を終えていた。海面に刺さっても、途中で撃ち落とされても問題ない。

海の上に炎の塊を落とせれば、それで。

「……大量の海水を屋内へ取り込んで、マイクロバブルを使って高圧環境下で毎分九万トンもの酸素を溶かし込んでから、貧酸素の『死の海』が広がる深海のくぼみに送り返す大型施設だ」

転がり、急いで別の遮蔽物《しゃへいぶつ》の裏に飛び込みながらも、クウェンサーは笑いが止まらなかった。

ここで笑みをこぼしてしまう少年は、やはりヒナと同じ道は歩めない。

だけどそんな男だからこそ、守れるものだってある。

「でも海水を電気分解して手に入れられるのは酸素だけじゃない。水素。こいつに切り替えてしこたま海に溶かしていったとしたら？　そいつを着火したら何が起きると思う？」

ボッッッバッッッ!!!!!!　と。

膨大な海水そのものが一個の巨大な爆弾となったように、『オーバーキャビテーション』を足元から思い切り突き上げた。

水素爆発。

理屈自体は、その辺の小学校でも子供達がやっている簡単な実験と同じだ。ただし規模が違う。二〇万トンもの塊が、冗談抜きに浮かび上がるほどの衝撃だった。

「近代化改修？　新型推進装置？　バイポッドみたいな『脚』だって？　パラサイトプランなんて知った事かよ、秘密兵器なんか使わせる暇を与えると思ったか!!」

クウェンサーは叫ぶが、まだだ。

並の軍艦なら下から真っ二つにするような打撃であっても、『オーバーキャビテーション』はまだ沈まない。耐える。オブジェクトは同じオブジェクトの一撃でしか倒れないと声高に叫ぶように、その威容はただそこにあるだけで石の裏に隠れる歩兵どもの心臓を恐怖で鷲掴《わしづか》みにしてくる。

こっちは一番小さな砲でも一発もらえば粉々にされる。馬鹿二人は瘴で遮蔽物《しゃへいぶつ》の陰には飛び込んでいるが、向こうが本気を出せば濡《ぬ》れた薄紙を引き裂くように貫かれるのは間違いない。

しかし、だ。

『正統王国』のジャガイモ達の顔色は崩れない。揃《そろ》いも揃《そろ》って顔は蒼白《そうはく》で緊張の汗まみれだが、予想外のアクシデントで打ちのめされるような激変は見られない。

そう。

ここまでなら、まだ計画の範囲内。

発案者のクウェンサーが無線に叫んだ。

「反応起きるぞ！　全員備えろ!!」

12

ヒナ＝リキュールボールは我慢できなかった。

エアポンプ施設の職員達と一緒に、建設計画にはなかった、後から改築された頑丈な物置に隠れていたが、もう限界だった。

足首の鎖を切ってくれたクウェンサー達は、自分の代わりに戦ってくれるという。

負ければ死ぬのは確定、勝っても人殺しの罪から逃げられない。そんな過酷な選択であっても躊躇《ちゅうちょ》なく。

「んっ！」

重たい扉を開けて、一人外へ。

短いスカートなど気にせず、鉄球やGPSの縛《いまし》めから解放された自分の足を使って。斜めに傾《かし》いで不安定に揺れる直線通路を走る。出口を目指したつもりだったが、実際には三階の壁が大きく砕け、下界の景色が一面に広がっていた。

「あ……」

そこで。

チョコレート色の少女は、時代の証人となる。

「ああっ⁉」

海の色が違った。

透き通った青に緑を溶かしたような、絵ハガキや観光サイトの題材になる美しい海とは違う。禍々《まがまが》しい猛威。どす黒い岩の塊のようなものが突き出していたのだ。よほどの高温なのか、煙突よりも派手に水蒸気を大空へたなびかせている。

海底火山、であった。

クウェンサー達はエアポンプに水素を詰め、一面の海水に浸透させていった。ではそれは、どこまで？　横の広がりだけでなく、縦、深さについてはどうだ。もしも海底に届くまで『一つの爆弾』に変えていたとしたら、地盤そのものまで大きく揺さぶる事になる。

本来は貧酸素の『死の海』が広がりやすい、深海のくぼ地などの中心へたっぷり酸素を詰め直した海水を送り込むためのものだったのだ。

まず初めに、莫大《ばくだい》な圧力をかけて大量の水素を注入した海水は深海の底へ送られる。

仮にその全てが深海の水圧でも押さえ込めず海水と水素が分離してしまったとしても、水素は最も軽い元素だ。上へ上へと進んでいくから、海底から海面まで莫大《ばくだい》な水素の気泡が大滝を逆さにしたように伸び上がっていくはずだ。

つまり、全ては繋《つな》がっている。

一点が起爆すれば、その爆発は全ての領域へ瞬間的に広がっていくのだ。

人工地震。

そこからの、強引な噴火の誘発。

ハワイ方面は元々複数の活火山を抱え、年間三〇以上のハリケーンをおもてなしする災害多発エリアでもある。

大量に溢《あふ》れ出《で》た溶岩は海水で速やかに冷やされ、黒く固まった岩塊になる。それが次々膨らんで、ついには海面を突き破って『島』となったのだ。

『オーバーキャビテーション』または『アントワネット』。

海戦専用の第二世代は、陸に打ち上げられた魚のようだった。主砲の根元、バイポッドに似た新型の『脚』を使おうとしても、陸の上ではどうにもならない。

ごごんっ、という重たい響きがあった。

遠方から、ズタボロにされた『正統王国』のオブジェクトがかろうじて残った主砲をゆっくりと振るい、狙いを定めているのだ。

どれだけ瀕死《ひんし》だろうが、横にひっくり返って腹を見せる固定目標を外す訳がない。

チェックメイトの時間だった。

「……、」

飛び級で大学まで進んだヒナは、おおよその仕掛けを理解していた。

しかしそれとは別に、彼女は薄い胸にあるＩＤカードをそっと握り込んでいた。厳密には、カードの表面に貼り付けてあった、デフォルメされたキャラクターを。

それはハワイ方面を含むポリネシア全般に広まる伝説。どれだけの力をつけてもイタズラ好きの心を忘れなかった、人間に火の使い方を教えてくれた気前の良《い》い男性。

マウイティキティキ。

人の命を守るため、彼らの暮らす島を海底から釣り上げたとされる、彼女達の神様。

キュガッッッ!!!??? と。

『ベイビーマグナム』から解き放たれた下位安定式プラズマ砲が、邪悪な怪物を撃ち貫いていった。

13

「お姫様」

『なに？　へんなしゅうはすうで。これウチのあんごうフォーマットじゃないよね』

「元からボロボロなんだから、最後に一つリクエスト頼めるか？　潰《つぶ》れてしまった主砲をパージ。できればレーザービームの溶媒タンクを砕いて中身を海に漏出してもらえると助かる。派手な色のヤツだ」

『？　何のいみが？？？　ふつうにしぜんぶんかいされちゃうぶっしつだけど』

「実際には何もなくても構わない。ヤツらのブランドさえ潰《つぶ》せれば」

『……もしかして？』

「どうせ『オーバーキャビテーション』を倒したってオキシオーシャンオペレーション全体は止められない。無数にあるエアポンプ施設を全部破壊したって、再建されたらそれまでだ。だから、他の手段で『資本企業』の計画を潰《つぶ》したい」

『サメをふやすのは、こうきゅうしょくざいのフカヒレであらかせぎしたいからだったよね』

「イメージダウンのせいで値崩れが起きたら、そんな商売できなくなるよな？　フカヒレは高級食材だの化粧の下地に使うコラーゲンジェルだの、セレブ向けの高額商品だろ。ヤツらは金が全てだ。一時停止の計画を抱えれば抱えるだけ設備維持費だけ膨らんで大赤字になるよう調整してやれ。それで『資本企業』は手を引くしかなくなるさ」

『ヒナはかなしまない？』

「存在しない汚染の攪乱工作《かくらんこうさく》くらいでへこたれるかよ。ヒナの目はもっと深い所をきちんと見ている。それより、物事の上《うわ》っ面《つら》しか見る事のできない薄汚れた連中から追っ払おう」

14

全部終わって、例の駆逐戦艦であった。

「次から情報ミスがあったら爆乳の野郎に正座させようぜ。今回だけで何人死んだと思ってやがる」

「知ってるか、『島国』には縛りっていう素敵な文化があってだな。セーザさせる場合も、こう、重たい石の板を上から……」

「どっかにエナドリねえのか」

「今夜は寝かさない気かい？　よし乗った」

指揮官は部下が集めてきた情報を統合しているだけなので別にフローレイティア一人が悪い訳ではないのだが、疲れ切った馬鹿どもは当たりがキツい。

なまじ中途半端《ちゅうとはんぱ》に部下想《ぶかおも》いであるため、銀髪爆乳も大きく出られない。

「……覚えてろよお前達」

「はーい、都合の良《い》いトコと人様の弱みだけは一生忘れませーん☆」

「次の作戦前会議ブリーフィングはバニースーツだな。予告したぞこんにゃろう」

で、だ。

フローレイティアは苛立《いらだ》ちを紛らわすために細長い煙管《キセル》を咥《くわ》えて、

「……クウェンサーが仕留めた武器商人のサポート機材と、海の藻屑《もくず》となった『オーバーキャビテーション』からいくつかのデータが出てきたよ。電子シミュレーション部門が暗号解析も済ませたぞ。連中の組織構造やパラサイトプランについても色々分かってきた」

「まだ休暇じゃねえのかよ……俺はもう伝説のメイドを捜しに行きたいんだけど……」

「フローレイティアさんこいつ不眠刑か徒労刑で殺してやってください」

早口のクウェンサーなど放っておいて、だ。

「詳しい話はさておいて、結論だけ言うぞ。武器商人ウッドストック。東欧系ギャングとインド半島系であぶれていた技術集団が結びついたものが母体となったみたいね」

「技術集団……」

「ドーラ＝ブルーハワイ……と名乗る何者かの『空飛ぶ車』は見たでしょう？　向こうは毎度の人口爆発で受験・就職戦争が過熱している。窓口が少ないだけで、あぶれた人材と言っても腕は確かだ。犯罪組織にとっては狙い目なのさ。こいつらがパラサイトプランを中心とした『自社製品』を支えているのよ」

フローレイティアは呆《あき》れたような口振りだった。言ってくれればこっちで雇うのに、という顔だ。

「ウッドストックが浸透していたのはハワイ方面だけではなかった。世界各地、四大勢力で欠陥持ちのオブジェクトにすり寄って近代化改修の形で実質的な乗っ取りを行っていたのね。これがパラサイトプラン。今回の『露見』によって、芋づる式の逮捕劇をかわすためにそいつらも一斉に雲隠れを始めたらしいんだが」

「なら、お次は武器商人の本拠地襲撃する掃討戦っすか？　めんどくせえ。警察系にもいるでしょうが、暇を持て余した特殊部隊」

「ああ。だがこいつは聞いておいた方が良《い》いぞ。ウッドストックは一〇以上のオブジェクトに、欠陥を埋めるコアの部品の追加換装を行ってきたの。ある機体は足回り、ある機体は主砲、レーダー、装甲、コックピット電子系や動力炉そのものまである」

「……いや、まさか……」

「全部組み合わせれば、全く新しいオブジェクトの出来上がりよ。パラサイトプランの正体は、最新鋭第二世代の組み立て。直列の作業工程で一機を新造するには何年もかかるけど、この方式なら話は変わってくる。いいえ、何年かかろうが表に露見しなければ問題ない。ひとまず敵性コードは『ギャングスター』辺りで良《い》いか。あの武器職人ども、誰も見た事のない最新鋭第二世代に乗って私達を待ち構える腹らしい。つまりこいつは、間違いなく軍の管轄だよ」

行間二

うん。

そうです。

実を言うと、ここが一つの分岐点だったんですよ。

というか、できればすんなり行って欲しかった。ほら、やっぱり官と民ががっちり手を結んで腐敗するくらいが一番気持ちが良《い》いんです。楽できます。ゴールに向かうための道のりは一つじゃありません。わざわざ辛《つら》い道を選んで進む事はないですし。

でもそんな道は潰《つぶ》れちゃいました。

無慈悲ですよね。

こちらは何も困りません。向こうにとっての地獄の始まりって事。

甘やかしてもダメなら、締め付けるしかありません。アメからムチに持ち替えよ。官と民が裏から手を結べないなら、役に立たない官など我々民が徹底的に叩《たた》いて潰《つぶ》します。差し伸べた手を叩《たた》いたのは向こうです。思い知らせましょう。裏切り者には苛烈な報復を与え、その恐怖でもって内外をきちんと管理するのがこちらの理《ことわり》です。

嫌なんですけどね。

初期状態でずぶずぶに汚染できるなら、それに越した事はなかったんです。

こうならないよう『穏便』に進めてきたつもりだったんですが、分岐は悪い方に切り替わったみたいです。それなら対応しましょう。悪いオトナが何をどこまでやるか見せてやる。

我らはウッドストック。

呪われた森、血を吸う木々を削って戦う力に変える武器商人なり。

第三章　安全国と戦争国の境　〉〉アタカマ方面包囲殲滅戦《ほういせんめつせん》

1

　いきなりのバニーガールであった。

　フローレイティア＝カピストラーノはウサギの耳を揺らして叫ぶ。

「諸君、良く聞け!!」

　よーく聞くに決まっているジャガイモ達は集中力が違った。

　場所は南米西側、『戦争国』アタカマ方面。一般に標高二〇〇〇メートル以上、高い場所では五〇〇〇メートルに届く、『高山病を併発する、世界で一番人体に悪い砂漠』である。

　一通り設営完了した整備基地ベースゾーンの大会議室では、はっちゃけた格好の人が真面目な顔して作戦前会議ブリーフィングに臨んでいた。

　繰り返すが、バニーたんである。

　通な方向けにもうちょい説明を盛ると、きちんと網タイツ装備の白ウサギであった。カフスや襟《えり》付き蝶《ちょう》ネクタイも一式揃《そろ》え、おっぱいでライターも挟んでいる本格仕様である。

「敵性集団の詳細がはっきりした。武器商人ウッドストック。東欧系ギャングが発端だが、今では四大勢力全ての地域にある犯罪組織、軍隊崩れ、技術集団、カルト教団などと統廃合を繰り返してアメーバのように広がる巨大な塊と化している。純粋な構成員は推定五万人強だが、パトロン、フロント、抱き込まれた不良警官、その他間接的利益に与《あずか》る人間なら一〇倍は下らないと考えるべきよ。こいつらには『戦争国』も『安全国』もない。どこにでも根を張り、隣人として内緒話を立ち聞きしているものと思え」

ちなみにウサギちゃんの指揮する大隊で一〇〇〇人程度であると考えると、五万という数の笑えなさが分かるだろう。軍隊経験者も多く見られるため、その全員が高度で専門的な訓練を受けているものとみなして良い。

現在も各国では逮捕劇が繰り広げられているが、基本的に捕まるのはブラック企業の社長や不良警官などの間接的ナントカか、あるいは下働きの不良少年くらいのものだ。

本職はその間に警戒網をすり抜けて国外脱出している。ヤツらは陸海空様々なルートを使って、世界中からこのアタカマ方面に結集しつつあるのだ。

が、だ。

ジャガイモ達のメインディッシュはそこではなかった。

「(なんか調子がバグってるけどフローレイティアさんどうしたの？　想像妊娠？)」

「(知るかよ俺は全力で楽しむ。つかバニーの色は下着に通ずるの法則知らねえのかっ。アンタ白ってガラじゃねえだろうがこのケバケバ爆乳ちゃんがよお!)」

一八歳の美人将校サマがせっかくカラダを張っているというのに、そもそも馬鹿どもが自分の口で言った事すら頭の中からすっぽ抜けていたばっかりにとんだ誤爆となってしまった。あの時フローレイティアは確かに言ったはずなのだ、覚えていろ、と。変にマジメで融通が利《き》かない連中は古き良き『島国』で散々見てきたのか、傍《はた》で見ている整備兵の婆《ばあ》さんは呆《あき》れたような息を吐いていた。

一人常識人は(寂しいと死んじゃう白バニーたん装備で)わなわなしながら、

「ウッドストックの規模の大きさ、各勢力の軍内部まで深く食い込んでいたという事態の重さ、そして何よりパラサイトプランと称する独自技術で第二世代を拵《こしら》えた可能性の高さを考慮して、今回は『正統王国』、『情報同盟』、『資本企業』、『信心組織』が総力を挙げての共同作戦を展開する。以降、本件のミッションネームは『南十字の死神作戦』となる。軍隊らしい厨二センスが爆発しているね、恥ずかしがったり面倒がったりしたヤツは処罰の対象だから覚えておくように」

「(武器商人の作ったオブジェクトに『ギャングスター』なんてそのまんま過ぎる名前つけたアンタもセンスは大して変わら……)」

「クウェンサー」

賢明な彼は黙る事にした。

「へっ。『クリーンな戦争』っていうテメェらの餌場だけは仲良しこよしで守り抜くってか？　オセアニアの時と同じ香りが漂ってきやがったぜ」

「バニーたん、俺達ついこの間ハワイ方面でド派手に『資本企業』とやり合って第二世代吹き飛ばしてますけど、それにオキシオーシャンオペレーションもきっちり台無しにした。共同作戦は結構ですけど、いきなりケツの穴狙い撃ちにされたりって心配はないんですか？」

「現場の遺恨や確執に興味はない、独断で動いた分は各自で処理しろ。共同作戦と合同軍事演習に水面下の陰謀は付き物だ。誤射とかナゾの食中毒とか、テキトーな理由つけて闇討ちされないよう気をつけろ」

ザ・投げやりであった。

そもそも四大勢力は常日頃からオブジェクト同士で睨《にら》み合《あ》って互いに牽制《けんせい》し合う『大きな敵』だ。裏切る裏切らない以前に、最初からどっかり背中を預けるな、という事か。

「ウッドストックはアタカマ砂漠の湖のほとりを長らく本拠地としていたようだ。人工緑地化を利用した円形農園。作物についてはトウモロコシが主のようだ」

衛星写真だと、広大な砂漠の中に不自然な緑の円が規則的に並べられていた。ミステリーサークルをネガポジ反転させたようだ。水源となる湖のほとりにはいくつか南欧風の大きな館《やかた》や、使用人向けのアパートメントなどが並べられている。およそ二・五キロ四方に五万人、もはや一つの街のようだが、そもそも農園の規模が違うのでさほど目立たない。何しろ地平線の向こうまで広がる畑を小型飛行機で農薬ばら撒《ま》いて面倒見る大雑把な世界である。大型のプランテーションであれば『まあありえる』サイズでしかないのだ。

……とはいえ、実際にはこの『概算』もまたテクノロジー次第であって、ロボットや無人化で大幅に手間は減らせるのだが。

五万人の面倒を見るにはちょうど良《い》い、か。

食費だけでも一日一体どれだけの金が飛ぶか分かったものではないが、ウッドストックはそれができるのだ。金は力。ヤツらは継続して戦争を起こす資格を持っている。

「今まではきちんと『表』の顔を維持して納税も行い、丁寧に書類の中に身を隠していたようだが、各自パーツを持ち寄ってオブジェクトを組み上げる段階で世間から隠しおおせるとは思えなくなったのだろう。今では衛星からでもはっきりと異状を確認できる。段階をいくつか踏んでここを殲滅《せんめつ》する事になっている」

「でも……ハワイ方面の『オーバーキャビテーション』は海戦専用だったでしょう？　あれを流用したら砂漠で使えなくなるんじゃあ？？？」

「一つのパーツにつき、候補は二つか三つか重複させていたらしい。この状況をセッティングしたのはウッドストック側よ。連中だって使えもしないオブジェクトを躍起になって組み立てるほど間抜けではないでしょう」

「じゃあもう一つ質問を。殲滅《せんめつ》って言ったって、カバーの農園で働く人っていないんですか？　ほら、武器商人達が何にも知らない家族や恋人を連れてきたって線は……？」

「そりゃ知り合いを連れてきた可能性はあるだろうが、薄々も気づいていないなんて話はないでしょう。ブラックマネー摑《つか》んでセレブ気取りの豪遊を繰り返してきたのなら、私は特に気にしなくて良いと考えているが」

そんな訳行くかとクウェンサーは心にメモしておく事にした。

現場で考える宿題ができてしまった。

一方のヘイヴィアは指差した人間を素直に殺せる人種らしく、

「最終目標は？　パラサイトプランで作った『ギャングスター』を壊せ、それとも五万人を殺せ？」

「グリノフ＝クォーターデッキ」

フローレイティア＝カピストラーノはプロジェクターで壁に中年男の顔写真と個人情報を並べ立てて、

「性別男性年齢四三歳、例の『最初の東欧系』の頂点よ。肩書きは犯罪設計者、カウンセラー、小説家、リストラ対策組織再編顧問、四つの博士号に、そして今世紀最悪のゴッドファーザー。宗派は一応正教系のはずだが、何故《なぜ》か妻は五人以上いるらしい。ウッドストックは様々な組織が合体しているが、こいつのカリスマがなければどうという話でもない。勝手に空中分解するだろう。……何しろ、これだけ膨らんだ組織であっても取り扱う全ての取引にグリノフ個人の承認を必要としているらしいしね。グリノフの『新しい犯罪や組織を作る才能』は本物だ。このいつのせいで振り込め詐欺もネット殺人も世界中に蔓延《まんえん》した。おそらく被害規模はそこらの戦争より大きい。最低でもグリノフは狩る。ハンドメイドの第二世代は後に回しても構わない」

「……、」

「グリノフは真偽不明の様々な伝説でも知られるが、諜報部門《ちょうほうぶもん》の話では実情はそれ以上、らしい。犯罪組織の撲滅を宣言した警察署の新庁舎の壁の中から大量の白骨死体が発見されたなんて話ならいくらでもある。死体が誰のものだったかはわざわざ説明するまでもないでしょう」

今度の相手は四大勢力の軍ではない。

ので、生け捕りにされた場合は戦争条約など何もない。どんな惨《むご》たらしい方法で処刑されるかは分かったものではなかった。

「とはいえさっきも言ったが、共同作戦では水面下の陰謀が付き物だ。合同軍事演習などでも東欧で派手な事故があったしな。今回の『南十字の死神作戦』、どれだけ相手が揉《も》み手《で》で笑顔だろうが、よその勢力は全てキャッチセールスだと思え。会話に流されるな、書類はちゃんと読め、私以外の采配《さいはい》で捨て駒にされるなよ」

2

「非正規作戦に向けての新兵器ねぇ」

「今度の相手は『クリーンな戦争』の外にいるからな。トラップ、待ち伏せ、色んなエグい手を使ってくるだろうさ。よしよーし、ゆっくり食べるんだぞー？」

摂氏四〇度、まさに灼熱《しゃくねつ》の砂漠。整備基地ベースゾーンではクウェンサーが変な声を出していた。

軍用犬である。

地面に置いた餌皿に顔を突っ込んでいるのは、訓練されたシェパードだった。こんな時代になっても犬の鼻は重宝される。意固地になってテクノロジーを研いでいけばもっと優れたセンサーを作れるかもしれないが、そんな道楽に巨額を突っ込むくらいなら素直にペットショップに駆け込んだ方が早くて安上がりなのだ。

乗り気なのは主にクウェンサーで、ヘイヴィアはやや遠巻きに見ながら石鹸《せっけん》みたいなレーションを頬張っていた。

「……維持費が安いってマジかよ。俺より良《い》いもん食ってねぇか？」

「俺の可愛《かわい》いローザにそんなもん食わせられるか。よしお嬢ちゃん、ご飯食べたら腹ごなしの

運動だ。女の子は体重にも気を配らないとな。俺と一緒に基地の周りでも見回りに行こう」

「あのモヤシ野郎クウェンサーが自分から見回りだと⁉」

「何だよ？」

「はあ、理解できん。人間ってなガキができるとこんな風に丸くなっちまうのかねえ……」

「ほらローザ、嫌がるな。オシャレについて考えよう、レディはお出かけする時にちゃんとこれを着るんだ。お前の命を守ってくれる防弾ジャケットだぞー？」

「……マジで気持ち悪いくらい丸まってやがる。そいつ可愛《かわい》がってるトコお姫様に見つかるなよ」

「何で？　東欧じゃ熊の赤ちゃんの面倒見てたろ」

「そーゆーのとはまた違うの」

「？」

行くぞローザっ！　という威勢の良《い》い掛け声と共に、本当にリードを持ったクウェンサーが走り出してしまった。銃も持たずに見回りして、敵兵とかち合ったらどうするつもりなのやら。

四大勢力の共同作戦ともなると、整備基地ベースゾーンもあちこち合体して巨大な住宅街みたいに変貌しつつあった。停《と》めてあるオブジェクトも一機ではない。

いつまでもお祭り‼　状態なのだが、さて一日で一体どれくらいの金が飛んでいるのやら。

単純に数千人の衣食住で考えてみよう。これに官製ビジネス特有、お手盛り爆発の各種装備や武器弾薬がのっかる。戦争は何かとお金がかかるのだ。しかも今回は軍や国家ではなく犯罪集団が相手になるため、勝ってもきちんと元を取れるか未知数な部分も大きい。

「見ろローザ！　あれが最新鋭の複合ライダー照準で、データリンクで整備基地や指揮装甲車と多角的に連携を取っているからたとえオブジェクト本体が敵を見失っても別の角度から照射が続く限りロック状態を維持……」

きゅうんと軍用犬らしからぬ弱々しい鳴き声に遮られた。どうもデート向けの話題ではなかったらしい。

と、同じ整備基地とは言っても一応はフェンスで区切られた向こう側、『情報同盟』の敷地《しきち》に停《と》めてある超大型兵器のスピーカーからこんな声が飛んできた。

『おほほ。またぞろお会いいたしましたわね、「正統王国」のネズミさん』

「ローザ、総毛立ってガルグル唸《うな》るな。あれは一応味方だ。今はな」

『あら、今回はカワイイパートナーをおつれですわね。うずうず』

「……口でうずうずって言っちゃうのはアイドルの職業病みたいなもんか？」

『Gカップのせかいてきアイドルの、ですわよ。おほほ。ここさいきんは「でんせつのメイド」なるアマチュアがはばを利《き》かせているようではありますが、私のちいはふどうなのです』

オセアニアと同じ香りがする、と言っていたのはヘイヴィアだったか。『クリーンな戦争』から外れた連中への掃討戦、四大勢力の共同作戦、緑地化する砂漠、そしてGカップアイドルのおほほ……。南十字の死神作戦。確かに、楽しいばかりでない思い出を頭に浮かべるには十分な素材だ。

『ラッシュ』は左右二門の連速ビーム式ガトリング砲に、十字のエアクッションフロート。さらには緊急ダッシュ用に地面へ嚙《か》ませるための、チェーンソーじみた履帯まで備えたオブジェクトだ。

万能だけど個性の潰《つぶ》れてしまいがちなお姫様とはまた違う機体だった。こちらは短所を残しても良いから徹底的に長所……水陸問わずの接近戦を制する力を伸ばしている。

「ここまで派手に設営しているって事は、当然向こうも気づいているはずなんだよなあ……」

『おほほ。というより、わざわざこの地に我々をさそい込んだと見るべきでは？　まあ、今回はしんきょくのPVそざいのさつえいもかねております。こちらはこちらでかってにせんそうへねふだをつけてかくじつにもうけを出すまでですわ』

「……気にならない訳？　普通に考えれば自殺行為じゃん」

『グリノフ1人でにげ出すてんかいはないでしょう。プロファイルによれば、これまでもかげむしゃなどはつかってこなかった、ゆいいつむにのゴッドファーザー。じつはけいさつけいのとくしゅぶたいよりも多くのどうぎょうしゃをころして回り、シェアをどくせんしているともききます。おほほ、そんなかれは自分のカリスマやブランドがしっついすることをおそれています。「守る」「にげる」「ほけんをかける」、こうしたうしろ向きなアクションはパラメータを下げるとね。多くのぶかが見ているからこそ、しばられて、うごけない。あらゆるとり引きに自分のしょうにんを求めるようなやからですものね』

「……みんなに好かれているから本音は出せない、か。何だかアイドルみたいな話になってきたな」

『うすよごれたオッサンといっしょにしないでくださいませ』

遠くから、ぽんぽぽんっ、というスパークリングワインの栓を抜くような音がいくつか立て続けに聞こえてきた。

『あら、ちょっと失礼』

直後であった。

カッッッ!! と、『ラッシュ』の側面にびっしりと張り付いたウニやイガグリのような副砲が閃光《せんこう》を発した。放たれたのはレーザービームや連速ビームか。レーザー光線は横からでは見えない、というのが定説だが、砂漠であれば舞い上げられた細かい砂粒を焼いた時の残像が浮かび上がる場合もある。

空中でいくつかの爆発があった。

地上警備の歩兵達もにわかにざわついてくる。

『いのちびろいしましたわね、おほほ。ゲリラのはくげきほうですわよ』

「おいっ、殺すなよ。ウッドストックの兵隊なら情報を聞き出せるかも……」

『おほほ、きたいするだけむだですわ。どうせげんちでひろった、しゃっきんかドラッグでずぶずぶになったつかいすてでしょう』

自分の口からそう言っているくせに、おほほ、全く容赦なしであった。さらに立て続けに砲撃が整備基地ベースゾーンの頭をまたいで敷地《しきち》外《がい》にある四駆を吹っ飛ばし、逃げ場を失って右往左往する徒歩の襲撃者を一人ずつ丁寧に蒸発させていく。まさかと思うが、これも新曲のPVカットに使うのだろうか？

世界的勢力。

多国籍軍に石を投げるとは、つまりこういう事だ。

わふっ、とクウェンサーの足元で退屈そうに伏せていたシェパードが起き上がり、何やら吼《ほ》えた。良く訓練された軍用犬にしては珍しい。そんな風に思いながらローザの見ている方を目線で追い駆けていくと、

「えー……歌って殺せる戦場アイドルレポーターのモニカちゃんでーす……。テンション低い？　だって『情報同盟』から本気のが来てるんでしょ、わたしゃカンフー映画で主役に蹴られて奇麗に吹っ飛んでいく職人か!?　向こうはこの戦争全部を利用してたった数分間の新曲PVの素材を集めるって言ってんですよ、何で敵対勢力の広告塔を引き立てなくちゃならないのよおーッ!!」

「やばいっ」

気づいたクウェンサー、いち早く危機を伝えてくれたローザの頭を軽く撫《な》で、慌ててその辺に積んであった資材コンテナの裏に回ろうとする。

が、

『おほほ、きゅうにきょどうふしんになりましたわね。1体どうしましたの？』

「ひいいほんわか天然と書いて特大の馬鹿と読む系の空気を読まないアイドルのコメントで全部が台無しにいーっ⁉」

「あっ」

それでバレた。

幼馴染《おさなな》《じ》みのモニカさん、こちらをズビシと指差して、

「あーっ！　ああーっ‼　あああーっ‼‼‼」

変に騒いだせいで周りの警備兵に取り押さえられていた。不審者オーラにアイドルオーラが負けてしまう辺り、揉《も》みくちゃのモニカはまだまだ修行が足りない。

何だか知らんがチャンスである。

「待ちなさいこのっ、クウェンサー‼　小間使いッ‼　もうメイド服は封印すると誓いましたわよねえ下僕ッ⁉」

『メイドふく？』

そりゃあナゾがナゾを呼ぶ展開だろうが、今は脇目も振らずに逃げるしかない。クウェンサ

ー＝バーボタージュ戦地派遣留学生、実はモニカよりも先にブラをつけた事があるなんて話は絶対に秘密なのだ!!

3

そんな訳で摂氏四〇度、焼け付くような砂漠へ出発進行である。

「……危険なアイドルが徘徊《はいかい》してる基地にいるくらいなら、さっさと出撃した方がまだしも安全だ」

『おほほ。私のことではないでしょうね』

クウェンサー達はついにアタカマ砂漠に乗り出した。

ゴォ、と。

左右を挟むようにして、『ベイビーマグナム』と『ラッシュ』が随伴していた。

いいや、動いているのは彼らだけではない。『南十字の死神作戦』には四大勢力が全て参加している。様々な方向・ルートを使って同じ規模の部隊が円形農園を支配する農園主の館《やかた》や使用人のアパートメントに向かっていた。さながら、包囲網を縮めていくように。同じ規模、という事は、各々《おのおの》の部隊には『資本企業』や『信心組織』のオブジェクトがついている。

「(……良かった、せめてこっちの部隊で。ハワイ方面じゃあれだけ派手にやったんだ。『資本企業』とごちゃ混ぜ混成部隊になっていたら、いつ背中を撃たれるか分かったもんじゃなかったぞ）」

「（カッコつけるとバチって当たるのな？　神様ってな俺らに嫉妬してんじゃねぇのか）」

　一面はきめ細かい砂で、一歩ごとに不自然に疲れが溜《た》まっていく。

「……なんか、所々、妙にハエがたかってる場所ねぇか？」

「気になるなら掘ってみろよ。犯罪組織の根城だろ、バラバラになった死体でも埋まってるかもしれないぞ」

　頭上から降り注ぐ太陽もカンカン照りだった。今は本当に一一月なのか。たとえそうだとしても何故《なにゆえ》に襲撃を夜にしなかったのか。色々と呪いたくなる作戦だ。

　フローレイティアは無線越しでもはっきりと分かる呆《あき》れ声で、

『そりゃあお前、夜間の砂漠はやたら冷えるからに決まっているでしょう。ましてそこは標高二〇〇〇メートル超えているんだぞ。氷点下〇度はくだらないな』

「ようし日没までに帰らないと樹氷になる素敵なリミットが顔を出したぞう！　通気性の良《い》い薄手の軍服しかないし！　あの女また命に関わる情報隠したまんま俺達最前線に放り出したぞう!!」

『ちょっと待てこの程度はわざわざ説明するまでもない一般教養……』

「俺らが氷漬けになったらあの爆乳で温めてもらおうぜ。今まで損ばかりしてきたのはきっと権利を主張してこなかったからだ」

『……まさかと思うが、味を占めていないだろうなお前達？』

辺りは一面何もない砂漠……に見えるが、それは合成映像の撮影スタジオみたいにのっぺりした一色で景色を埋められた事での錯覚だ。実際には波打つような高低差がいくつもあるから伏兵の存在は否定できない。そもそも、きめ細かい砂の砂漠だと一番怖いのは木や陶器など、探知機に反応しない素材でできた地雷だ。その対策として軍用犬を連れてきたくらいなのだから。

あちこちにプレハブっぽい小屋が建っていたが、迂闊《うかつ》に近づきたいとは思えなかった。一体何のためのものなのだ。道路脇に廃車と同じく、いかにも爆弾が取り付けてありそうで怖い。そうでなかったとしても、摂氏四〇度の砂漠で窓もエアコンもないトタンやプレハブならただ手足を縛って中に放り込んでおくだけで確実な処刑装置の出来上がりだ。

目に見える脅威には近づかない。

問題なのは目に見えない部分だ。頻繁に穴を掘ってエサやオモチャを見つけ出す事からも分かる通り、犬の嗅覚は多少砂や土を被《かぶ》せた程度では誤魔化せない。それに訓練すれば、空港でずらりと並ぶ旅行カバンに隠した火薬の匂いでも正確に嗅ぎ分ける探知のスキルを身に付けられる。

「おい、リード外して自由に探させた方が良《い》いんじゃねえか？　犬が踏んでも地雷は破裂するんだぜ。そこは殺傷圏内だ」

「信用できないなら木の棒持って地面をつつきながら進みなよ、先頭で。誰にも迷惑をかけずにだ」

「心がミンチになっちまうよ‼」

「安全ってのはタダじゃないの。軍用犬はこうしている今も命懸けで仕事してんだぞ。もらうものもらっておいて文句が止まらないとか、いつの時代の暴力亭主だよ。お前ちょっとローザに謝った方が良《い》い」

　ちなみに部隊の全員が犬を連れている訳ではなかった。比率で言えば一〇人から二〇人に一匹くらいだろうか。

『てじゅんをかくにんするよ』

　とはお姫様の言。

『今回はわたしたちが分かりやすい囮《おとり》になる。つまり、まえにつっ込む。てきとうにこんらんをおこすから、あなたたちはハチのすからにげてきた兵士をうって』

『おほほ。私たちのへいそうではかれらをけしずみにしてしまいます。グリノフ＝クォーターデッキ。しぼうかくにんがひつようなじんぶつがいるとめんどうなんですのよね』

『オブジェクトのカメラやえいせいからでもかくにんしているけど、１００％のかくどはない。ひがしヨーロッパではセンサー系せんもんのめいさいぎじゅつもかし出ししていたようだし。

必ずにくがんでのチェックも忘れないで』

武器商人の家族や恋人などが呼び寄せられている可能性もある。

襲う襲うと言葉だけなら力強いが、非戦闘員についてはどう思っているのだろう？

「ヤツらの第二世代『ギャングスター』はどうすんだよ」

『こっちで片付ける。今はのうえんを1つつぶして、おくがいがたのせいびじょうにしているみたい。多分、しせいせいぎょのしょきせっていで、きじゅんの0ちをけいそくするのにてまどっている』

『おほほ。何でしたら、どちらが先にガラクタを叩《たた》きつぶすかしょうぶしません？「でんせつのメイド」とかいうホットワードにもそろそろうんざりです。PVざいのために、しげきてきなイベントがほしいところではありますし』

何とも肉食系なエリート達であった。イマドキのご令嬢は深窓でじっとしている事に耐えられないらしい。高嶺《たかね》の花《はな》が自分から地べたに降りてきている。

「……見えてきた。円形農園だ」

所々、不自然にハエがたかっている砂漠をしばらく歩いたのち、立ち止まったクウェンサーがそう呟《つぶや》いた。

一つ一つは一〇〇メートルくらいだろうか。リンボーダンスの横棒みたいな散水機に軸を設けてぐるりと回す、特徴的な真ん丸の緑があった。それも一ヶ所ではない。できるだけ隙間を埋めるように、蜂の巣みたいな形でびっちりと、だ。

トウモロコシ畑は地平線の向こうまで続いており、ここからでは水源の湖やほとりの屋敷《やしき》などは見えない。これが全部、武器商人の素顔を隠すためのデコイなのだ。何で素直に豪農としての成功を考えないんだ、と小市民は説教してやりたい。

ただし、

『あった』

お姫様が無線越しに報告してきた。

『レーダーぎまんようのバルーンじゃない、もくしでパラサイトプランの「ギャングスター」をかくにん。ウッドストックのオブジェクトとはんだんする』

地平線から一つだけ、大きく突き出た人工物があった。

ジャングルジムのような金属の足場と、その中に閉じ込められた五〇メートルの球体状本体。この距離からでも、右側二門の主砲を中心にいくつもの太いチューブやケーブルが繋《つな》がっているのが分かる。まるで発射を待つ大型ロケットのようだった。

『なら』

『おほほ。はじめますか』

ゴッッッ!! と左右を固めていたオブジェクトが前へ飛び出した。いよいよ大物狩りが始まる。大量の砂が舞い上がり、クウェンサー達は咳《せ》き込《こ》みながら視界を確保する。

「げほっ、うええ。パラサイトプラン？　ありゃ各勢力で売り込みしてたパーツの寄せ集めなんだろ。大体どんな動きするのか予測できねえのか？」

「図面はウッドストックが手放さなかっただろうし、先入観に囚《とら》われると足元すくわれるぞ。全部が全部、全てのパーツを必ず使わなくちゃならないなんてルールはないんだから。全く新しいパーツが混ざっていても不思議じゃない」

今回、彼女達の役割は未登録機の撃破と敵兵の揺さぶりだ。パニックに陥った兵士を撃つのはヘイヴィア達の仕事なので、彼らも見物人ではいられない。

そして広い砂漠と言っても道はできる。要所から要所への最短ルートを基本として、岩や流砂、あるいは自分で埋めた地雷などで通れない場所、そうした条件で一本の道ができてしまう。外れれば目的地に着かなかったりタイヤを取られて立ち往生、すなわち死が待っている。砂漠での移動は、大きく広がっていても最適な航路が決められている海や空に近いかもしれない。

フローレイティアが無線越しに言うには、

『別口から「資本企業」と「信心組織」も嚙《か》み付《つ》いた。繰り返すがグリノフが最優先よ、ヤツのドタマに一発撃ち込んだヤツには褒賞《ほうしょう》が出るぞ。ジタバタ暴れるくす玉野郎が自分達の方へ逃げ込んでくるよう祈っていろ』

「ちえっ、嚙《か》み付《つ》くのが早過ぎるぜ。もうちょい包囲を狭《せば》めてから暴れりゃ良《い》いものを。だだっ広い海ん中で熱帯魚の摑《つか》み取《ど》りでもやらされてるみてえだ」

「そうやって楽をしようとして、向こうから先制攻撃受けちゃしょうがないだろ。ほら、何だか地平線の方が騒がしくなってきたぞ。一応、武器商人の家族とか恋人とかも交じっている可能性もある。軍服は殺して私服はホールドアップだ」

「私服が武器持ってたらどうすんだよ？」

「俺達が正面から事情を聴くふりして、横からローザに一発吼《ほ》えてもらおう。人間っていうのは驚いた時の反応は誤魔化せない」

『安全国』の学校で教鞭《きょうべん》を振るっている変人と変態の間を行ったり来たりしている教授達がそんな話をしていたのを覚えている。……彼らの場合は、主に宿題忘れた時の言い訳を並べている生徒に強烈なライトを浴びせたりするやり方で活用していたが。

「連中がうっかりプロの動きで身構えた場合は殺せ。ブラックマネー摑《つか》んでウハウハしていた兵隊どもについては殺してから顔を確かめよう。どっかにグリノフの顔が落ちていればそれで良《い》い」

「根絶やしかよ。いよいよ終末が近づいてきたな」

「連中がこんなに財産の山を積み上げるために何人殺してきたと思ってんだ。自分の中の疑問を何とかしたいなら、ちょっとハエがたかってるトコ掘ってみろよ」

　そんな風に言い合っていた時だった。

　ふと、だ。

クウェンサーはこのカンカン照りの砂漠のど真ん中で肌寒さを感じた。それから髪や肌への湿り気。摂氏四〇度、という分かりやすい数字がどこかへ飛んでいく。ミストシャワーみたいな効果だろうか。ひょっとすると円形農園の方で定時の散水に入ったのが、いくらか風に流れてきたのかもしれない。

そんな風に思ってきた。

しかし、

「っ？　うわあ⁉」

いきなりだった。

濁った色だった。視界が分厚いものに遮られたのだ。クリーム色がかったその正体を最初理解できなかった。空気中の細かい水分に砂漠から舞い上げられた砂が絡《から》みついたものだ。

つまり、

「くっ、雲⁉　そうか標高が高いから……‼」

「おい冗談じゃねえぞ。あちこちゴロゴロ鳴ってねえか？　ひょっとして雷雲なのかっ、おいってえ‼」

ガカァッ‼　と、不自然な稲光が右から左へ、水平に流れていった。

ひょっとすると、辺りの砂を吸い込んだ事でさらに静電気を溜《た》め込《こ》みやすくなっているのかもしれない。

『……ザザー‼ ガリガリガリっ！ 天候変、留意！ 不意、ジジガガガ‼ 落雷に……！』

「なんだっ、何も聞こえない！」

「爆乳の野郎、これで各自落雷に注意くらいの毒にも薬にもならねえ事しか言えねえようならマジで揉《も》みしだくぞ……」

何もない砂漠や農園なんてそれこそゴルフ場より危ないだろう。しかし今は戦争の真っ最中なので、迂闊《うかつ》に銃やナイフを手放す事もできない。

「だからプラスチック製にするべきだったんだ。軽いし、錆《さ》びねえし、何より雷も落ちねえ！」

「別に金属じゃなくても雷は落ちるって！ ヘイヴィア、突っ立ってるなよ。しゃがみなよ！」

「雷対策って何が正解なんだっけ？ 背の高い木はダメ、水辺もダメ、伏せても地面を伝うとかって話もなかったか⁉」

分厚い雲の向こうで閃光《せんこう》と絶叫があった。今のが四大勢力なのかウッドストックなのかも判別できない。災害は平等だ。

そしてクウェンサーは気づいた。

「……まずいな」

「これ以上何がっ⁉」

「お姫様の足回りは静電気式推進装置だろ。こんな風に空間全体を雷で満たされると挙動に乱れが生まれる！ 最悪、立ち往生だ‼」

「……今、まさに正体不明の第二世代と戦ってんだよな……？」

「お姫様‼」

無線機に向かって叫ぶが、強烈な電波障害でノイズだらけだ。危険が分かっていても伝えてやれない。

「どうすんだっ」

「やるべき事は変わらない。ヘイヴィア、パニック状態の敵を逃がすなよ。グリノフにすぐそこ素通りされたんじゃみんなで命を張ってる意味がない！」

幸い、今回の『南十字の死神作戦』は四大勢力の共同だ。お姫様の不調が戦争の趨勢《すうせい》に直結するとも限らない。周りのオブジェクトのリカバリーがあれば問題ないはずだ。おほほの『ラッシュ』はエアクッション式だから、雷雲の中でも挙動に乱れはないのだし。

しかし、アサルトライフルを手にしたまま円形農園に向かうヘイヴィアが気味悪そうに呟《つぶや》いた。

「……寄りかかって大丈夫かね。共同作戦と合同軍事演習に水面下の陰謀は付き物なんだろ。東欧の森だってひどいもんだったたって聞いてるぜ」

「やめろよ、このタイミングでおっかない事言うなよな」

その時だった。

「わっ！」

あろう事か、いきなりくるりと反転したローザがクウェンサーの胸の辺りへ飛びかかってきた。おてんばお嬢の体重と勢いを受け止めきれず、なす術《すべ》もなく後ろへ転ぶクウェンサーは、そこで分厚いカーテンの向こうから鳴り響く銃声に身をすくめる。すぐそこの砂が弾《はじ》け飛《と》んだ。バウワウ!! と吼《ほ》え立《た》てるローザが押し倒してくれなかったら、あれでクウェンサーは死んでいたかもしれない。

「あぶねっ！　銃撃!?」

「ヘイヴィア、ローザの目線の先を追い駆けろっ、撃て!!」

パパンパン!! という短い連射に吸い寄せられたのか、青白い稲光が目線の高さ、それこそすぐそこを右から左へ突き抜け、飛翔《ひしょう》する鉛弾を正確に貫いていく。

「ちくしょう、もう何が正解なのか分かんねえぞっ!!」

「しっ」

ローザの頭を撫《な》でてクウェンサーは起き上がり、ヘイヴィアと二人して警戒しながらゆっくり歩を進めていくと、見慣れない軍服の男が撃たれて倒れていた。死んでも手放さなかったのは、木目調の肩当てを取りつけたアサルトライフルだ。死体を見下ろしながら馬鹿二人は言う。

「……すげえ、こんな中でもきちんと利《き》いてやがるぞ、ローザの鼻……」

「この調子で進んでいこう。お姫様の方はどうなったんだ」

やはり雷雲のせいか、無線はノイズまみれで使い物にならない。

シェパードにアシストしてもらって散発的に撃ちながら、背の高いトウモロコシの茎が密集するエリアに入った。やはりローザの鼻は大きな強みだ。時折『正統王国』や『情報同盟』の軍服と鉢合わせるも、そういう時には吼《ほ》え立《た》てずに大人しくしてくれる。おかげで誤射の心配もない。

「やったか？」

「まだ。そっちもボーナスなしか」

短く言い合って、グリノフ＝クォーターデッキの生存を確認しつつ、さらに扇状の包囲の輪を狭《せば》めて湖のほとりの屋敷《やしき》を目指す。この辺りになると、もう砂漠というより青々とした畑のイメージだった。これが全部、武器商人の素顔を覆い隠すためだけに存在する隠れ蓑《かくみの》なのだ。

縦に横にと雷光が突き抜けていくものの、人間というより頭上を走るリンボーダンスの横棒みたいな散水機に集中している。どうも金属パイプが避雷針の代わりを務めてくれているらしい。

「大金持ちめ……」

何となくだが、空気が変わった。

奇妙にハエがたかっていたり、用途不明のプレハブ小屋がぽつぽつ建っている砂漠とは何かが違う。ひょっとすると、死体を捨てたり埋めたりしているのは『外』だけで、自分や身内が暮らすテリトリーは小奇麗にまとめているのだろうか。

「あいつボートで湖渡ってるかもな」

「どこに向かったって逃げられないよ。共同作戦の動員数が違う。死に場所くらい選ばせてやれば？」

ローザの導きに従ってヘイヴィアが伏兵を撃っていったら、鉛弾に反応したのかウッドストック側の兵士の傷口へ水平に走る稲光がまともに潜り込んでいった。木の幹を縦に割るような轟音《ごうおん》と共に、胴体が千切れて飛んでいく。

「……天の恵みかよ。おっかねえ」

「顔じゃなくて良かった。誰がグリノフか分からなくなるところだ」

その時だった。

リードに繋《つな》がれたまま少し前を進んでいたシェパードが、いきなり脚を止めたのだ。そのままぺたりと身を伏せてしまうので、クウェンサーは危うく足を引っ掛けてしまうところだった。疑問を持っている暇もなかった。

キュガッッッ!!!!!!　と。

これまでの落雷など比にもならなかった。あまりにも巨大な白い爆発が、一面を覆っていた分厚い雷雲をまとめて吹き飛ばしてしまったのだ。摂氏四〇度、灼熱《しやくねつ》の砂漠を演出する太陽光が元の威力を取り戻していく。

何が。

一体何が爆発したのか。

「う、うぐえ……」

「……あははうふふ伝説のメイドが手を振ってやがる、どうだいうちの屋敷《やしき》に住み込みで働くっていう素敵なプランは……」

どうやらヘイヴィアが天国に片足を突っ込んでいるようだがクウェンサーは放っておく事にした。尻もちをついたまま白く焼け付く視界としばらく格闘すると、目の前に広がったのは嘘《うそ》みたいな青空とカンカン照りのトウモロコシ畑だった。

少し離れた場所に、ぐしゃぐしゃにひしゃげた金属の塊が落ちた。

武器商人ウッドストックの第二世代『ギャングスター』を取り囲んでいたジャングルジムみたいな足場が、出撃のタイミングでパージされて転がっているのか。

そんな風に考えたクウェンサーだが、真実は違った。


オブジェクト、だ。

『資本企業』と『信心組織』、各々《おのおの》ご自慢の第二世代が爆破されて転がっている。

異常、であった。

パラサイトプラン、フランケンシュタインの怪物のようなツギハギのオブジェクト。いくら詳細の読めない未登録の第二世代が相手で、標高の高さが災いして雷雲に視界やレーダーを妨害されていたとしても。

「どう……やった？」

ヘイヴィアは、しばし現実を受け入れられないようだった。

現実逃避の暇もない。歯をカチカチ鳴らし、両目を見開いたまま嘆いている。

「オブジェクト使った殴り合いじゃ数の差は絶対だろ。それがどうやったらこうなっちまうんだ⁉　野郎の積んでる主砲はそこまで化け物だってのか‼」

クウェンサーもクウェンサーで、奥歯を噛《か》みながら恐るべき敵を見据えていた。

怖い。

しかしだからこそ、ただ黙って震えているだけの余裕なんかどこにもない。

彼はこう搾り出していた。

「……違う。本当に恐ろしいのは、主砲なんかじゃない」

「何だよ……。まだ何かあるっていうのかよ⁉」

『ギャングスター』。

見えてしまえば、逆に今まで気づかなかったのが不思議なくらい近い。一〇〇メートルもない。クウェンサーは変に叫ばず、そっと身を屈《かが》めると、両腕でローザを抱くようにしてトウモロコシの群れの中に体を収める。

右手側には上下に二門並んだ主砲。

球体状本体の各所にはリング状の巨大な台座が据えられており、その上へ植え込むように下位安定式プラズマの副砲が並べられていた。ワンセットで、一体化。ひょっとするとコスト削減策の一環なのかもしれない。

推進装置については正三角形に配置されたエアクッションのフロートか。こちらの表面にびっちりと対空用のレーザービーム副砲が設置されている。それとは別に、何故《なぜ》だか正三角形の各頂点は奇妙に膨らんでいた。

しかし他におかしなものがあった。『ギャングスター』の周りで、何かが飛び回っているのだ。戦闘機に積んだ空対空ミサイルのようなものかもしれないが、それにしては飛行機みたいに長い主翼がついている。

表面に矢羽のような模様がびっしりあるのは、おそらく迷彩の一種だろう。

自然風景に溶け込むだけが迷彩ではない。

速度や進行方向を誤認させるための、騙《だま》し絵《え》のような図柄のパターンも存在する。おかげで飛行物体はもちろん、それに取り囲まれているオブジェクト本体までトリックアートの世界に取り込まれつつあった。

まるで、これ自体が群れで飛ぶ小鳥や羽虫だ。数十もの機体が蛇のように連なってオブジェクトの周囲を巻きつく動きで繰り返し何度も飛び回っている。イメージとしては腐肉に群がるハエが一番近い。無機質な機械のくせに、どこか死臭を感じさせる光景だった。

正三角形の各頂点にあった膨らみは、こいつらを効率的に飛ばすための射出機か。

電子的、機械的なロックオン相手に騙《だま》し絵《え》のような迷彩は通用しないが、同時にオブジェクトの戦闘は操縦士エリート同士の高度な読み合いでもある。一周回って逆に効果があるかもしれない。

「遠隔照準……」

「あん？」

「攻撃能力を持たない無人観測機だ。オブジェクト本体だけだとサイドや後ろに逃げ込まれるとロック解除される事があるけど、複数方向からレーダーや赤外線を浴びせれば死角に入らなくても関係なくなる。通常レーダーの範囲外にいる敵でも、あれを飛ばして電波を浴びせればロックできてしまう。あるいは、ビルや崖なんかの遮蔽物《しゃへいぶつ》の裏に隠れていてもな。確か、元々は戦闘機辺りの超長距離ロックから派生したテクノロジーだったはずだ」

「オブジェクトは対空レーザーをしこたま持ってんだろ。大空に飛ばしてもすぐさま落とされちまうんじゃあ……」

「別にそれでも良《い》いのさ。撃破時、どの方向や距離から何が飛んできたかを正確に記録して報告さえできれば。それだって敵機の位置を知る確実な手立てとなる」

そもそも、だ。

穴だらけで食い破られたスポンジみたいになっている機体の残骸を見る限り、

「……おそらく、『ギャングスター』の主砲はコイルガンと連速ビームの二段構え。しかもどっちも一度に大量の弾をばら撒《ま》く拡散式だ。言ってみれば、でっかい散弾銃なんだよ。距離が離れていれば大きな扇状の攻撃範囲を広げて薄く広く確実にダメージを重ねていけるし、それで獲物の動きが鈍くなったら一気に懐《ふところ》へ潜り込んでゼロ距離から最強の一撃をお見舞いする。『ギャングスター』から肉薄するって事は、左右に避けられると死角へ潜り込まれるって事だ。リスク回避のために、遠隔照準の無人観測機を飛ばして脇を固めているんだろう」

どっちにしたって言える事がある。

一つ、『ギャングスター』の実力は本物だ。天候不順などいくつかの偶然にも助けられたかもしれないが、ヤツは四対一以上の開きを覆《くつがえ》した。

二つ、『ギャングスター』までわずか一〇〇メートル。こんな位置取りでは、睨《にら》み合《あ》うオブジェクト同士が再び激突したタイミングで踏《ふ》み潰《つぶ》されて挽肉《ひきにく》にされる。敵がこちらを認識しているかどうかなどもはや関係ないのだ。

一番恐ろしいのはどこか。

連速ビームとコイルガン、上下二連式の主砲か。

球体状本体や正三角形のフロートに多数取り付けられた下位安定式プラズマ砲やレーザービ

ーム砲の副砲か。

機体の周りを腐肉に群がるハエのように飛び交う無人観測機の編隊か。

いいや違う、

「あの分厚い雷雲の中で、ヤツはどうやって敵機を正確に捕捉したんだ……？」

クウェンサーは、ついに核心を突いた。

「通常視界や赤外線なんかは雲に遮られる、辺り一面帯電しているからレーダーは通じない、超音波も落雷の轟音《ごうおん》で使えない、それなら？『ギャングスター』は、あいつだけが使える特別な目を持っているっていうのか⁉」

「あのハエみてえに群がってんのは⁉」

「遠隔照準だって使ってるのはレーダーや赤外線だ。それだけじゃ説明がつかない‼」

凶悪な犯罪者を収容する重刑務所で最も重要なのは何か。分厚い壁に強力な火器、色々想像するだろうが答えは決まっている。

囚人の把握。

あらゆる影を潰して全てを見渡す力こそ、まず確保すべき支配者の能力なのだ。

ヤツはブラインドキラーに手を伸ばした。

『きけ！』

だから、全帯域を使って『ギャングスター』からコンタクトがあったのは僥倖《ぎょうこう》だった。脅迫でも懐柔でも構わない。言葉の内容を噛《か》み砕《くだ》くよりも、まずクウェンサー達がすべきはそっとこの場を離れて距離を取る事だ。最低でも四〇〇、いや五〇〇は欲しい。

しかし実際、そんな努力も意味はあるのだろうか。

ヤツは、ありとあらゆる迷彩や欺瞞《ぎまん》を見破る何か、ブラインドキラーを持っているというのに。

『我々はむようなせんとうはのぞんでいない。ほしいのはこれまでどおりのうしろだてだ！4だいせいりょく、そのいずれもが我々とかんけいにあったはずだ。内、どれかが首をたてにふってくれれば、パラサイトプランでこうちくしたこのきたいをあずけよう。オブジェクトのパフォーマンスについては、しょくんのきたいを打ちやぶることでしょうめいした。我々のオブジェクトは、つよい。そのままぜんりょくにくみ込むもよし、ぶんかいして4だいせいりょくのテクノロジーを我がものとするもよし。好きにしろ！ただし、チャンスは1どだ。だれかが手に入れたのちに、あとからほしがってももうおそい!!』

4

灼熱《しゃくねつ》の砂漠からは隔絶された、エアコンの利《き》いたコックピットだった。

『ベイビーマグナム』の機内で不快げに目を細めているのは、もちろんお姫様だった。

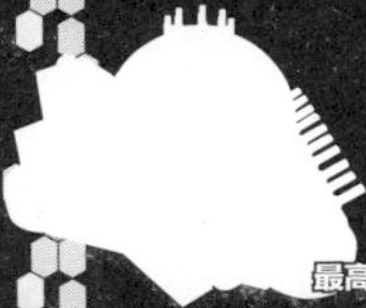

【ギャングスター】
GANGSTER

全長…100メートル（主砲最大展開時）

最高速度…時速590キロ

装甲…1センチ×1000層（溶接など不純物含む）

用途…対世界的勢力交渉兵器

分類…陸戦専用第二世代

運用者…武器商人ウッドストック

仕様…エアクッション式推進装置

主砲…連速ビーム+コイルガン連動散弾砲×1

副砲…レーザービーム、下位安定式プラズマ砲など

コードネーム…ギャングスター
（職業的な犯罪集団が取り扱っているところから）

メインカラーリング…シルバー

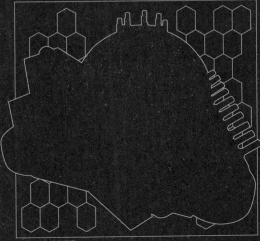

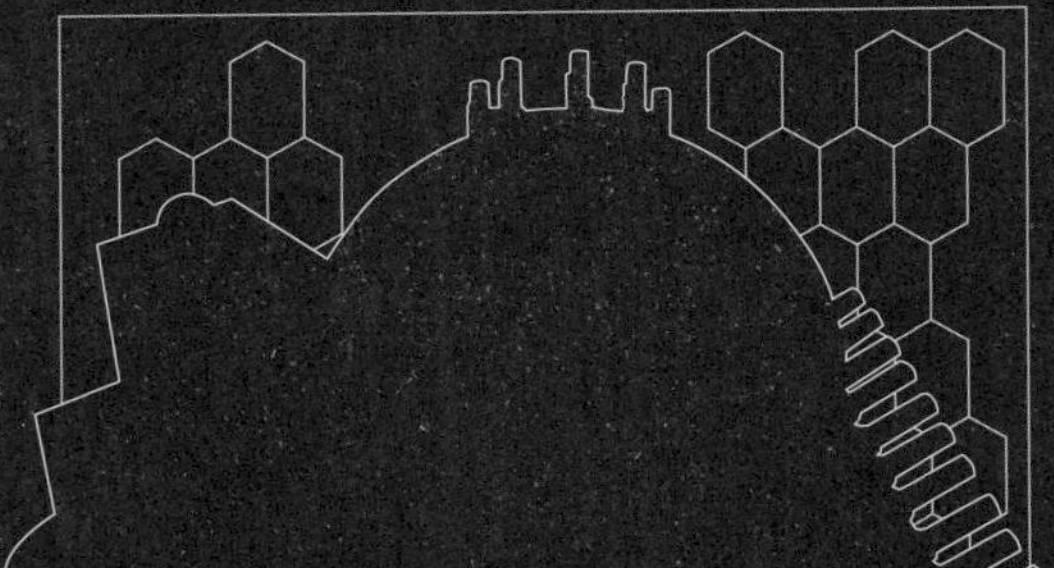

GANGSTER

確かにウッドストックの造ったオブジェクト『ギャングスター』は強い。『ベイビーマグナム』にはない、第二世代という冠もついている。だけど、それが喉から手が出るほど欲しいかと聞かれれば疑問があった。パラサイトプラン？　主砲を組み替え、足回りを交換して、装甲や動力炉まで抜き差ししたものはまだ『ベイビーマグナム』と呼べるのか。技術開発の系譜を無視した交換作業など、近場で釣りがしたいというだけで奇麗な川にブラックバスを放流するマナー知らずを見るように不快であった。

トランシルバニア方面でも、ハワイ方面でも、武器商人と結びついてぐずぐずに腐敗していった連中なら山ほど見てきた。

安易な力の提供は考える事をやめさせ、手っ取り早く暴力で解決しようとする思考停止に陥らせる。

どこにいたのも悪人だった。

だけど手の届く範囲にオブジェクトなんて破格の力さえなければ、妄想は妄想のままでいられたんじゃないだろうか。

武器を売るだけなら、殺した事にはならない。

本当に？

今の地位を守るため、彼らは一体どれだけ殺してきたのだろう。この砂漠を掘るだけで、行方不明者がいくつ出てくるか分かったものではない。ひょっとしたら、『クリーンな戦争』などよりよっぽど多いかもしれない。

　無線越しに、フローレイティアからの声があった。

『返答は、ノーよ。馬鹿げた評議会からの意見は私が抑えておく。連中が変な欲を膨らませる前にさっさと吹き飛ばせ』

「りょうかいフローレイティア」

『姫様、技術者としても頼む。あんな犯罪者どもが作った粗悪な密造品じゃあない、本物のオブジェクトでケリをつけておくれ』

「任された」

　形の良《い》い鼻から息を吐いて、お姫様は改めてゴーグル越しに火器管制を掌握し、左右の手でレバーを握り込む。

　その時だった。

　気づいた。

『情報同盟』軍の第二世代、『ラッシュ』。

　すぐ隣にいたはずの友軍オブジェクトが、そっとガトリング式の主砲をこちらに向けているのを。

「ばっ……⁉」

　抗議の声を上げる暇もなかった。

どうせ元々敵同士。

そしてこめかみに押し付けた拳銃を撃つように、無慈悲な主砲が解き放たれた。

5

ギョギョリッ!! と。

急激な回避行動でも間に合わず、次々と『ベイビーマグナム』の装甲がオレンジ色に輝いてめくれていった。

摂氏四〇度の空気を吸い込んで、クウェンサーが叫ぶ。

「『ラッシュ』!? ふざけてんのかッ!!」

『……おほほ。文句についてならウチの上とかけ合ってくださいませ。「でんせつのメイド」とやらがネットでたいとうしているこのじきに、私もイメージダウンしないかびくびくしていますわ』

無線越しに聞こえる声はうんざりしていたが、攻撃の手を緩める気配もない。共通の利益のために、『正統王国』と手を結んでいた。もっと大きな利益があるならそちらを優先する。何とも分かりやすいロジックだ。

（わざわざ砂漠の本拠地で目立つオブジェクト組み立てて、四大勢力を呼びつけて……自殺行為かと思っていたけどこういう話だったのか。ウッドストックは一番の高値で自分達を買い取った勢力の手を借りて、その水面下に潜って保護してもらう腹だったんだ！　兵器開発者待遇なら徹底的に秘匿される。自分達に都合の良《い》い条件で亡命するために‼）

クウェンサーは歯噛《はが》みした。

そんな甘い考えの人間はいくらでも見てきた。

（……クレバーな自分達だけは危険な武器商人を出し抜けるって、そういう考えがつけ込まれるんじゃないか。何がみんなで手を取り合って邪悪な武器商人を壊滅させる『南十字の死神作戦』だ、投資やギャンブルの依存症の見本みたいになってるぞ！）

何にせよ、『情報同盟』は『ギャングスター』獲得の話に乗ってしまった。

回避すら間に合わないお姫様は、すぐそこにいる『ギャングスター』を攻撃する事もままならない。

そしてヤツもまた、再びゆっくりと動き出す。

『他にはいないか⁉　「情報同盟」のどくせんでかまわないか！　ならば我がきたいはめぐりめぐってせかいに牙をむくだろう。さらなるしんかをとげて、「情報同盟」をひとりがちさせるために‼　それで良《い》いのか⁉』

『ちょ、こちらはすでに「かい」だって言っているのにっ。おほほ、まるでオークションみたいになってきましたわね!!』

これで、上下二連主砲、無人観測機、正体不明のブラインドキラーなど『ギャングスター』に魅力を感じる者は努力を求められる形になった。一番協力してくれた者にパラサイトプランで温めてきた明確な力を与える。複数の猛獣がうろつく檻《おり》に生肉を放り投げ、今までの危うい均衡を破って殺し合いを誘発させるようなものだ。

ごんごんごん、という低い音があった。

地平線の向こうから新たにやってきたのは、大量のリールを装備し太いワイヤーや鉤爪《かぎづめ》で敵機の突起部分を搦《から》め捕《と》って引きずり回す『資本企業』軍の『ワイヤードラッシュ』。機体前面からの牽制用《けんせいよう》の下位安定式プラズマ砲で足止めしつつ左右両側面の巨大な円形を上方射出して隕石《いんせき》墜落のように押し潰《つぶ》す、『信心組織』軍の『ザ・ギガトン』。さらに『情報同盟』軍からは元々生き残っていた『ラッシュ』の他に追加でもう一機、球体状本体よりも長大な狙撃砲を左右二門備えた『パーフェクトレンジ』。

どちらが賛成で、どちらが反対なのか。

いずれにしても言えるのはただ一つ。

敵も味方も分からぬ乱戦。

南米『戦争国』アタカマ方面に、正真正銘の地獄が顔を出した。

頭上をプラネタリウムやレーザーアートのように埋め尽くすのは、あからさまな主砲だけではない。あるいは『パーフェクトレンジ』の球体状本体の真上、舵輪《だりん》や歯車のように取り付けられた無数の副砲や、『ザ・ギガトン』の機体後部に斜めに取り付けられた板状装甲板をびっしりと埋め尽くすレーザービーム。あるいは『ギャングスター』や『ベイビーマグナム』から解き放たれる下位安定式プラズマ砲。

副砲まで入れてしまえば、それこそ天空を覆い尽くすようであった。

パラサイトプランは部品からオブジェクトを、オブジェクトから全軍を汚染していく。

次は何だ？

火の粉がアタカマ砂漠を飛び出せば、惑星全体を覆い尽くす展開だってあるかもしれない。

【ワイヤードラッシュ】
WIRED RUSH

全長…110メートル

最高速度…時速600キロ

装甲…2.5センチ×400層(溶接など不純物含む)

用途…非殺傷鹵獲研究兵器

分類…陸戦専用第二世代

運用者…『資本企業』軍

仕様…静電気式推進装置

主砲…鹵獲用ワイヤーリール×8

副砲…レーザービーム、有刺鉄線コイル射出装置など

コードネーム…ワイヤードラッシュ
(有線兵器や有刺鉄線の塊である事か)

メインカラーリング…グリーン

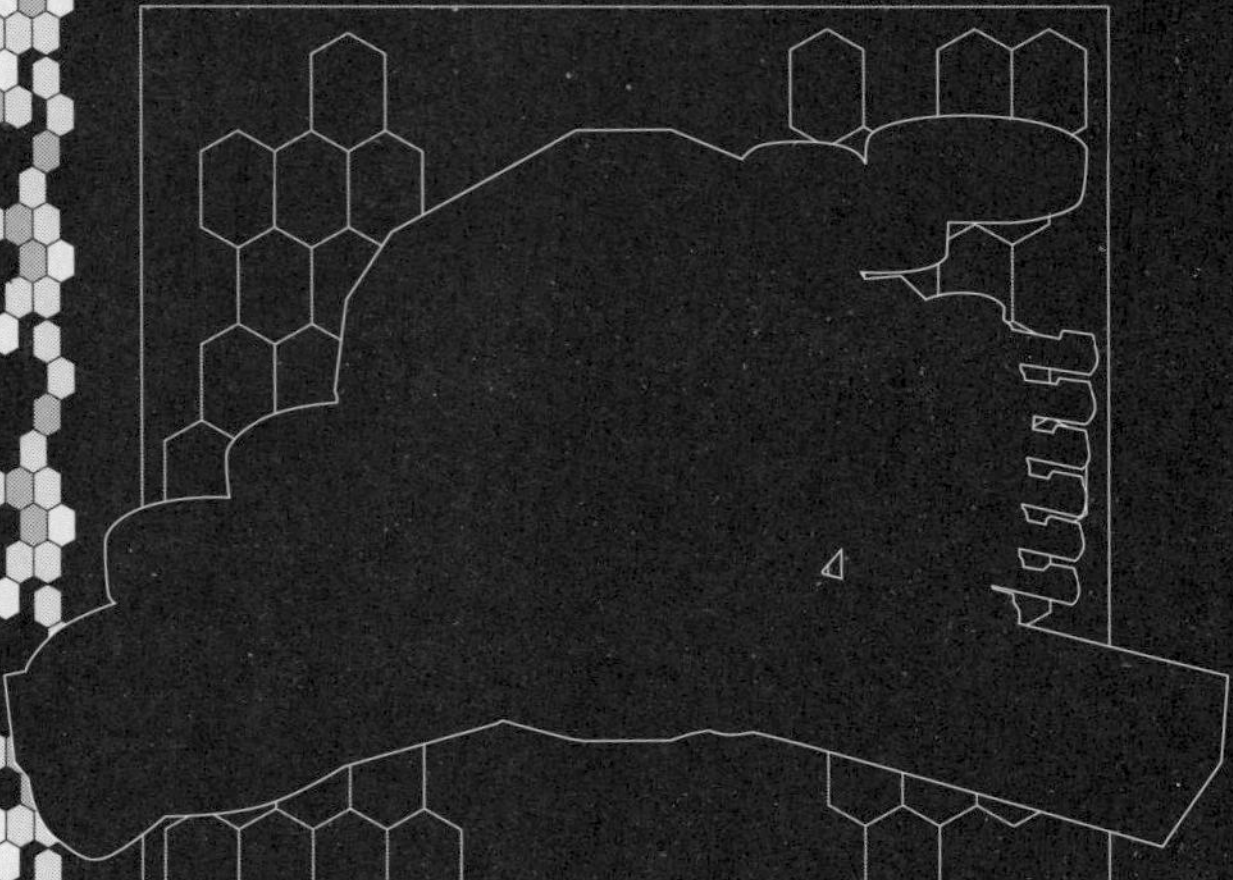

WIRED RUSH

【ザ・ギガトン】
THE GIGATON

全長…200メートル(前脚最大展開時)

最高速度…時速520キロ

装甲…4センチ×250層(溶接など不純物含む)

用途…対オブジェクト掃討兵器

分類…陸戦専用第二世代

運用者…『信心組織』軍

仕様…静電気式推進装置

主砲…曲射式装甲×2

副砲…レーザービーム、下位安定式プラズマ砲など

コードネーム…ザ・ギガトン
(超重量の装甲板を使って敵機を押し潰すところから)

メインカラーリング…グレー

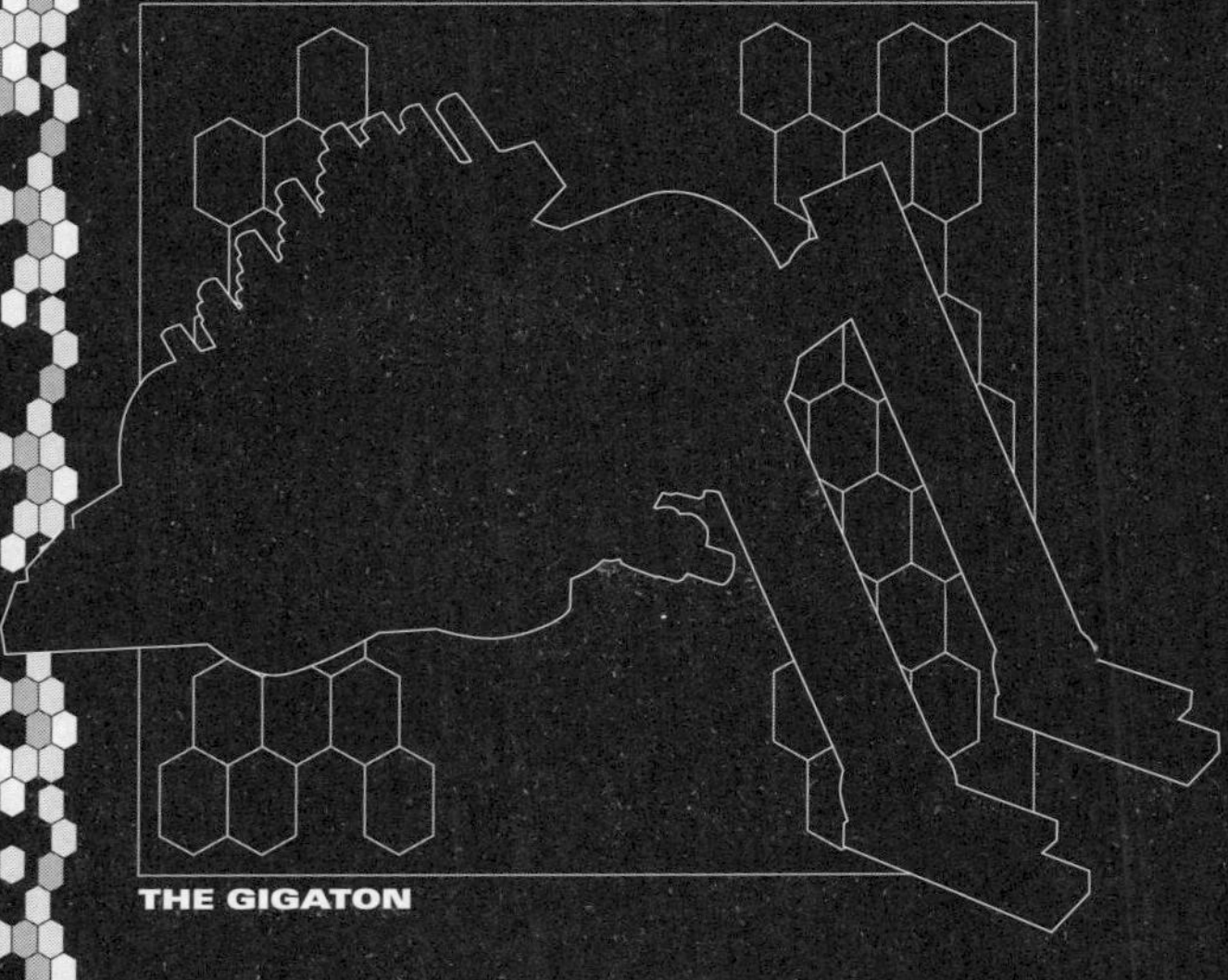

THE GIGATON

【パーフェクトレンジ】
PERFECT RANGE

全長…170メートル（主砲最大展開時）

最高速度…時速530キロ

装甲…2センチ×500層（溶接など不純物含む）

用途…遠距離戦略狙撃兵器

分類…水陸両用第二世代

運用者…『情報同盟』軍

仕様…エアクッション式推進装置

主砲…レールガン×2

副砲…レーザービームなど

コードネーム…パーフェクトレンジ
（遠中近距離全てで正確な狙撃を実行するところから）

メインカラーリング…ブラック

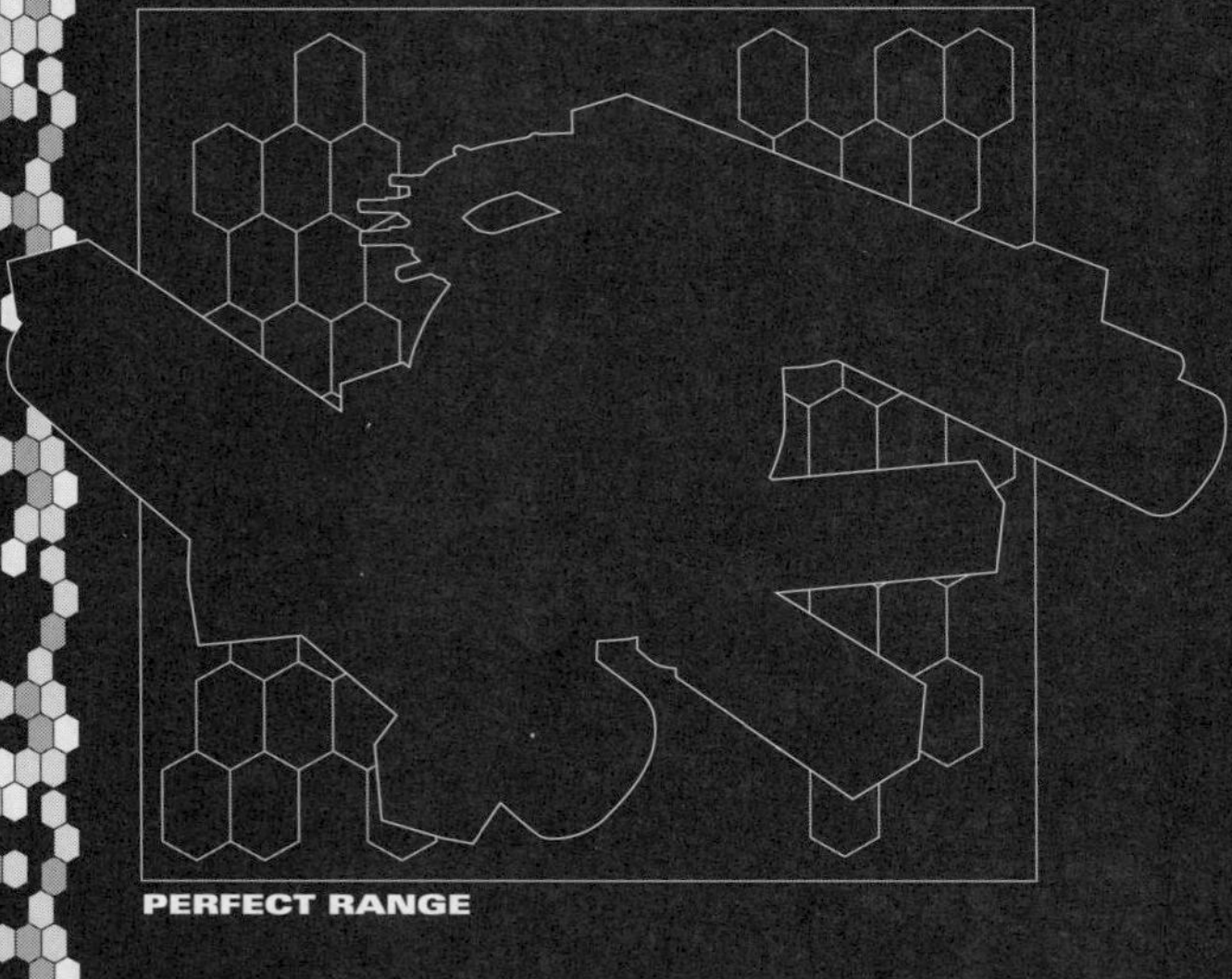

PERFECT RANGE

【エスカリヴォール】
ESCALIBOR

全長…80メートル

最高速度…時速560キロ

装甲…5センチ×200層(溶接など不純物含む)

用途…多目的戦略兵器

分類…水陸両用第一世代

運用者…『正統王国』軍

仕様…エアクッション式推進装置

主砲…多用途切り替え式主砲×1

副砲…レーザービーム、レールガンなど

コードネーム…エスカリヴォール(古い伝説にある王の剣から)

メインカラーリング…グレー

ESCALIBOR

6

ひとまず、だ。

摂氏四〇度の砂漠を這《は》いずり、地べたで荒い呼吸を繰り返すクウェンサー達としては、混乱して我を忘れた巨人どもに踏《ふ》み潰《つぶ》されないのが最優先だった。彼らの見ている前で、『南十字の死神作戦』の顔ががらりと変わっていく。

「狂ってんのかこの世界はッ!?」

叫んで転がるヘイヴィアがもう見えなかった。少し離れた場所へ落ちた流れ弾が円形に整えられたトウモロコシ畑を下から突き上げるように爆破し、大量の土煙が雪崩《なだ》れ込《こ》んできて視界を遮ったからだ。

手探りでは悪友の袖も摑《つか》めない。

「ヘイヴィアっ、ヘイヴィア！」

(ダメだっはぐれた!!)

クウェンサーは舌打ちする。

方針を変えるしかない。

「ローザ来い！　こんな所じゃ死なせないからな!!」

わふっ！　という鳴き声とリードの感触だけが頼もしかった。

ウッドストックは武器商人らしく、ビジネスの話を持ち出して多国籍軍に亀裂を入れてきた。ちょっとした軽自動車よりも大きな土の塊が飛んでくる中、クウェンサーは無線機を掴《つか》んで、

「フローレイティアさん！　ひとまず方針を教えてください、俺達はどっちだ⁉」

『反社会勢力とは一切交渉しない‼　お姫様を支援して状況を乗り切れ、今「正統王国」からも追加で「エスカリヴォール」を動かす。簡単に死ぬなよ‼』

その言葉を聞いて安心した。

これでにこにこ笑顔を浮かべて武器商人と握手するなんて言われたら、クウェンサーは戦死を装《よそお》って離脱していたかもしれなかった。

「お姫様！　動力炉のマニュアル操作いけるな。ほんとにヤバくなったら三番、八番、一二番の弁を開放‼」

『それ何のパワーアップ？　かふかがひどくてふくほうがばくはつしちゃうよ』

「オブジェクト同士の殴り合いに必要ない小粒な副砲なんていくら破裂しても構わない。浅めに被弾した時にこっちから派手に爆発させてやられたふりを装《よそお》うんだ。追加のオブジェクトが来るまで死んだふりしてでも！」

『クウェンサーこそ早くにげて。このらんせんならこっそりいなくなってもまわりにバレない』

「……、」

『切り札はあなた。死んだふりより、クウェンサーをテーブルの下にかくした方がずっとたよりになる。ここで失うわけにはいかない』

「済まない……!!」

『リベンジ、きたいしてる』

バッフォ!! と『ベイビーマグナム』は必要以上に静電気式推進装置の出力を上げ、紫電混じりの土煙を舞い上げた。

せっかくもらったチャンスを無駄にはできない。

身を低くしながらクウェンサーは考える。

自然とこうなったなんて言わせない。

人の心を利と害で操る、経済や金融を軸に設計された状況。

グリノフ＝クォーターデッキ。

複数のオブジェクトがぶつかり合う乱戦だが、おそらく状況全体はウッドストックにとって有利に働くだろうと仮定する。クウェンサーとしては、まず第一に踏《ふ》み潰《つぶ》されない事が必須。流れ弾にも当たりたくない。ロックオンなんてもってのほかだし、忘れているかもしれないがこの円形農園には五万人もの兵が結集しているのだ。途中で数は減らしているとはいえ、奇麗に片付けたとは言《い》い難《がた》い。

下手に遠ざかってもダメだ。人の足で進める距離などたかが知れているし、砂漠にぽつんと立っているだけでは敵兵に見つかって取り囲まれるのがオチだ。

もっと安全で。

物に溢《あふ》れていて、隠れる場所も多く。

オブジェクトに踏《ふ》み潰《つぶ》されたり流れ弾が飛んできたりしない安全地帯と言えば……。

（……ある）

クウェンサーは砂まみれの顔を上げた。

（ウッドストックの根城にしている南欧風の館《やかた》！　何しろ五万人の兵士を抱え込む小さな町なんだ。それも世界中から寄せ集められてきた、ほとんど初対面同士!!　軍服さえ脱いでしまえば互いの顔なんて区別はつかない！）

とにかくリードを掴《つか》んだまま、背の高いトウモロコシの中を進んで土煙を頭から被《かぶ》っていく。途中、すぐ近くでがさごそと茎が揺れる音もあった。さまよっているのが敵か味方かはもう判断のしようがない。

いくつかの円形農園を越えて、水源の湖へ近づいていく。

こんな砂漠には不釣り合いな南欧風の館《やかた》が、土煙の隙間からちらりと見えた。だが、流石《さすが》に周囲一帯はカメラやセンサーで埋め尽くされているだろう。

迷彩だ。

ここの人間に化ける必要がある。

クウェンサーは狙いを変え、円形と円形の隙間の部分にあったプレハブ小屋に目をつけた。砂漠にぽつぽつあったのとは違い、外から見るだけできちんとしたエアコンの室外機があるのが分かる。窓から中を覗《のぞ》く限り、倉庫と休憩所を兼ねているらしい。ドアには鍵がかかっていたが、こちらは指先大に千切ったプラスチック爆弾でノブごと吹き飛ばした。どうせあっちこっちでケタ外れのオブジェクトどもが派手に激突しているのだ。多少の破裂音が聞《き》き咎《とが》められる状況ではない。

狭い屋内に入ると、エアコンは切ってあったのか、かなり蒸し暑かった。

「ローザ、来い。頭から土を被《かぶ》って気持ち悪いだろ。今払いのけてやるからな」

くうん、という甘えた鳴き声と共にシェパードがすり寄ってきた。クウェンサーはテーブルの上にあったタオルを丸めて掌《てのひら》で包むと、いったん防弾ジャケットを脱がせてから毛並に沿って流す事でざっくり土を取り除く。汚れが取れたからか、重たいジャケットを取っ払ったからか、ご機嫌な感じでぱたぱたと尻尾を振るローザの面倒を見ながら、彼は辺りを見回した。

あるのは簡単なお茶やパスタタイプのカップ麺程度のものかと思ったが、テーブルの上に置かれた小箱を開けるとダイヤやエメラルドの指輪やネックレスが無造作に突っ込んであった。日用品と貴金属のグレードが明らかにおかしい。別の箱は日焼け対策なのか、高級なお化粧セットが詰め込んである。犯罪組織らしく現金以外にも資産を分散しているのだろうが、それにしても。不用心というよりも、こんな所にまで溢《あふ》れてしまうくらい宝の山が飽和しているのだろう。よほどの金持ちだ。

お土産にいくつか持ち出してしまおうかとも考えたが、さっき雷雲に飲み込まれたばっかりだ。金銀財宝を抱えて天罰が直撃する展開は避けたい。

今は生き残る事だけ考える。

そのためには着替えだ。

配役は何でも良かった。『正統王国』の軍服から別のものに着替えられれば。

農家か作業員の服でもあれば御《おん》の字《じ》だったのだが……。

「……いやあ、ある所にはあるもんだ。まあ大体本拠地が豪華な館《やかた》って時点で多少クサくはあったけど」

壁に掛かっていたそれをハンガーごと毟《むし》り取《と》り、両手でばさりと広げてみる。


やっぱり男はメイド服であった。

悪徳と財宝で満ち満ちたウッドストックの拠点には、日焼け肌対策として高級なお化粧セットがあったのも大きかった。ヒナ＝リキュールボールの一件を経た直後では微妙な気持ちになるものだが、ここにもセレブ向けでハイエンドなコラーゲンジェルは常備してあった。製造中止になって在庫も高騰《こうとう》しているはずだ。こいつを肌の下地にしていくつかお化粧を施して、メイドの衣装に袖を通せば伝説のメイドクウェン子ちゃんの完成である。

「ふいー、ちょっと厚手でゴワゴワするな。作業用かな?」

一人でブツブツ言ってもローザはおすわりしたまま首を傾《かし》げているだけだ。女の子なのにメイド服への造詣《ぞうけい》はさほど深くないらしい。そしてローザについてもこのまま表には出せない。首輪、リード、防弾ジャケット、カメラに通信機器……。『正統王国』軍の支給品が多過ぎる。とりあえず防弾ジャケット以外についても全部外してやり、クウェンサーの軍服やバックパックなどと一緒に落ち葉用の可燃ゴミ袋に詰めて表に出る。適当に穴を掘って埋める、だとかえって均《なら》した跡とかでバレそうなので、プレハブ小屋の真下、土台部分の横から開いた通気用の穴の奥へと詰めておいた。

女装すると強気になる人、クウェン子ちゃんは辺りを見回して、

(さて、ローザをどうするかだな)

いったん小屋に戻ってみれば、棚にはいくつかペットフードの袋があった。それも歯の鋭さを保つとか顎《あご》を鍛えるとかいう宣伝文句に彩《いろど》られた、大型犬用だ。必要以上に硬い餌は苦手なのか、グルメでツンツンしているローザは見向きもしない。

しかしまあ、南欧風の館《やかた》やアパートメントと違い、こんな外れにある小屋の中にも餌袋があるという事はそれなりに犬を配備しているらしい。が、正直に言うと微妙なところだ。例えば犬種をドーベルマンだけで揃《そろ》えていた場合、その時点でシェパードのローザは誤魔化しきれな

くなる。そこまで極端でないにせよ、だ。どれだけ犬がいるかは知らないが、少なくとも五万人の兵やその家族よりは少ないだろう。クウェンサーよりも、ローザから違和感が膨らむ可能性が高い。

（……ここで逃がしてしまうのも手なのか？）

当然ながら、軍用犬のローザはクウェンサーよりよっぽど足腰は頑丈だ。単独で地中の地雷やトラップを見つけて回避もできる。解放すれば速やかに整備基地ベースゾーンまで戻るだろう。一方で首輪もリードもなければ、ウッドストック側は野良犬《のらいぬ》か飼い犬か区別はつけられなくなる。ローザ側から無闇に襲いかからなければ、仮にウッドストックの兵隊に見つかっても撃たれる心配は少ないはずだ。

「ローザ」

わふっ、という柔らかい鳴き声があった。

機嫌が良《い》いのか、無邪気に尻尾を振っている。

「ローザ、行っても良いぞ。それでお前は助かる。ローザ、行け!!」

しかし、足元でおすわりしたまま軍用犬は動かない。このまま無理に追い払っても、きっとこいつは遠巻きにクウェンサーの後をついてこようとするはずだ。敵地の真ん中に一人取り残され、拳銃も持っていない彼を守るために。

（……まったく、イイ女過ぎる）

クウェンサーもリスクを呑《の》む事にした。

棚からウッドストック側の首輪とリードを引っ張り出し、ローザのお色直しをしてやる。

「ローザ、変に吼《ほ》え立《た》てるなよ。もしも俺が殴られてもゴーを出すまで絶対嚙《か》みついちゃダメだ」

再び、わふっ、という鳴き声が返ってきたが、はて。イマドキ三歩後ろからそっとついてきてくれる一途《いちず》なレディにきちんと伝わっているかどうかは謎だ。

武器も連絡手段もなく、単独で敵地の中心で『正統王国』軍の装備なんて隠し持っていたら墓穴を掘りかねない。バレたら即死か、戦争条約お構いなしの拷問地獄。円形農園の外に広がる砂漠のあちこちにあった、不自然にハエのたかる地面や用途不明の小屋などを思い浮かべてみれば良い。どっちみち、銃や爆弾が必要な場面になったらその時点で取り囲まれて陰惨な私刑で死ぬのは確定だ。攻めの気持ち。それを忘れずに、自分から切り込んでいく。

(グリノフ……)

メイド服のロングスカートを翻《ひるがえ》し、クウェンサーはローザと共にプレハブ小屋を離れながら、目的を確認する。

(グリノフ＝クォーターデッキ！　リーダーのあいつを締め上げて、四大勢力を揺さぶる馬鹿げたビジネス話に終止符を打つしかない！)

ウッドストックの抱える第二世代『ギャングスター』の図面や仕様書もあるかもしれないが、

やはり第一は『ビジネス』の破壊だ。今のところは『ギャングスター』の操縦士エリートの口約束。グリノフ＝クォーターデッキ本人の承認があるとは限らない。その承認作業が具体的にどんなものかは不明だが、おそらく電子機材を介したものだろう。もちろんクウェンサーとしては、なりすましでも良《い》いから『グリノフのコンピュータ』でビジネスを潰《つぶ》してしまうのが一番だ。

目的地はトウモロコシ畑のさらに先。いくつか突き崩された穀物サイロの残骸や無人制御らしき横転したトラクターをよけて徒歩で進む。向かうは水源となる大きな湖のほとりにある南欧風の館《やかた》となる。別枠で団地や図書館の本棚みたいに同じ形のアパートメントがずらりと並ぶ一角もあるが、クウェンサーの狙いはあくまでもグリノフ＝クォーターデッキだ。せっかくカメラやセンサーをすり抜ける迷彩で全身を覆ったのだ、本丸を攻めない理由はない。

大混乱の円形農園だが、湖に近づくにつれて変化があった。わずかだが、オブジェクト同士の激突音が『遠く』感じられたのだ。まるでガラスを一枚挟むか、対岸の火事でも眺めるように。

別のルールに支配されていた。

いよいよ明確に南欧風の館《やかた》の近くまで来た時、不意に真横のトウモロコシの茎ががさりと揺れた。

変な胆力とか見せたら負けだ。

「きゃあぁッ⁉」

ちゃんと叫んで、きちんとへたり込む。ローザが飛びかからないよう、ぬいぐるみでも抱くようにこっそり押さえつけながら。

見慣れない軍服の男達だった。

金のネックレスやエメラルドの指輪など、軍の兵士ではありえない装備を身に着けている。

「失礼レディ、驚かせてしまったか」

「避難すんなら奥にしな。にしても一体どこのセニョリータだ？　大切なのは分かるが、わざわざ『戦争国』まで呼び出す事もあるまいに」

浅黒い肌の警備兵達が手を差し伸べてきたが、クウェンサーは迂闊《うかつ》に摑《つか》まず、ぎゅっとローザの首回りを強く抱き締めた。特に、男達の顔ではなく身に着けている銃やナイフに脅《おび》えた目を向けるのがポイントだ。

相手は手袋をしていない。

純金の指輪の大きな宝石が、激しい太陽光を浴びてギラついている。

皮下脂肪の関係で、胸や尻だけでなく、男性と女性の掌《てのひら》の感触だけでも結構違うものだ。コラーゲンジェルで肌を整えてはいるが、それでも特に末梢神経《まっしょうしんけい》が集中する指を絡《から》めるのは危ない。文化祭の喫茶店でも、これで結構がっかりされた記憶がある。

脅《おび》えた仕草でのろのろと立ち上がり、その間に、警備兵達のイントネーションを分析する。

（……もうちょいナチョとかハラペーニョとか中南米らしいラテンな感じかと思ったけど、意外と言葉尻はハキハキしているな。カスティリアよりも東スラブの方が強め？）

兵隊達は世界中から結集してきたとされているが、一方で、言葉遣いは結構簡単に伝染《うつ》るものだ。ちょっとした国内旅行に出かけるだけでも、たった数日で方言に引きずられた経験ならそう珍しいものでもないだろう。深く潜り込むなら、こういうところもチェックしておいて損はない。

警備兵達の無線機から揃《そろ》って電子音が出た。

「レディ、向かうならアパートメントではなく館《やかた》の方にしろ！　ただし地下は危険だ、浄水施設をやられた場合は丸ごと水没しかねない!!」

「エスコートできずに済まんね。行くぞラモン、お仕事開始だ!!」

よそに向かって走り出してしまった二人を見送りながら、クウェンサーはため息をついた。

（怖がり過ぎたかな？　もうちょい話を聞いて、ウッドストックの空気や逆鱗《げきりん》を学んでおけば良かった）

……なんかスパイ映画のイケメン主人公みたいな事を考え始めたのは、もちろん女装すると強気になるクウェン子ちゃんの悪癖である。助かったからこその、ザ・結果論。ほんとにこんなの試して会話を引き延ばしたら、瞬《また》く間《ま》に違和感が露見していた事だろう。

ともあれ、

「行くぞローザ。館《やかた》までのご許可はいただいた」

おんっ、という頼もしい鳴き声があった。

実際に大きな館《やかた》に向かってみると、セーラー服を着た少女、シスターらしき老婆、小さな子供の手を引く主夫など、ちらほらと一般人らしき影が建物を目指しているのが分かる。メイド服を着た少女達もいた。どうやら野良仕事《のらしごと》と屋内清掃でデザインが違うらしい。

各々《おのおの》いかにも怪しげな小箱やバッグを抱えているのは、おそらく『本職』の犯罪者達に言われるまま、何が入っているかも分からずに運んでいるだけだろう。中身は貴金属か、あるいは武器弾薬か。

(……参ったな。フローレイティアさんの予測よりも多いぞ)

こいつら全員悪の手先ですヤッハー！　なんて考えでオブジェクトを突っ込ませたら、デブリーフィングを聞いて嘔吐《おうと》していたかもしれない。怪我《けが》の功名と言うべきか、瓢簞《ひょうたん》から駒と言うべきか……。

やはり、ここには死体の気配がない。

世界的なクソ野郎どもも、自分の家族には見せたくないのか。

当初は地雷なんかのトラップも懸念《けねん》していたが、この分だと杞憂《きゆう》のようだ。仕掛けるにしても、おそらく円形農園の中はない。兵士達も、自分の家族や知り合いがいつ踏み込むか分からない場所に地雷なんか埋めたがらないだろう。

門の辺りには金の腕輪をはめた警備兵がいたが、特に身分証や生体認証などの提示は求められなかった。せいぜい衣服の上から簡単なボディチェックするくらいだが、これも女性の場合はそのままパスしてしまう事も多い。

ここからでも見える南欧風の館《やかた》は典型的なシンメトリーのようだが、後からガレージを足したのだろう。右手側が不自然に盛り上がってしまっている。窓の数からすると三階建てっぽいが、こちらについても妙な屋根裏や地下室が増殖しているかもしれない。

外から見るだけで相当豪華なものだ。

設計に関しては有名建築家の手でも借りているのかもしれない。クスリか売春か、どうやって首根っこを摑《つか》んだかは知らないが。

シスターらしき老婆に先を譲りつつ、クウェンサーも門を潜《くぐ》って薔薇《ばら》の庭園に。円形農園の頃より、さらに体感温度が下がる。全体的に瑞々《みずみず》しさがあって、ここが砂漠のど真ん中である事を忘れてしまいそうだ。このまま館《やかた》まで入れそうだが、ふと小さな懸念《けねん》が浮かんできた。

露見イコール即死の環境では、これだけで不発弾処理くらいの存在感を突き付けてくる。かと言って、周りの人に尋ねる訳にもいかない。全部自分で処理するしかないのだ。

つまり、

（……しまった。中まで犬を入れても良い家なのかどうか、確かめてなかったな）

こういう家族ルールみたいなのが一番厄介だ。事前に学習できず、しかもしくじるとかなり目立つ。クウェンサーは流れに逆らわず、歩きながら薔薇《ばら》の庭園を見回すと、敷地《しきち》の端の方に家畜用の厩舎《きゆうしや》があった。遠くからの振動や爆音に当てられたのか、興奮気味な嘶《いなな》きから察するに、おそらく馬だろう。犬らしきものは見当たらない。プレハブ小屋で見かけた餌の袋を見る限り、結構な数が配備されているはずなのだが……。

（豚や牛の厩舎《きゆうしや》もなさそうだし、参ったな、実用的なのは敷地《しきち》の外か）

クウェンサーとしても、今さらここまで来てローザを手放すつもりはない。何か方便を考える必要がある。

そうなると、だ。

金の腕輪の門番が身振りでこちらを招きながら、太い声で叫ぶ。

「お嬢さん、早く!!」

「……どなたかお医者様はいらっしゃいませんか？」

頭からバケツで氷水を被《かぶ》ったってこんなか細い声は出ないだろうという媚《こ》びボイスであった。だんだん慣れてきている自分を感じる。目元の涙と上目遣いはクウェン子ちゃんの武器である。

「この子が倒れた家具から私を庇《かば》ってくれて……普段は事あるごとに飛びついてくるくらいなのに、先ほどからずっと元気がないんです。餌も食べてくれる気配がないし、ああ、私もうっ、どうしたら良《い》いか……!!」

「どこかに怪我《けが》が？　足を引きずっていたりとか……」

「分からないんです、ああ、私は何も、ああ、ああ……どん臭い私のせいで、この子をこんなにも辛《つら》い目に遭わせて……!!」

犬や猫も生き物なので、例えば防空壕《ぼうくうごう》で長時間爆撃に耐えているとＰＴＳＤなどを発症するケースがある、という話を聞いた事があった。餌を食べないのは普段与えているものと種類が違うからなのだが、まあ、それっぽく見えれば何でも構わない。

そして心の傷は目に見えるものではないし、触れば分かるものでもない。この場で警備兵に判断がつく話でもないだろう。

ずずんっ、と遠方から地響きがあった。

「ええいっ、とにかくこちらへ！」

「あのっ、この子は!?」

「一緒で構わん！　……後でサンドラ先生に相談してみろ。診察室に直接犬を入れるなよ！」

まあ、大ボスの根城なら絶対に軍医なり主治医なりはいると思っていた。人里離れた隠れ家では、当たり前のインフラを利用できない。盲腸や虫歯一つでもてんやわんやになってしまう。まさか電話に飛びついて救急車を呼びつける訳にもいくまい。

玄関のノブは真鍮《しんちゅう》ではなく、純金のようだった。

エアコンの涼風が出迎えてくれる。

この館《やかた》の規模だと、もはや高層ビルを管理するような業務用かもしれない。

犬と一緒に南欧風の館《やかた》に入ってみると、やはり広い。風通しも考えての設計なのだろうが、逆に普段は寂しくならないのかと疑問に思うくらい正面ホールは広大だった。絵画に陶器、美術品や骨董品《こっとうひん》なんかが多いのは、グリノフの趣味なのか、単純に換金しやすい品に資産を分散しているのか。

何しろ、直接だけで五万人とその家族を養う程度には繁盛《はんじょう》しているのだ。国際企業の『本社』と考えれば、これでも節度はある方なのかもしれない。

死の匂いはなかった。

だけどそれは自然なものではなく、消毒液でも噴き付けているような違和感があった。

彼らは自らの死を遠ざけるために、どれだけの死を折り重ねてきたのだろう。

(さて)

「この本館の中は安全だ！　我々は常にオブジェクトどもに対し有利に働きかけている。勝利が転がり込んでくるのを待てば良い!!」

具体的な避難計画というよりパニック防止のためのアナウンスだろう。DJ兵士のマイクパフォーマンスに足止めされている非戦闘員のセーラー服だのシスター服だのを尻目に、クウェンサーはリードを引いてそっとホールを出る。

館自体《やかたじたい》は左右対称で、上から見るとEの字に近い。正面ホールは縦棒と真ん中の横棒の交差地点で、奥に通路が延びている。ひとまず近場の右手側の通路に入ってしまったが、特に勝算があった訳ではない。外から見た限り、こちらはガレージとも繋《つな》がっているのだったか。分かるのはそれくらいで、何階のどの部屋に何があるかまでは事前に把握などできない。

とはいえ、流石《さすが》に普通の部屋と用具入れや倉庫の区別くらいはドアのお粗末さで分かる。

（？　新聞や雑誌の切り抜き？？？）

ドアの表面にびっしり貼り付けてある紙切れを見て首をひねるも、いちいち目で追い駆けている暇はない。この廊下だって、いつ気紛《きまぐ》れに見回りの警備兵がやってくるかは分からないのだ。

「まず武器か」

その辺の収納と言っても歩き回れるくらいの広さがあった。清掃用具や救急箱の他に、お金を数えるための紙幣カウンターや輪ゴムで雑に束ねられた様々な地方の札束なんかも無造作に突っ込んである。持って帰っても良かったが、どうせ犯罪収益なのでロンダリング前なら銀行側から番号を控えられている恐れもある。やはり触らない方が良《い》いだろう。工具箱の中には金《かな》槌《づち》やノコギリなどはあるが、こんなのをスカートの中に隠しているのがバレたら言い訳できない。バレたら即死というルールを忘れてはならない。

「何だこりゃ、インゴット？？？」

そこらにゴロゴロあるこの延べ棒、金や銀とは思えない。表面に刻印されているのはPt、99.99%。額面通りに受け取るならプラチナの塊という事になる。比重二一・四。一リットルの

牛乳パックに詰めたら二一・四キロになる計算だ。ずしりと重たい、片手で掴《つか》み上げるのも難しいほどの金属塊を指先でなぞって、

(……いいや、重さだけ似せたイミテーション合金か。でも何で? こういうのって、警察がデコイの身代金《みのしろきん》として開発するものだと思うけど)

まさか一杯喰《く》わされたなんて事はないだろう。

敵が使ってくる技術を分析して真贋《しんがん》を見極めるための研究用か、あるいは犯罪組織同士の取引でも騙《だま》し合《あ》いがあるのだろうか。

「メカニカルアロイングでも使ってんのかな、と。まあそれはさておき」

当然ながら、こんな重たいものを振り上げる訳にもいかない。自分の足の小指にでも落としてしまいそうだ。

高い威力で、かつ持ち歩いていても警戒されないものは何か。少し考え、狙いを定めて物色していく。

(刃物はダメ、鈍器もダメ……。だとすると電気かなあ)

意外と高い電圧なのは、虫取り系の電熱線だ。周りが農園だからやはり蚊やハエなどに悩まされるのだろう、色々ある。軒下にぶら下げる誘蛾灯《ゆうがとう》、電熱線を巻いた殺虫箱と連結させたハンディ掃除機、でも残念、今回は首から下げる電気殺虫香に目をつけた。リチウム電池で動くキャンプグッズを取り出し、カバーを開けて配線を剝《む》き出《だ》しにすると、いくつか手を加えてか

ら金属クリップ二本を使って電極代わりにして、再びカバーを戻していく。

（……定格で二万ボルトくらいか。正直、この距離で昏倒《こんとう》させるならガラスの灰皿掴《つか》んで頭殴った方が早いかも）

スタンガンとしては小振りも小振り、世の中にはこれの二〇〇倍以上の出力を持つ冗談みたいなモデルも存在する。

それでも、ジジジジジ！　というテスト用の空撃ちをした途端、虫の羽音とはまた違う独特の音を耳にしたローザが驚いた素振りを見せた。良く訓練されていても、やはり見慣れないモノは怖いのか。

スタンガンはさほど特殊な兵器ではない。

具体的に何とは言わないが、一度に大量の電気を放出する携行製品は何か、を考えれば素材は結構その辺に溢《あふ》れているのが分かるはずだ。もっとも、正しい知識がなければ自分が感電したりバッテリーの破裂に巻き込まれたりするので絶対にオススメはしないが。煙草《タバコ》の箱より小さな、こんなプラスチックの塊でも青白い火花は作れる。威力よりも、堂々と持ち歩いていてもそうとは分からないカムフラージュ。今はこれが大切だった。

クウェンサーは変に懐《ふところ》へ隠さず、ちゃんと紐《ひも》を通して首から下げてから、

「行くぞローザ。探検開始だ」

再び廊下に出た。

人混みから抜け出して一人別行動を取るのは、怖い。犬に武器、様々なもので身を固めたくなっても不思議ではないだろう。

「……さんどらさーん、サンドラせんせー？」

もちろん目的の人物はグリノフ＝クォーターデッキだ。それを忘れた訳ではない。

ひとまず早々にバレた時の保険として、表でも耳にした医者の名前を控えめに呼びかけつつ、目につく扉は片っ端から小さくノックしてドアノブを摑《つか》んでみる。こういう時は壁に張り付いたり天井裏に潜ったりといった、下手な忍者ごっこなどするべきではない。命が惜しければ、バレても『かわせる』程度の動きに留《とど》めておくべきだ。

施錠《せじょう》については半々くらいだろうか。

武器商人ウッドストックの本拠地。五万人とその家族を養う国際企業の本社ビルと考えると不用心だが、一般家庭と考えると行き過ぎな気がする。

ビリヤードやダーツ台の並ぶ遊戯室、ホームシアター付きのジェット風呂《ぶろ》、ウォッカのボトルが並ぶバーカウンター。あれこれ見て回るが、人影らしい人影はない。

貴金属や怪しい札束は相変わらずあちこちに転がっていたが、それとは別に気になるのは新聞や雑誌の切り抜きか。スクラップブックだったりコルクボードだったり、あちこちで見かける。

（東欧の森、消えた三万人、合同軍事演習……？）

どういう意図のものなのだろうか。武器商人としての『過去の仕事』にでも関わっているのか。

他には、妙に焼け焦げたビニール人形や翼の折れた飛行機のオモチャなども置いてあった。宝石や金塊さえ無造作に転がしているウッドストックにしては妙な気もする。

とはいえ、

(グリノフの居場所を教えてくれるようなものじゃないか)

頭の片隅に留《とど》めつつも、彼は彼で直近の目的を果たさなくてはならない。

クウェンサーにはまだ強力な武器があった。

(特等席は……ここかな。館《やかた》の持ち主、グリノフはどこの部屋でも一番イイトコに座るはず。テレビ画面の角度にエアコンの風の当たり方、観葉植物に視界を遮られない位置。他にも小道具なんかも……)

「ローザ。この椅子と、そうだな。猟銃の肩当ても頼む」

わふっ、という鳴き声が返ってくる。バーカウンターの中でも悪趣味グッズで周りを固めた一番豪華な椅子まわりの匂いを嗅がせてみた。

ローザは単純な格闘能力だけでなく、警察の捜査でも活躍しているシェパードだ。人の目では見えないものでも、犬の鼻なら追跡できる事もある。

……しかし火薬の量を計量するための電子はかりや木のストックを削るための小刀も各種揃《そろ》

えているようだが、こんな何もない砂漠に猟銃なんぞ持ち込んで、一体何を撃つつもりなのだろうか。二足歩行で服を着る哺乳類の線は捨てておきたいクウェンサー。

不規則に床へ鼻を近づけるような仕草を繰り返すローザに導かれ、クウェンサーは廊下の奥へ。どうやら正面ホール以外にも小さな階段があったようで、そちらを使って三階まで上がり、ずらりと並ぶドアの一つへ正確に向かう。

「さんどら先生ー、こちらですかあ……？」

いるはずもない人物の名を囁《ささや》き、ドアの真ん中を控えめにノックすると、向こう側からごとりという重たい音があった。

匂いの先。

大きな館《やかた》の持ち主。

グリノフ＝クォーターデッキ。

（……）

クウェンサーは首からかけた手製のスタンガンを外すと、廊下に飾ってあった花瓶に目をやる。いくらぴっちり閉まったドアと言っても、下から紙を差し込むくらいの隙間はある。花瓶の水を垂らしてからスタンガンを浴びせれば、ドア越しに一発お見舞いする事もできるはずだ。ただし、これでも状況で言えばこちらが不利。相手が無造作にドアを摑《つか》んで開ける素振りを見せれば一発やれるが、向こうだってドアに近づかずデスクの引き出しからマグナム拳銃でも取り出してドアの真ん中に撃ち込む選択肢くらいあるし、しかも部屋にいるのは一人とは限らない。そもそも相手が耐水革の軍用ブーツでも履いているだけで台無しになる。二万ボルト、とは言っても列車の高圧線とはまた違うのだ。

何も考えず、ただ相手のアクションを待つなんて悠長な事は言っていられない。

こうしている今も表では複数のオブジェクトが無用の乱戦を繰り広げていて、その足元でも多くの歩兵達が逃げ回っているはずだ。いいや、最悪、歩兵同士でも殺し合いに発展しているかもしれない。ヘイヴィアにミョンリ、お姫様も。この一秒一秒で見知った人の命が消えている可能性もゼロとは言えないのだ。

一刻も早く場を収める。

決断が必要な時だった。

（いっ）

純金らしきドアノブが、揺れる。

回る。

奥に向かって扉がゆっくりと、開く。

「行けローザ！　お前は奥ッ‼」

りする。

花瓶の水を扉の表面に叩《たた》き付《つ》け、床にスタンガンを一発。さらに真下に崩れる人影がドアそのものを塞《ふさ》いでしまわないよう、半ば肩から強引に体当たりする。

リードを外し、軍用犬を先に投入。
一度動き出してしまえば、ローザは相手を仕留めるまで余計な鳴き声は上げない。

「っ」

医者のサンドラ先生を捜している、という建前だった。ここでグリノフを見つけても、『いない』の一言で拒絶されたらそれまでだ。安全だが、部屋には絶対入れない。

幸い、銃声や怒号みたいなのは聞こえなかった。
館内《かんない》全体に異変が伝わる事もなく、わふっ、という柔らかい鳴き声が飛んでくる。
戦闘終了の合図だ。

「何だっ、他に誰もいなかったのか？」

犬に指を差す機能はないからか、ローザはぶっ倒れている大男を雑に噛《か》んでいた。
確定らしい。

「こいつが、グリノフ。グリノフ＝クォーターデッキ……」

スタンガンで仕留めたのはサンタクロースみたいなひげと短い髪の、白人の大男だった。筋骨隆々、露出した腕にはいくつか特徴的なタトゥーがある。

東欧系のギャングから出発したという話だが、永久凍土のファッションを南米のこんな砂漠まで持ち込むのは流石《さすが》に無理があったらしい。かっちりしているのは高級なスラックスくらいのもので、上着やネクタイは脱ぎ捨て、白いシャツも肩までまくっている。

倒れた男をまたぎ、部屋に押し入ったクウェンサーはグリノフからこちらへ意識を移したシェパードの頭を軽く撫《な》でてやる。

「ここがグリノフの執務室、なのかな」

大きな机と壁際《かべぎわ》に並ぶ法律や経営学の分厚い本の群れ。毎度の紙幣カウンターや宝石類、輪ゴムで束ねてまとめられたクレジットカードやパスポートなどはひとまず無視するとして、それ以外だと兵器の完成予想図や３Ｄプリンタで調達したと思《おぼ》しきオブジェクトの武装の模型まで見て取れる。コンピュータは据え置きのパソコンだった。薄型モニタは机の上、タワー型の本体については椅子を収めるスペースに無理矢理詰めてある。部屋に掛けている大金の割には少し型が古い気がする。タブレット端末だのＡＩスピーカーだのも見当たらない。

これが全部、実用化されて戦場で活躍しているのだ。

軍に協力して罵倒されながらもコツコツ設計士としての勉強を続けているクウェンサーからすれば、自分の努力が虚《むな》しくなるような行いだった。パラサイトプランに、その結晶の『ギャングスター』。裏技を使ってしまえば、一足飛びに夢は叶《かな》えられるものなのだ。

この館《やかた》で、どれだけの金銀財宝を見てきた？

グリノフ＝クォーターデッキは、平民から貴族を出し抜きたいクウェンサーの欲しがるものを全て摑《つか》んでいる。小賢《こざか》しい少年ですら考えもしなかった方法でっ

「ＰＨＳ……」

クウェンサーは机の上に転がっていたモバイルを手に取り、流石《さすが》に苦笑する。今日び医療関係者くらいしかこんなの使っていないだろう。

何しろご職業は武器商人だ。ひょっとすると、いつ録音が始まって外部の企業サーバーにデータを投げ込まれるんだか分からない音声認識サービスとか、基幹ＯＳに組み込まれた得体の知れない情報収集スクリプトとか、そういう『余計な機能』を嫌っていたのかもしれない。

古い紙や糊《のり》の匂いが鼻につく。

全体的には、弁護士や会計士の仕事場に似ていた。

壁際《かべぎわ》にある本棚の群れは歯抜けだった。廊下に面していない壁にもドアがある。開けてみると、そちらは簡単なユニットバスや仮眠室だった。やはり、人が隠れられるようなスペースはない。

「づ……」

変な呻《うめ》きがあった。

所詮は定格で二万ボルト。映画やドラマと違って、現実のスタンガンは奇麗に意識を落とせるとは限らない。三〇秒から一分くらい、手足が痺《しび》れてまともに動けなくなる程度で見積もる

のが妥当だ。

グリノフの右腕が跳ね上がった。

金属特有の、鈍い輝きが見て取れた。

「ローザやれ！」

クウェンサーが慌てて指示を出すが、ひげ男の方が速い。


かしゅっ、と。

躊躇《ちゅうちょ》なくヤツは自分の首の横をナイフで切ったのだ。


こちらにはこちらの事情がある。

全ての武器取引には大ボス、グリノフの承認がいる。それを使えば戦場での『口約束』を潰《つぶ》し、混乱を正常化させる事ができるかもしれない。そういう話のはずだったのに。

「ちくしょう、グリノフ‼」

今さらのようにシェパードがゴッドファーザーの右手首に噛《か》み付《つ》いて刃物をもぎ取ったが、もう遅い。慌ててクウェンサーはテーブルの上にあった兵器の完成予想図を摑《つか》み、やっぱりトゥーの下絵を摑《つか》み直《なお》し、駆け寄る。いくら優れた軍用犬でも怪我人《けがにん》の手当てはできない。人の手で薄紙を丸め、首の横の傷口を押さえていくしかない。

「まだ死ぬな……せめて承認と否認の手順を教えてからくたばれっ!!」

出血さえ押さえ込めれば『勝ち逃げ』は食い止められる。ただしバイタルが安定しない限り、下手な暴力で無理矢理情報を聞き出す手は使えない。グリノフが死んでしまえばそれまでなのだ。

（くそっ、主導権を奪われた……!!）

ひとまず血が止まったのを確認すると、押さえていた紙の上から適当にゴムを巻くだけ巻いて、グリノフの面倒はローザに任せる。クウェンサーとしては、話を聞きづらいグリノフ以外から情報を集め、外堀を埋めていくしかなくなった。

うつ伏せで倒れている男の背中へ軍用犬がのしかかっていく。

その間にクウェンサーはとにかく窓辺のカーテンを引いて、廊下側のドアも閉じて施錠《せじょう》した。黒檀《こくたん》の机からスタンドライトを掴《つか》み取《と》ると、二度と自殺させないよう、倒れている男の両腕を背中側に回して電源ケーブルで縛り上げていく。

特徴的なひげ面《づら》の中年男が、無理に体をひねるようにしてこちらを見ながら、ろれつの回っていない声を出した。

「……おやおや。犬にケツでも狙わせるつもりですか」

「ローザは女の子だよ、間抜け。それにお前なんかにゃもったいない」

筋骨隆々、全身タトゥーのひげ男の割に、口調は意外と穏やかだった。

武器商人を束ねる男は、ひょっとすると暴力だけでなくお利口な経済理論を使って組織の舵《かじ》取《と》りを行ってきたのかもしれない。

「あなた、死にましたよ……。どう足掻《あが》いたってここからは生きて出られません。ウチの組織じゃ処刑の時には車を使うんです。裸に剝《む》いたあなたの両手を車に縛り付けた上で、馬鹿の頭からライターオイルを浴びせて火を放つ。まあ、火が消えるまで生きていられる者はいませんがね」

「ローザ、嚙《か》み千切《ちぎ》るなら片耳までにしろ。まだ殺すなよ」

ここは戦争条約が通用しない犯罪のフィールドだ。

グリノフを捕まえたと言っても一時的なもので、異変を察知されてしまえばヤツの兵隊が大勢動く。部屋を取り囲まれてしまう。そうなったら籠城《ろうじょう》しても勝ち目はないだろう。ドアを破られて、外に引きずり出されればどうなるか。

意図して想像を食い止め、呑《の》まれないよう強気に出るしかなかった。

向こうはその道のプロだ。どうせクウェンサーの腹芸など見抜かれている。だから慇懃無礼《いんぎんぶれい》なこの男は、首を切って軍用犬にのしかかられても余裕の態度を崩さない。

(自分を見失うな、やるべき事をやるんだ……)

全ての取引にはグリノフの承認が必要なのだ。

とにかくクウェンサーの目的はウッドストックのてっぺんを捕まえて、口約束で横行している『ビジネス』を完全に電子や書面の形で叩《たた》き潰《つぶ》す事。『ギャングスター』単体でも立派な脅威だが、だからこそ、四大勢力が足並みを乱している場合ではない。

敵はわざわざセオリーにない方法でこちらを揺さぶってきた。

クウェンサーだってプラスチック爆弾片手に似たようなアプローチに命を預けてきた。だから分かる。セオリーにない方法を持ち出すという事は、逆に言えば、正体不明の第二世代であってもあれだけの数を真正面から蹴散らす自信はなかったのだ。

そのために必要なのは、

（……いかにも怪しいのは、やっぱりパソコンか）

おそらくウッドストックが武器商人として交わす契約書のフォーマットは全て揃《そろ》っているはずだ。言い換えれば、破棄や凍結するための手順も。

グリノフ自身が作成する必要はない。欲しいのは『承認』、こいつのコンピュータとアカウントだ。電子サインくらいは欲しくなるかもしれないが。とにかく、ここから四大勢力の窓口へ『「ギャングスター」は渡さない』旨《むね》の電子書類を叩《たた》きつければ、少なくとも人気取りの争奪戦みたいな不毛な事態は食い止められる。

重たい机の引き出しを開けていくと、宝石や葉巻のケースを放り出し、合同軍事演習の事故をまとめたものらしきスクラップブックも机の上に置いて、いくつかのケーブルやイヤホンのようなものを見つけて取り出した。あからさまな指紋、手のひらの静脈、眼球の虹彩《こうさい》を読み取

る生体認証機材などはなさそうだったが、

（イヤホン、か）

内耳の形もまた生体認証に使える。判定用の単音を出し、耳の中での反響の仕方で個人を特定する方法があるらしい、というのは『安全国』で学校に通っていた頃に聞いた事がある。

試せる事は全部試してみるべきだ。

自分で縛り上げておいて何だが、ひげ面《づら》の男をお姫様抱っこするだけの体力もやる気もなかった。悪夢の選択肢を放り捨て、ずりずり床を引きずってコンピュータの前まで連れていく。

後ろ手に縛られたまま背もたれのある椅子に座らせると、ビミョーに苦しい体勢を強いられたひげ面《づら》が呻《うめ》いた。

「……生体認証でも試す気ですか？　指紋でも眼球でも良《い》い。これで反応しなかったら見物ですよ」

「……、」

後ろ手に縛られている状態で頭を振っても、耳のイヤホンに抗《あらが》う事はできない。

ケーブルでコンピュータに繋《つな》いだイヤホンを使って内耳の形を計測させてみるも、

「エラー？」

「犯罪組織です、ウッドストックなんですよ俺達は」

もう一度、同じ手順を繰り返しても同じだった。

下手に何度も繰り返すと、認証画面自体が強固にロックされてしまうかもしれない。

グリノフは鼻で笑って、

「いつでも襲撃されるリスクは考えている。写真と同じ顔を見つけて安心しましたか？　そんなもの整形で、」

クウェンサーは特に何も言わずに引き出しを漁《あさ》ると、パスロック画面で待機しているコンピュータのスロットに通信ケーブルの端子をぶち込んだ。

「……おい？」

もう片方の端には、煙草《タバコ》の箱より小さなプラスチックの塊。

スタンガンにも使った電気殺虫香に繋《つな》げていくと、机の上に機材を放り投げた。

「おいっ、何してるんです⁉」

「タブレットもＡＩスピーカーもない。わざわざ一世代遅れたパソコンに自前のスクリプトでもぶち込んで情報収集を拒んでいるんだもんな？　今はもう何でもネットに繋《つな》がる時代だ。『情報同盟』じゃ温水便座もＩｏＴで見守り機能がついているんだとさ。さて、これは、どうだろう？　せっかく限られた窓口で管理しているお宝コンピュータも、外から無線ネットのアンテナ刺されたら中身はダダ漏れになるんじゃあないか？　目に見えないから分かりにくいかもしれないが、そこらじゅうに電波は飛んでいるぞ」

「こいつ……っ⁉」

「中身は何かな。武器商人としてのお得意様リスト？　新兵器の設計図？　秘密の輸送路を網羅した地図？　あるいは裏稼業《うらかぎょう》なんか知らずに『安全国』でのんびり暮らしている家族の写真かな。愛人でも元カノでも小学校時代の初恋の人でも構わない。過去に知り合った全員をきちんとこの館《やかた》に避難させているか？　諜報部門《ちょうほうぶもん》はこの辺容赦しないぞ。交友関係が割れれば、きっとボロボロにされて殺される瞬間まで犠牲者は理解できない。だけどアンタなら心当たり四大勢力のどこにいようが覆面男達を越境させて報復する。確実に。何でそこまでやるのか、なんて死ぬほどあるよな⁉　砂漠じゃあれだけ殺して埋めていたとしても、自分の身内まで同じ目に遭わせたいとは思わないだろう‼」

……実際には、だ。

電気殺虫香はリチウム電池を使っていて、その充電にスマホケーブルを流用しているというだけだ。データの転送機能なんてないし、諜報部門《ちょうほうぶもん》もそこまで鬼ではない。しかし神経質な人間は度を越しているほど、火種を放てば勝手に燃え上がってくれる。

「生体認証のエラー？　イヤホンを耳に差して内耳の形を判定するものだ。中に詰め物一つしているだけで使い物にならなくなる。アンタが影武者である証明にはならない」

「……、」

「じゃあ問題だ。アンタが大ボスのグリノフと無関係な影武者なら、放っておけば良い。どうせ無残に殺されるのは赤の他人だろう？　ただしこうしている間にも、中のデータはいくらでも軍のサーバーに流れていくぞ。俺はどっちだって構わないんだ。アンタが必要な事だけしゃべっても、電子シミュレート部門が余計な暗号化データまで軒並み丸裸にしてもな」

強気に出るための根拠は一つしかなかった。

おほほは整備基地ベースゾーンで言っていた。グリノフはカリスマを保つため弱い所を部下に見せたがらない、これまでだって影武者を一度も使った事はなかった、と。

筋骨隆々、豊かなひげの短髪男は低く呻《うめ》いた。

「何を望むんです……?」

「仲間の命。腐れ縁を守るにはデータ吸い出しだけじゃダメだ。アンタの名義のこのパソコンを動かす必要がある。承認と否認の手順だ、ロックを解除した後はどうする⁉」

がんっ‼　という鈍い音があった。

薄型のモニタ自体は大きな机の上だが、タワー型の本体は足元だ。後ろ手に縛られたまま、ひげの男は思い切りパソコンを蹴飛ばしたのだ。

ヤツとしては、パーソナルなデータの流出さえ止まれば問題ない。

「くそっ‼　グリノフ‼」

プライベートな揺さぶりで派手に出たという事は、やはり本物だったか。しかし追い詰め過ぎた。クウェンサーは武器商人にスタンガンを一発浴びせて黙らせるも、すでにモニタの表示は死んでいた。プラスチックが溶けるような、独特の異臭があった。足元のスペースからタワー型のパソコン本体を引っ張り出すと、プラスチックのカバーが割れている。

(……それだけじゃないな。拡張スロットなんかの空きスペースに、ビニールパックで薬品でも詰めていたのか。地殻変動の激しい高地だぞ。こんな方法使って、地震とか怖くなかったのか?)

あいつの用心ぶりを見るに、犯罪の証拠となるデータを外部のクラウドへ投げてしまうとは思えない。しかし一方で、机の引き出しを全部引っこ抜いて天板の裏まで覗《のぞ》いてみたが、切手サイズのフラッシュメモリ一枚見つけられなかった。

流石《さすが》にバックアップが全くないとは考えにくいが、一朝一夕で探し出せるか。フラッシュメモリなら、小さなものはトウモロコシの粒よりコンパクトな種類もある。全館の絨毯《じゅうたん》をめくり上げて、表に広がる円形農園をくまなくかき分けるだけの時間はない。敷地内《しきちない》だけで、地平線の向こうまで広がる大農園なのだ。まして地雷みたいに遠くの砂漠に埋められていたら。色も形も分からないものをノーヒントで見つけ出せるとは思えない。

グリノフ本人は手元にいる。

全ての取引にはヤツの承認がいる。イヤホンを使って内耳を計測する方法で本人証明は何とかなるかもしれない。方式さえ分かれば必ずしも壊れたコンピュータにこだわらなくても良い。だけどここではダメだ。一時的に取引を停止させても異常を外に察知されたら部屋を包囲され、グリノフを取り返されてしまう。大ボスのゴッドファーザーは悠々と自分の耳にイヤホンを差して、再び承認作業をやり直せばそれで済む話なのだ。

「……、」

ゆっくりと息を吸って、吐き出す。

コンピュータは壊れた、ここで大ボスを使っても解決しない。なら、具体的にどうする？　ヘイヴィアやミョンリ、それにお姫様。見知った顔が無意味な戦争でゆっくりと確実に押《お》し潰《つぶ》されていくのをどう食い止める？

答えは決まっていた。

ここでやるから大ボスを取り返される。犯罪組織の連中が手出しのできない場所で作業を進めていけば、もう撤回はできない。

顔を上げてメイド服は呟《つぶや》く。

「……生きていても死体になっても構わない。グリノフ＝クォーターデッキ。こいつを俺達の整備基地ベースゾーンまで持ち帰る」

7

がらがらがら、と。

意外と大きな車輪の音に、内心でクウェン子ちゃんはびくびくしていた。

同じ階のリネン室から拝借してきた清掃用ワゴンの話である。

エアコンの利《き》いた廊下を通って元の執務室へ。

「元気にしてたか、ローザ」

わふっ、という鳴き声があった。

後ろ手に縛られたまま軍用犬に睨《にら》まれていたグリノフは弱々しく笑い、

「そこに俺を詰めてどうするんです？　まず館《やかた》から逃げ切れるとでも」

「できそうもないなら、そのひげ面《づら》の首を切り取ってエチケット袋に放り込んでも構わないんだ。どっちが良《い》い？」

「……楽しいですか」

「なに？」

「俺はあなたの持っていないものを持っている。いいえ、持ってしまったからこんな結末を迎える羽目になった。世界はこんなに窮屈で、自由がなく、絶望しかない。どうです、それをわざわざ自分で証明してみて」

「……、」

「単純に殺した犯罪者の数なら、おそらくあなた達より俺達の方が多い。誰も彼も、人を殺して自分を守っている。違うのはルールだけで、どっちが正しいのかなんて誰にも言えない。四大勢力の決めた法律や国際条約がどれだけ自分勝手かなんてあなたも分かっているでしょう？

あなたが信じている正義は、両手を差し出すあなたに蛇口から配給されたものでしかない。俺達は、コインの裏側でそれとは別のルールを構築した。真実なんてそんなものです」

ひげ男の無防備な腹を一発蹴ってお行儀良くしてから清掃用ワゴンに放り込み、ついでに狭いスペースにはローザにも入ってもらった。何か一つでも機嫌を損ねればどうなるか。両手を使えずクウェンサーの蹴りも避けられない状態で、眼前にはガチの軍用犬。今度は逃げ場もない、スマートな自殺も許さない。さぞかし楽しいピクニックになるだろう。

「声を出したら喉笛やれ、ローザ。こっちは死体で持ち帰っても構わない」

ここまで複雑な命令を認識できるかどうかは不明だが、ひとまずグリノフへの牽制《けんせい》にはなっただろう。

清掃用ワゴンの上からくしゃくしゃのシーツを何枚か放り込んで開口部を塞《ふさ》ぐと、クウェンサーは机から引っこ抜いて床にばら撒《ま》いた引き出しに目をやった。書類から拳銃まで色々あるが、目星をつけていたのはこれだった。

車の鍵だ。

「ダイナミクスEV、グレード500s。……完全自動運転の高級電気自動車、だったよな」

メーカーの刻印を見て、テレビのCMを思い出す。クラウドやビッグデータ嫌いのグリノフらしからぬチョイスだが、一方で同じ武器商人だったハワイ方面の裸の女ドーラ＝ブルーハワイは『空飛ぶ車』に軸を置いた特殊装備を振り回していた。表の農園でも横転していたのは無人制御のトラクターだったし、そもそも人工的な散水装置に支えられた円形農園自体がプログラム管理されている。結局グリノフ個人のデスクトップ環境の話であって、組織全体で完全にオンライン環境を統制できていた訳ではなかったのだろう。……もちろん、弁護士や会計士に頼る感覚でハッカーに金を積んで専門的な保守点検くらいは任せているだろうが。

クウェンサーは車やバイクの運転はできないが、背に腹は代えられない。機械に任せてしまう事にする。

こちらはグリノフにスタンガンを浴びせた時点で穏便にはできなくなってしまった。すでに雪球は斜面を下り始めている。加速度的に状況が悪くなる前に、とっとと南欧風の館《やかた》を出てしまうに限る。

「よし、と」

さっきよりも重たくなった清掃用ワゴンを両手で押して廊下へ。これがあるので階段は使えそうにない。食事まわりにも使っている、搬入用のエレベーターに頼る必要がある。

ここが最上階のはずなのに、何故《なぜ》か上りと下り両方のボタンがあった。単に規格の同じパネルを全ての階で流用しているだけなのか、屋根裏などがあるのか。とにかくクウェンサーとしては下り以外に用はない。ボタンを押して待つ。

エレベーターと言ってもデパートやホテルにあるものとは大分違う、自分で格子状《こうしじょう》のアコーディオンドアを横に引いて開ける相当簡素なものだ。サイズも手押しのワゴン一台乗せてしまえばほぼ空間は埋まってしまうだろう。ワイヤーも剝《む》き出《だ》しで、隙間の甘い格子《こうし》から手を伸ばせば摑《つか》めてしまえそうだ。

周りが豪華なのにここだけ質素で古臭いのは、館《やかた》の主人には触れる事のない設備だからだろうか？

ガコガコという古い洗濯機の脱水機能みたいな音がしばらく続く。三階ならそう高さはないはずだが、元のモーターが相当安物らしい。

（早く、早く……）

何もしない、というのもそれはそれでもどかしい。油断していると足踏みでもしてしまいそうだ。

実際の時間は一分か、三分か。

ようやっとアコーディオンドアの向こう、何もない虚空《こくう》みたいなエレベーターシャフトの奥で巨大な塊がぬっと顔を出した。安全装置なんかなさそうだ。指や服を挟んだら元も子もない。完全に止まるのを待ってから、クウェンサーは格子に手をかける。

と、

「あら、ダメよあなた！　格子《こうし》を動かす時はボタンを押しながらでないと。中のカゴが勝手に動き出したら体を挟んでしまうわ!!」

「っ」

息を呑《の》む。

それでも表情は押し殺せたと思う。

廊下の角から出てきた若奥様風持て余しメイドさんは、新米クウェン子ちゃんの顔ではなく格好の方を見ていた。

「……あなた？　どうしてアウターの制服でインナーのお仕事を……？」

思わず舌打ちしそうになった。厚手でゴワゴワする、農作業向けかもしれない。プレハブ小屋でメイド服に袖を通した際、クウェンサー自身もそんな感想を持っていたはずではなかったか。メイド服は区分ごとに何種類かあったのだ。

もはや下手な言い訳は無用であった。

ガッ！　と強引に清掃用ワゴンをエレベーターに突っ込む。

「あっ！」

犯罪組織に置いておくのがもったいないくらいマジメな若奥様風のメイドさんを捨て置き、とにかくクウェンサーはエレベーターの中から下りのボタンを連打する。慌てたように駆けつけてくる色々持て余したメイドさんが到着するギリギリで、そのメイドさんよりも年増《としま》っぽいエレベーターがガコガコ不安な音を立てて動き出した。

三階。

たかが三階。

ドッドッドッドッ!!　と心臓が暴れ回る。あのフェロモン駄々漏れメイドが急いで階段に取って返したり、冷静に無線機や内線電話で階下と連絡を取り合ったりしたら、逃げ場のないエレベーターが真下に到着した途端、浅黒い肌の兵士達が殺到してくる可能性もゼロではない。処刑の時には車を使う、犠牲者の両手をくくりつけてライターオイルを頭から被《かぶ》せて火だるまにし、炎が消えるまで表を引きずり回す。グリノフが笑いながら語った『脅し』が脳裏に蘇《よみがえ》る。

「……夢が叶《かな》うかどうかは関係ないんですよ」

「黙れグリノフ……」

「周囲から望まれぬ者が叶《かな》えれば、こんな風に排斥される。本当の権力者は、後出しで他人の成功を横取りできる。あなたは、どちらでしょうね。おそらくあなたが思っているほど安全な場所には立っていないでしょうけど」

「もう良《い》い黙ってろ!!」

(死体であっても構わないんだ。窓からグリノフ放り投げて何食わぬ顔で階段下りた方が手軽だったたか、くそ!)

妙案はいつだって目的の駅を通り過ぎてから頭に浮かぶものだ。

エレベーターが一階に辿《たど》り着《つ》いた。

ガレージはそう遠くない、はずだ。せいぜい直角に折れた廊下を二、三〇メートルくらい進めば見つけられるはず。

しかし清掃用ワゴンを押して、廊下に一歩出た瞬間に警備兵と鉢合わせた。

金のネックレスがぎらつく。

もちろんいたいけなクウェン子ちゃんの演技を試す事もできたが、

「ぎゃっ！」

ジジジジジ、という低い音があった。

クウェンサーが出会い頭にいきなり電気殺虫香のスタンガンを浴びせたのだ。三階で異変に気づかれた若奥様風のメイドさんから、何がどこまで伝わっているか確かめようがない。安全で無難な道など、かなぐり捨てるしかなかった。

正しい手順なんて知らない。

『正統王国』軍諜報部門《ちょうほうぶもん》のマニュアルとは全然似ても似つかない行動かもしれない。

それでも信じるしかなかった。

自分の選択の正しさを。

「ふっ‼」

南欧風の館《やかた》を外から眺めた時、大雑把にガレージの位置は確認していた。とにかく清掃用ワゴンのグリップを両手で摑《つか》んで勢い良く押す。もはやドタドタと走り、廊下の真ん中で何事かと振り返った警備兵に勢い良くワゴンを叩《たた》き込《こ》む。

自転車よりは派手な音が炸裂《さくれつ》した。腰の後ろをやられ、もんどり打って転がる警備兵の他に同僚がいたらしい。いきなり近くのドアが開いて顔を出したのだ。

「ローザ!!」

叫ぶと、清掃用ワゴンに被《かぶ》せていたベッドシーツが内側から派手に取り払われた。びっくり箱みたいに飛び出した軍用犬は、敵兵が慌ててスリングベルトで肩に掛けていたアサルトライフルを腰だめで構えるより早く飛びかかっていく。

結末を見届ける余裕はなかった。

クウェンサーはクウェンサーで、グリノフを詰めた清掃用ワゴンをさらに押す。

短い悲鳴があった。

ロングスカートを翻《ひるがえ》してクウェンサーは振り返り、そして慌てたように叫ぶ。

「ローザ、その子は良《い》い！　来い!!」

へたり込んだオーバーオールのそばかす少女の横を軍用犬が迂回《うかい》するように走り抜ける。

「おとう……さん？　うそでしょ、嘘《うそ》、いやあ!?」

「っ」

武器商人側と戦うというのは、つまりそういう事だ。ここにはその家族や親しい身内しかいない。何をどうしたところで感謝される展開はありえない。

ガレージまであと少し。

後から追ってきたシェパードが軽々とクウェンサーを抜き去っていく。

ドアに飛びつくなんて真似《まね》はしなかった。

城門でも打ち破るように、ワゴンの重さを使ってドアを破壊して奥へ突っ込んでいく。

機械油の匂いが充満していた。

無人でエアコンを切ってあったせいか、ここだけひどく蒸し暑い。

ガレージのはずだが、広い。カーディーラーみたいに磨き上げられた高級車がずらりと並んでいる。収めているというより飾っているような印象だ。

クウェンサーはその辺に転がっているプラチナそっくりのイミテーション合金をうっかり蹴飛ばさないように気をつけながらガレージ内を早歩きで進む。何しろ一リットル容器で二一・四キロ、うっかりやったら足の指が深刻な事になりかねない。彼は鍵の刻印を見て、

「ローザ、一緒に探してくれ！　N、A、5、7、8、7、6、4、4、3‼」

わふっ‼　という元気な鳴き声があった。

目的の車を見つけてくれたローザの頭を撫《な》でる。ダイナミクスEV、グレード500s。シルバーの4ドアだったが、見た目はスポーツカーでも中身はしっかりした四駆らしい。しっかりウィンチまでついていた。この砂漠でも走り回れるようパワフルにできているのだ。平たく言えばスペース広めのカーセックス向けだった。

クウェンサーは車の鍵にあったボタンを押してドアロックを解除する。

清掃用ワゴンに詰め込んでいたひげ男を引っ張り出して、

「助手席とトランク、どっちが良《い》い⁉」

「自分の末路を見据えて判断すれば良いでしょう。あなたは同じ香りがする。こんな迷走する世界で裏技を使ってでも逆転を願う者の匂いが。ここにいる俺は、いずれあなたが歩む道です」

相手の返答など待たず、後ろ手に縛り上げたまま頭のてっぺんを掴《つか》んで車の中へと押し込んだ。ローザは後部シートからいつでもグリノフに飛びかかれる位置に。クウェンサーは慣れない運転席だ。

蒸し暑い車内でできる事は、エアコンのスイッチを点《つ》けるくらいであった。

（どうすんだっ、完全自動運転車とか触った事もないぞ！　最初の始動がもうお手上げだ‼）

何故《なぜ》か鍵穴がカーナビ画面の側面にあった。ＵＳＢメモリみたいに挿し込んでみる。どうやらこの画面と車のコントロールが連動しているようだが、当然ながら臨時で設営された多国籍軍の整備基地ベースゾーンなんて地図データに登録されているはずもない。結局は手打ちで座標の数字を打ち込むと、ガォン‼　という低い音と共に５００ｓが動き始めた。……電気自動車なので、今のはそれっぽい効果音だろうが。

しかし、

「おっ、おっ……なんっ、だ？」

ガレージは上下に開閉する金属シャッターが下りていた。なのにＥＶ車はお構いなしに進む。テレビＣＭを観《み》る限り縦列駐車も任せられるらしいし、画像識別や衝突防止レーダーで守られた完全自動運転車なら結構ギリギリでピタリと止まるものなのだろうか。でもあれ結局CGだよな？　画面の端にやたら小さい文字で広告の演出がどうのこうの注意書きが並べられていなかったっけ？　あれ結局どっち？？？　とガチガチに肩へ力を入れていたクウェンサーだったが、彼はそこで見た。

助手席のグリノフ＝クォーターデッキ。

後ろ手で縛られた彼がダッシュボードの下を蹴飛ばし、髪束みたいな電気ケーブルを引き千切っているのを。

「そういうっ、足癖の悪さは、ミニスカの女格闘家限定だっっっ!!!!!!」

電気殺虫香のスタンガンを叩《たた》き込《こ》んで黙らせるが、もう遅い。おそらく自動ブレーキに関わる配線だったのだろう、高級ＥＶ車は眼前の障害物を無視して、金属シャッターを突き破って表の庭園に飛び出した。

早速目の前に警備兵が突っ立っていた。

「うわあッ!?」

クウェンサーが慌ててハンドルを掴《つか》んで目一杯切る。プログラム制御の完全自動運転と言っても、マニュアルの割り込みが優先されるらしい。ギリギリで人を避ける。ただしブレーキペダルを踏み付ける余裕はなかった。

下手に止まったらそこで死ぬ。

パパパン!!　と。

真後ろからの短い連射で、後部のガラスが砕け散る。蒸し暑い摂氏四〇度の空気が雪崩《なだ》れ込んできた。助ければ助けるだけこうだ。ある程度の防弾性能は欲しいが車内に閉じ込められるのも困るのだろう、角の丸まった粒状に砕けるよう設計された細かい破片を浴びたローザが嫌がるような鳴き声を発した。

プログラムに異常はない。

ただし、だ。花壇、鉄柵、そして人間。途中で何が立《た》ち塞《ふさ》がっても、500sはブレーキをかけない。まるで無秩序な絶叫マシンだ。

「……あなたは助からない……」

スタンガンからまだ回復していないのか、首の出血が思った以上に重たいのか、ろれつの回らないひげ面《づら》の声が助手席から何か来た。

「途中何がどうなろうとも、必ず立ち往生します……。最後に取り囲まれて命乞いするのは……」

「暇人め」

手の届く範囲からどうしてそんなに挑発してくるのか。クウェンサーはさらに一発スタンガンを叩《たた》き込《こ》んでお山の大将を黙らせる。人間は慣れる生き物のようで、そろそろ電気を使った暴力に慣れてきている節があった。ハワイ方面でヒナ＝リキュールボールの面倒を見ていた頃が懐《なつ》かしい。何故《なぜ》ここにはいたいけな女の子がいないのだ。やさぐれるぞ。

バガンッ!! と。

派手な音を立てて正門を突き破り、南欧風の館《やかた》の敷地《しきち》の外へと半ば跳ね飛ぶように躍り出る。元から安全なんかどこにもなかった。

だけどここから先は、危険の種類が変わってくる。円形農園まで出てしまえば、そこはもう複数のオブジェクトがかち合う巨人どものコロシアムだ。

(しまった、プレハブ小屋に軍服だの爆弾だの隠したまんまだったな……。小物はともかくとして、通信関係は絶対に回収しないと暗号関係で大変な事になる。何しろ武器商人のアジトなんだし転売以外の未来が見えない!!)

ハンドル回してその辺転がっているトラクターや穀物サイロの残骸を何とかかわしていると、ちょうど進行方向に例の小屋が見えた。ブレーキを踏みつけ、ちょっとつんのめってから、おっかなびっくりハンドブレーキも引いてみて、そこから初めてシフトレバーの存在に気がついた。手順は違うが摑《つか》んでみる。オートマらしいがドライブから勢い余ってバックに入れてしまい、改めてパーキングに戻す。クウェンサーはドアを開けながら短く言った。

「ローザ、少しでも怪しい動きしたらそいつ殺せ」

わふっ、という頼もしい鳴き声が返ってくる。

摂氏四〇度、灼熱《しやくねつ》の陽射《ひざ》しの下に出た。

目的はプレハブ小屋の中ではなく、真下、コンクリートの基部の側面に開いた通気口だ。身を屈《かが》めて中に手を突っ込んで、可燃ゴミの袋に詰めておいた装備一式を引っ張り出す。

せいぜい二分くらいだったが、車に戻るとなんかひげ男が血まみれになっていた。首の傷口が開いた訳ではないようだ。

クウェンサーは特に表情を変えずに、

「下手に逃げ出そうとするからだ、馬鹿」

ちなみにローザは得意げになっているかと思ったら、後部座席で小さくなっていた。どうもクウェンサーの持っているゴミ袋が良くなかったらしい。意地でも犬用の防弾ジャケットは着たくないようだ。メイド（？）は軍用犬の毛並に残った、丸まった粒状のガラス片をきちんと払ってやってから、

「ほらローザ、嫌がるなっ。女の子なんだからオシャレにも気を配るんだ！」

ぎゃんぎゃん鳴いてるローザだが、今は戦争の真っ最中だ。これがあるかないかで命にかかわる場面も出てくるかもしれないので、心を鬼にするしかない。

クウェンサーはしっかり防弾ジャケットを装着させた。

「よう｜し、カワイイぞ｜ロ｜ザ｜？」

すげえ｜不満そうな鳴き声がくうんと響いただけだった。

クウェンサーは改めてシフトレバーやハンドブレーキを一つ一つ戻していき、元のプログラ

ムにコントロールを預けたところで。

キュガッッッ!!!!!!　と。

とんでもない爆音と共に、ついさっきまでいたプレハブ小屋が蒸発した。

車の中だったっていうのにひっくり返りそうになった。いいや違う、500sが本当に両手でちゃぶ台摑《つか》んだように片輪が浮かび上がったのだ。

着弾。

流れ弾。

そうと気づいた時にはガラスもミラーもバッキバキに砕けて、クウェンサーは頭から透明なフレークをしこたま浴びる羽目になった。わざと丸い粒状に砕けるよう設計されていたようだが、そうでなければこれだけで全身血まみれになっていたかもしれない。なんかメイド服がさらにキラキラし始めたクウェン子ちゃんがいよいよ光り輝いていく。

車内にあったエアコンの冷気がどこからでも逃げていく。

並の自動車ならもう動けないかもしれないが、こいつは安全装置を失った自動運転だ。ギョリギョリ不自然な音を響かせ、規定のコースへ無理矢理乗っかっていく。

バキバキバキバキバキバキバキバキバキバキバキバキ!!　と、すぐ横からたくさんのトウモロコシが散水機ごと薙《な》ぎ倒《たお》されていく音が近づいてきた。

『南十字の死神作戦』なんて呑気にまだ呼んでいるヤツはいるのか。共同作戦はしっちゃかめっちゃかだ。

「もうこんな所まで……っ⁉」

眼前を移動するオブジェクト相手に格好つけて叫んでいる場合ではなかった。べしゃんっ！と粘ついた音がボンネットの上に落ちる。何かを撥《は》ねたのではない、明らかにその塊は上から降ってきた。

兵士の上半身だった。

「ひいいっ、ィいいいいいいいいいいいいいいいいいいいいいいいいいいいいーっ⁉」

完全に開き切った瞳と目が合った。クウェンサーにはどうにもできなかった。プログラム制御の電気自動車が滑らかにカーブを切ったタイミングで、誰かの死体もまたずるりと横滑りして落ちていく。

視界から消えてから、今のは同じ『正統王国』の軍服だったなと遅れて気づく。しかしあれを見た後で、ドッグタグを拾いに戻る勇気はなかった。

ガツガツゴツゴツ、と。

こうしている今も、虫けら達の頭越しに巨人どもは無秩序に殴り合っている。向こうに攻撃の意思があるかどうかは関係ない。ひょっとしたら味方の誤射の可能性だってある。とにかく。

とにかく、だ。人間と機械、巻き込まれたらどっちが壊れるかは言うに及ばずである。

「だれだっ、どっちが、何のオブジェクトだ⁉」

下から覗《のぞ》き込《こ》むように確認しようとするが、あまりに近過ぎると足元しか見えない。車の窓からだと真上の様子は観察しにくいのだ。結局何が何だかはっきりしない内に、ガラスのなくなった車はいがみ合う二機の隙間を突き抜けてしまった。

あれ一つに限った話ではない。

そこかしこで、であった。

丁寧に整えられた円形のトウモロコシ畑は丸ごと吹っ飛び、横転した無人制御のトラクターは轟々《ごうごう》と燃え上がり、穀物サイロも軒並み折れていた。破裂した散水機からは、砂漠では貴重なはずの真水がばしゃばしゃ溢《あふ》れ出《だ》している。一体どこから逃げ出したのか、恐慌状態《きょうこうじょうたい》になっている馬も見かけた。ここは地獄だ。泥船。それが、武器商人の家族や身内とはいえ戦う力を持たない人達が集まる南欧風の館《やかた》へじわじわとにじり寄っていく。行く末を想像して楽しい話ではなかった。

「そうだっ、無線機」

自動運転なのでよそ見もし放題（？）だ。身をひねって後部座席へ手を伸ばす前に、可燃ゴミの袋を漁《あさ》ったローザが口で咥《くわ》えて差し出してくれた。軽く頭を撫《な》でて機材のスイッチを入れると、まるで博物館にあるイヤホンの音声ガイドみたいだった。何が何やらな戦場に、人の声という解説が重なる。

『ほほ、おほほほほ！　しょうじき、うつくしく完成された私の「ガトリング０３３」にさんだんへいそうなどむようのちょうぶつではありますが、みすぼらしいバックダンサーたちにほどこしを与えるのもわるくありません。せいぜいかんげきして私をいっそう引き立てなさい。おほほほほほほほほ!!』

『良《い》いな、今のはポイントたかいぞ。「信心組織」から「資本企業」にシフト！　さあディールで良《い》いのか、うけわたしするぞ、他にアピールしたいものは!?』

『えぇー？　もうちょいねばった方がねんりょうかかくが上がるって？？？　それでヤラれちゃいみないっしょ！』

『カミのおぼし召しですッ！　さいしんえいのだい2せだい、今ここにチャンスがころがり込んできたのはただのぐうぜんではありません!!　パラサイトプランという文字をぶんかいしてならべかえてみましょう。我々はこのチャンスをむだにしてはならない!!』

『……どいつもこいつも、おもしろいようにふり回されてばかり……』

　メッチャクチャであった。

『南十字の死神作戦』で多国籍軍共通のチャンネルを仮設したためか、あっちこっちからひっきりなしに音声報告が飛んでくる。

運転席で舌打ちするクウェンサーは、とにかく遠くへ目をやる。

見知った機体を見つけた。

『ベイビーマグナム』。別れる前から半死半生であったが、今も複数の機体に翻弄されている。どうやら同じ『正統王国』軍の『エスカリヴォール』は出撃準備に手間取っているらしく、現場に顔も出していない。

結局、争奪戦そのものに反発しているのは『正統王国』軍だけか。彼女はいがみ合う巨人達の中で、みんなの敵として扱われている。武器商人の造ったイリーガルな第二世代『ギャングスター』よりも、だ。

弱い者を見つけて大勢で叩《たた》く事で、自分がビリになるのを避ける。それを正しい行いだと錯覚させる。経済や金融分野における冷たい弱肉強食。グリノフ＝クォーターデッキによる利と害の人心掌握術。

耳で聞いているだけでは足りない。

今のままではお姫様が保《も》たない。騒ぎの中心に『ギャングスター』が居座り続ける限り、多国籍軍は延々振り回されるし、正しい事を主張しているはずのお姫様が袋叩《ふくろだた》きにされる状況を覆《くつがえ》せない。

正論が通じないならそれでも構わない。パラサイトプランに武器売買？　薄汚いロジックに従ってやるとクウェンサーは心に決める。

台風の目をズラす必要がある。

何としてもお姫様を助けるため、クウェンサーは無線機のスイッチに指を掛けた。

狙いは一つ、

「ばっかやろう‼　まだそんなに浅い所でのたくってんのかおほほ‼」

『なっ、あ……⁉』

「どこに投資するかはそっちの自由だがな、結局ウッドストックのオブジェクトが手に入らなければ突っ込んだ巨額の分だけ全部焦げ付くぞ。オブジェクトの砲撃一発でいくらかかると思っている⁉　大国の戦争なんて札束詰まったアタッシェケースの投げ合いしているもんだって自覚くらいはあるんだよな！　これはアンタの選択、アンタの責任だ。払えば払うだけハイリスクなギャンブルに首突っ込んでるって理解できてるんだろうな。新聞紙アイドルに段ボール令嬢、後は発泡スチロール聖女の皆々様め‼」

『クウェンサー……？』

兵器、弾薬、燃料、人件費。とにかく戦争は金がかかるものなのだ。

あるいは犯罪組織から没収できる金品に期待して。

あるいは近くにある塩湖の資源を狙って。

あるいはＰＶ撮影の素材集めとして。

あるいは成果を示す事で犯罪撲滅用の国際基金に手を突っ込んで大金をせしめるために。

……何しろ、国を相手取る通常の『クリーンな戦争』とは違うのだ。薄汚れた犯罪者をただ叩《たた》くだけではお金なんて手に入らない。そして誰も借金なんかしたくない。四大勢力は様々な皮算用をした上で、帳尻が合うときちんと確かめてから、今回の戦争に臨んでいるはずだ。

それが、成立しなくなるとしたら?

あらかじめ見込んでいた収益がなければ、先に払ってしまった大金は戻ってこない。後はもう小麦の先物取引だのマンションの転売だのと一緒だ。甘い見積もりで先行投資した分はそのまんま全額焦げ付き、安全地帯にいたはずのお偉いさんの首が切り飛ばされていく羽目になる。

「ちなみにおほほ、同じ『情報同盟』の『パーフェクトレンジ』はどこ行った? 吹っ飛ばされて鉄クズにされたとしたら、ここから取り戻すのは相当骨だぞ」

責任は、誰が負うべきか。

いよいよ死の椅子取りゲームが顔を覗《のぞ》かせてきた。

『ほ、おほほ何を馬鹿な! モラルやヒロイズムだけでかたれるほどせんそうはかるいものではございません。まけおしみはけっこうですが、そのようなゆさぶりにどうじるとでも……』

「はい笑ってー」

クウェンサーは無視して携帯端末を操作した。後ろ手で縛った大物武器商人と一つの画面に収まってパシャリ、疑惑の一枚を多国籍軍のデータリンク上にアップロードしてしまう。

「グリノフ＝クォーターデッキの捕獲を確認。こいつの喉かっさばいてもウッドストックは取引を継続できるかな？　全ての武器取引にはグリノフの承認が必要なんだ。相手はどこまで行っても犯罪組織、現場の口約束なんか誰も守らないぞ。アタマが館《やかた》にいないのに、一体どこの誰が決済のサインをするって言うんだ⁉」

8

戦場に激震が走った。

『南十字の死神作戦』は新たな局面に入ったのだ。

地図データ上の小さな光点一個がグリノフ＝クォーターデッキの命を握っている。ヤツが刃物や拳銃を使って大ボスを脅したら、これまで四大勢力が続けてきた求愛ダンスなんか無視して一発でウッドストックのオブジェクトが売却されてしまうかもしれない。

四六時中電波の飛び交っている大都会ではない。無線の発信元を突き止め、最優先で保護するなり撃破するなり決断する必要が出てきた。

実に様々な情報と思惑が錯綜《さくそう》していた。

例えば、だ。

「こ……」

『正統王国』軍の整備基地ベースゾーンではフローレイティア＝カピストラーノがわなわなしていた。

多国籍軍編成なので、互いの基地も隣接している。いつ戦争条約を無視して直接侵攻があるか分からない。基地司令官クラスがカービン銃を手放せないような常識外れの状況だが、そんなのを無視して銀髪爆乳はこう叫んでいた。

「このメイドは一体どこの誰だ⁉　何故《なぜ》我々の装備を手にしている、クウェンサーの個別番号だが……拾い物か？　とにかく至急調べさせろ‼」

丸々太ったハエまみれの砂漠で這いずっていたヘイヴィア＝ウィンチェル上等兵は、うっかり砂の中から覗《のぞ》いているモノと目が合ってしまったどんより悪夢モードのミョンリを引きずりながらも、携帯端末の画面を見て目を剝《む》いていた。

「伝説のメイド、だと？　何故《なぜ》ここに⁉」

『情報同盟』軍の整備基地ベースゾーンでは、銀髪褐色のレンディ＝ファロリート中佐が、決して世界的アイドルとしてプロデュースしている少女に聞かれてはならない声を洩《も》らしていた。

「このメイド……できるッ!!」


そして、だ。

四大勢力の全てが同時に吼《ほ》えた。

「東欧の修道院ホテルにも現れた聖女が今一度⁉　勝利の女神は微笑《ほほえ》んでいる。これは、この戦争はもらったあ!!」

9

(……しまった、クウェン子ちゃんのままだったな)

今さらのように気づいたクウェンサーだったが、もうアップロードしてしまった後だ。SNSの誤爆みたいな状況に頭を抱えている場合ではない。

ざわり……!!　と。

明確に、戦場全体の殺気の『向き』が変わる。一機五〇億ドルの巨人どもが、足元を這《は》い回《まわ》る小虫へ注目を集めていく。殺しの矛先が、動く。

「……流れを変えられるとでも思っているんですか」

助手席では、後ろ手に縛られたまま、筋骨隆々のひげ男が鼻で笑っていた。

「もう何も変わらないんですよ。四大勢力に縛られない世界を作ろうとした結果がこれだ！　あなたは自分で自分の可能性を潰《つぶ》したんです。そんなあなたに一度始まったオブジェクトどもの暴走を止められるものか……!!」

窓も砕け、摂氏四〇度の空気に支配された運転席から一発ぶん殴ったが、グリノフは止まらなかった。

「……ハワイ方面で何を見てきたんです？　あるいは旧態から独立しようと足掻《あが》いていた東欧の観光地は？」

「……、」

「純粋な悪なんかどこにもいない。ただ俺達はてっぺんに居座って巨額を貪《むさぼ》る脂肪の塊どもとは違った道を歩みたかった。それだけだったんですよ！　四大勢力が決めた法律や国際条約なんて信じられなかった。だからそれとは別のルールを一から構築してみた。コインの裏側へ張り付くようにして!!　単純に殺した犯罪者の数なら世界中の警察よりも俺達の方が多い。善か悪か？　馬鹿馬鹿しい、そんな線引きで全てを決めて好き放題命まで奪えるなら、俺達は正義の側に立っている事になりますが!?」

「だからどうした。くびきから外れたクレバーな自分達は何をやっても許されると？　アンタらのわがままで何人死んだと思ってる⁉　解決済みの体裁を整えたヒナの件だって、実際に本当のところはどうだった。生きたままサメに喰《く》われて処刑された彼女の両親が戻ってきた訳じゃない‼」

「ウッドストックはですね、血塗られた森の木々を切り倒して作った部品を組み込んだ銃器を売って世に混乱をもたらす組織だったんです……」

奇妙な笑みだった。

どこに触っても即座に破裂する、限界まで膨らみ切った風船のような。

「合同軍事演習とかで、どこが撃った砲弾か分からないですって。明確に三万人以上が死んだ、何の罪もない人達だったのに！　結果は疑わしきは罰せず、あれだけの虐殺があっても誰一人逮捕も投獄もされませんでした。二ヶ月もしたらみんな忘れましたよ。トップニュースは動物園のパンダがカワイイってね‼」

「お前は……」

「俺の夢は全てを暴いて公表する事でした。国だ政府だに押《お》し潰《つぶ》されない、強烈な『力』が欲しかった。ですが実際には力をつければつけるほど足を引っ張られ、真実は封じられていく‼　どんなに肥大しても、膨れ上がっても。あなたの夢は何ですか？　それが何であれ、力があってもなくてもいずれこんな道を進むだけですよ。ここはっ、そんな世界なんだよ‼」

東欧、密猟組織の『象牙の園』を追い駆けていた時に見かけたものがあった。

不自然に焼け落ちた、黒い森。

「……、」

ガォン!!　と。

電気自動車は分かりやすい効果音をつけて段差を跳んだ。

「……一体誰を恨んできた？　今やお前もその虐殺者だ」

「もうすぐ、あなたもね」

ズタボロにされた円形農園を越えた。その先はきめ細かい砂でできた、起伏の激しい砂漠だった。得体の知れない無人の小屋に、何故《なぜ》だか所々不自然にハエがたかる『死の空気』が充満した熱砂の大地。基本的にプログラム任せだが、これまで以上に車が横滑りする印象だった。氷の上とはまた違う、独特の恐怖がクウェンサーの胃袋の辺りを摑《つか》み取《と》る。

グリノフ自身はどう思っているだろう。

人を出し抜き、自分の正しさを訴えようとした結果、自分の家族にすら明かせない秘密を山ほど抱えて、その全てを砂漠に埋めるしかなくなった。

ベッドの上ではのた打ち回っているのか、もはや眉も動かさないのか。

「ようこそ、オーバーへ」

死の宣告のような一言だった。

筋骨隆々のひげ面《づら》、全身に特徴的なタトゥーを入れた大男は、奇妙に神経質な声でそう宣告したのだ。

「ここはもはや世界の果て、四大勢力の外側です。どんな理不尽だって許される。一足す一が二にならない世界は残酷ですよ。白が黒になる瞬間を目の当《ま》たり《あ》にして震えるが良《い》い……」

いっそスタンガンでも浴びせてやろうかと思ったクウェンサーだったが、それより早く状況が動いた。

ドッッッガッッッ!!!!!! と。

大地が丸ごとめくれ上がった。まるで巨人がやらかしたちゃぶ台返しに巻き込まれたように、ダイナミクスEV、グレード500sが真横にひっくり返る。

「があああッ!?」

元から窓は砕けていた。大量の砂が押し寄せる中、危うく首をやられそうになるが、逆さになったままのたうち回っている暇もない。こちらを狙ってきたオブジェクトがいる。クウェンサーはとにかく助手席のグリノフの肩を摑《つか》んで、後部座席のローザに声を掛けると、役に立たない元フロントガラスの辺りから表に飛び出す。

摂氏四〇度の地獄、直射日光が突き刺さる。もはや灼熱《しゃくねつ》の砂漠を自分の足で進むしかない。

（……あと五キロ。だけど整備基地ベースゾーンには届かない……‼）

すでに影が覆《おお》い被《かぶ》さっていた。

一番乗りはやはり、

「……『ラッシュ』‼」

『あら。おほほ、なかなかのぞざいですが、一体どなただったかしら？　これがネットをさわがせている「でんせつのメイド」？　……いえまちなさい、そんなバカな、このせいもんは……いえいえ、何かのエラーのはず……』

よもやオブジェクトの高感度カメラでも未《いま》だにクウェン子ちゃんの正体がバレていないとは。半ば自分に感心しながら、クウェンサーはグリノフの背中に回って腕一本で傷のある首を絞めつつ、ヤツの鼻の穴にボールペン状の電気信管を容赦なく突き刺した。

「グリノフ＝クォーターデッキはこっちの手にある！　こんな信管一つでも悪党の脳みそくらいは吹っ飛ばせるぞ。オブジェクトの火力は強大だけど、警察系のスナイパーみたいに俺の頭だけぶち抜く事はできないだろう⁉」

『おほほ、「でんせつのメイド」のオレっ子ちゃん。オブジェクトを甘く見るのはいただけませんわね。せっかくのぞざいなのにもったいない、口の利《き》き方《かた》には気をつけなさい、ＳＮＳでだいちゅうもくの炎上アイドルにでもなりたいんですの』

波打つ砂漠の向こうから、『情報同盟』系の軍服姿が塊で顔を出した。こちらに向かって近づいてくる。『ラッシュ』が睨《にら》みを利《き》かせている間に、小回りの利《き》く歩兵達が取り囲めばチェックメイト。理想的だが、クウェンサーにはある種の確信があった。

何故《なぜ》、ダイナミクスEV、グレード500sは迂回《うかい》するように波打つ砂漠の尾根に沿って遠回りしたのか。

「下がらせろ」

『おほほ、なぜでしょう？』

「でなけりゃ悪夢にうなされるぞ」

短い悲鳴があった。

こっそり埋めた地雷がナビのマップに登録される事はないだろう。歩兵達が足を取られたとしたら、何かしらの天然のトラップだ。例えば、底なし沼のような流砂など。

変にハエがたかっているから怪しいとは思っていたのだ。

バラバラになった腐乱死体と同居するとは、合理主義の『情報同盟』兵とはいえ笑って受け入れられるものではないだろう。

「ローザ」

助けを求める『情報同盟』系の歩兵達に軍用犬がひっくり返った四駆から引き出したと思《おぼ》しきウィンチのワイヤーを口で咥《くわ》え、アリジゴクへ放っていた。それ以上は何もできない。こちらも命を狙われている身の上だ。

「……歩兵は頼れそうにないな。その大砲でグリノフを救って恩を売れるならやってみろよ」

『ほ、おほほ』

「『南十字の死神作戦』だ？　全ての取引にはグリノフの承認がいる、万が一こいつを消し炭にしたらビジネスは全部吹っ飛ぶぞ。主砲一発でアタッシェケース何個分だ。ここに来るまでいくら突っ込んできた？　全部大赤字の借金地獄って事で構わないのか、新聞紙アイドル⁉」

『チッ‼』

無線越しに、明確な舌打ちがあった。

ぐりんっ‼　と『ラッシュ』が一八〇度真後ろへ振り返る。後からやってきたのは『信心組織』辺りの第二世代か。

『おほほ、けっちゃくは我々「情報同盟」ぐんが行います！　ノロマな2ばんて以下は下がってろ‼』

『けっていは人のいしで下せるものではありません。全てはみこころのままに。さあ、カミにいのりましょう！　成功にせよ、しっぱいにせよ、そこには必ず大きないみがあるはずなのです‼』

『このっ……じかせいさんののうないまやくジャンキーがあ‼』

バォン‼　とエアクッションを噴かして、二機が無意味な衝突を始めていた。

ごくりとクウェンサーは喉を鳴らす。

騒ぎの中心は『ギャングスター』からクウェンサーに移った。彼を軸にオブジェクト同士がぶつかる状況になってきたのだ。まるで得体の知れない呪術、リップサービス一つで戦争の流れが変わって人の命が散る。グリノフを盾にしたまま、メイド服の学生はじりじりと後ろへ下がり始める。

残りは五キロ。

砂漠を渡れば、『正統王国』軍の整備基地ベースゾーンが待っている。そこまでグリノフを連れていけば、もうビジネスなんかに振り回させない。司法取引でも拷問地獄でも良《い》い、とにかく『ギャングスター』が口約束でチラつかせていたビジネスを『正式に』破棄させる。

「お姫様、全体の布陣が切り替わるぞ。混乱の隙を突いて離脱しろ！　こっちの事はこっちでやるから無理して支援する必要はない!!」

『クウェンサー、どこにいるの？　しきべつをはっきりさせないとながれだまに当たるっ!!』

「……無駄な事です」

「黙れグリノフ、お前は歴史を変える猛将でも軍師でもない。俺達にとってはただのハンコの一つに過ぎないんだ！」

「妥当で、無難で、安全な選択を重ねていけば自分は助かるとでも？　ここは、一足す一が二にならない、オーバーですよ。他者を出し抜き、ルールを逸脱するほどに、むしろ死神の輪郭はくっきりと表れる……」

「次はケツの穴に信管突き刺して欲しいのかっ黙ってろッ!!」

ごんごんごんごん、という低い音がクウェンサーの耳というより足元の砂漠全体を揺さぶっていた。

直近で小競《こぜ》り合《あ》いを続ける『情報同盟』や『信心組織』と比べると、音源はかなり遠い。

明かしたかった真実を上から押さえつけられて原形を失った武器商人ウッドストック。彼らが積み上げた第二世代『ギャングスター』。

近接向けのはずだった。

死角封じの一環なのか、機体の周囲にはハエのように遠隔照準用の無人観測機が大量に飛び回っていた。機械のくせにどこか死臭を連想させる、武器商人のオブジェクト。主砲は右手側のコイルガンと連速ビームを使った二連ショットガン。細かい狙いなど期待されていない、そういう設計のはずだった。

そして気がつけば、後ろ手に縛られて盾にされている筋骨隆々のひげ男グリノフがモニョモニョ口を動かしていた。音は出ていない。だが目線や読唇術《どくしんじゅつ》の組み合わせさえできれば超望遠のズームで観察するだけで、意思伝達は成功していたはずだ。

「何を伝えた……？」

もはや鼻血が出るほどの勢いでボールペン状の電気信管をねじ込みながら、クウェンサーは耳元で吼《ほ》えた。

「一体あの化け物に何を伝えた、グリノフ⁉」

「二〇ケタのランダムな英数字。生体認証が使えない時のための、緊急用の仮承認コード……」

「まさか」

「……武器商人ウッドストックは、グリノフ＝クォーターデッキというカリスマに支えられた犯罪組織です」

全身の力が抜けていた。

全てを諦めた者は、ある種の恍惚《こうこつ》に包まれるものなのだろうか。

そう。

こいつは最初にクウェンサーの手でスタンガンを使ってダウンさせられた時も、迷わず自分の首を切っていた……‼

「ヤるなら消し炭一つ残さないように。確たる証拠さえ出なければ、いくらでも生存説を主張できます、とね」

それ以上は言葉にならなかった。

とっさにむさ苦しい筋肉男のグリノフを突き飛ばし、足元にいた軍用犬のローザに覆《おお》い被《かぶ》さるようにして砂漠に伏せる。

直後だった。

人質救出など考えず、重金属の雨の中を電子ビームが乱反射するような格好で。

全てが横殴りに襲いかかってきた。

10

全身が、だ。

みしみしという鈍い痛みを発していた。まるで軟骨という軟骨を瞬間接着剤と交換されたみたいだ。まず動かすのが大変だし、無理をしたところからボキリと折れてしまいそうだった。

冷や汗がすごい。

摂氏四〇度の砂漠という場所さえ忘れてしまいそうだ。

「……ローザ……」

呻《うめ》くように、クウェンサーは息も絶え絶えに声を洩《も》らす。

とっさに射線上に『ラッシュ』が重なる方向に跳んだつもりだったが、果たしてどれくらい効果があったものか。

「無事か、ローザ」

くうん、という弱々しい鳴き声が返ってきただけでも幸いか。

軍用犬の防弾ジャケットには不自然なへこみがあった。石の破片でも当たったか。

辺り一面の砂漠。そのあちこちがオレンジ色に溶けていた。冷えて固まれば濁った色のガラスになるだろう。波打つ砂漠の地形そのものもメチャクチャにされている。

「……野郎、ほんとに自分で自分のボスを殺したのか……」

グリノフ＝クォーターデッキは『消えた』。ゴッドファーザーの生体認証がなくても取引のできる、二〇ケタの仮承認コードも継承されてしまった。現場の『ギャングスター』からの口約束を否定できる者はいなくなった。

これでもうパラサイトプラン、薄汚れたビジネスは誰にも止められないのか。四大勢力のオブジェクトは無用ないがみ合いから脱する事もできず、共食いで沈んでいく未来しかないのか。

武器を売って莫大《ばくだい》な富を手に入れ、既存勢力のピラミッドを出し抜いて我を通す。

考え方次第では、オブジェクト設計士を目指すクウェンサーの先達《せんだつ》。

その死。

閉じた未来。

（いいや……）

「まだだローザ！　そこに転がってる生首持ってこい!!」

わふっ！　という鳴き声と共に、ローザが煮えたぎる砂の水たまりを避けて走る。ボール遊びにしてはあまりに悪趣味だが、ここに光明があった。

やはり散弾兵装。

中遠距離では狙いは大雑把だ。グリノフ＝クォーターデッキは即死して蒸発したが、体のパーツがいくつか焼け残っていたのだ。『ギャングスター』のエリートも手足の先を奪われたくらいなら『生存説』は唱えられるかもしれない。だが首となれば話は別だ。脳と心臓は決定的過ぎる。整備基地ベースゾーンまで持っていけば、グリノフの死亡を証明できる。カリスマさえなければ武器商人は空中分解するし、現場の口約束なんて担保は何もなくなる。オブジェクトの操縦士エリートは仮承認コードを継承しているが、仮は仮だ。グリノフ本人の生体認証を覆《くつがえ》すほど大きな力を持ったものではない。

（球体状本体やフロートには副砲もあったはずだけど……そもそもイリーガルで不自然な経緯を辿って造られた第二世代。木っ端《こっぱ》の対人兵装なんて考慮もしていないか）

そう。

グリノフは内耳の形を計測する方法を使っていた。

頭部さえ残っていれば、耳にイヤホン突っ込んで生体認証をパスする事は可能なのだ。

仮承認コードとゴッドファーザーの正式コードなら、こちらの方が権限は高い。

まして、グリノフ＝クォーターデッキを直接殺害したエリートの言葉など誰が信じるものか。

ヤツは忠実で、グリノフの命令に従っただけかもしれない。だけど死んだ大ボスは操縦士エリートを庇《かば》ってはくれない。

ヤツにとっても崖っぷちだ。

『ちょ、グリノフの……あたま⁉　私はどうすればよろしいんですの⁉』

「これでもまだまともなビジネスが続くと思ってんのか？　ここから先、『南十字の死神作戦』は最下位争いだ。これ以上アタッシェケースの投げ合いに大金を突っ込むか、ヤケドが小さい内に手を引くか！　自分で選べよ新聞紙アイドル‼」

このままだと流石《さすが》にグロいので、クウェンサーはひっくり返った電気自動車から引っ張り出した陽射し除《ひざよ》けの断熱シートでひげ頭をくるんで抱え直す。

「これは経済ショックだ、馬鹿に振り回された段階で負債を抱えるのは四大勢力みんな一緒。少なくとも儲《もう》けはありえない！　その上で、一番借金を小さくまとめたヤツが勝ち組になる‼　保険業務のロジックだ、他人の不幸だって考え方次第じゃ自分の利益にできる。相対的に考えろよ、笑って終わらせたいだろ、四つの枠組みの中でビリにならなけりゃ戦争的には勝ちなんだ‼」

『ええいっ、この私が、アイドルの私がっ、何だかアマチュアのメイドから良《い》いようにあごでつかわれている気もしますが‼』

「言う事聞けよお嬢ちゃん、悪いようにはしないから」

ひっくり返った車は元に戻せない。生首抱えたメイドがシェパードと一緒に死の砂漠を走るという悪夢のビジュアルがお披露目される。

当然ながらクウェンサーを追う影もあった。グリノフの死を証明されたくない『ギャングスター』に、彼らの技術を未《いま》だに狙う『信心組織』。

ところで、今の通信は多国籍軍共用のデータリンクでやり取りしていた。

つまり『味方扱い』の四大勢力全体に伝わっていた。どちらにつくのが利になって、戦場全体の勝敗条件がどう変化していったのか。それも全軍に伝播《でんぱ》していった事だろう。

思考時間はおそらく数秒だったか。

そして状況が変化する。

ぐりんっ!! と。

『正統王国』、『情報同盟』、『資本企業』の鉄塊が『ギャングスター』へと対峙《たいじ》したのだ。

むしろ『信心組織』軍が未《いま》だに武器商人についている方が不思議なくらいだったが、ヤツらは成功も失敗も神の思し召《おぼめ》しとかいうナゾの戦術判断を展開させていた。よって最初に決めた方針を徹底的に貫くつもりなのだろう。

これで三対二。

お姫様はほぼ瀕死《ひんし》なので、実質は二対二と見積もっても良いかもしれない。

ハエみたいに大量の無人観測機をまとわりつかせる『ギャングスター』は分厚い雷雲の中で

の初手では数の不利を単体の実力で覆《くつがえ》していた。まだまだ趨勢《すうせい》は決定していないが、少なくとも周りがみんな敵だらけで袋叩《ふくろだた》きにされる展開よりは一〇〇倍マシなはずだ。

ここはオーバー。

一足す一が二にならない、白が黒になる理不尽な世界だとグリノフは繰り返し言っていた。ヤツが血まみれの森でどんな現実を突き付けられたかは、四大勢力の中で保護されているクウェンサーには想像もつかない。それでも、世界は徐々に気づきつつあるのだ。犯罪組織に振り回されてもろくな事にならないという、当然と言えば当然過ぎる答えに。

絶やす訳にはいかない。

いつものレールへ戻るためには、絶対に。

「はあ、はあ……！」

たかが五キロ、されど五キロ。砂浜みたいにきめ細かい砂に、波打つような起伏。熱砂の砂漠を進むのは、アスファルトの上とは全く感覚が違う。人質を丸々引きずって進むよりは大分楽になったはずだが、こんな状況でなければ七面鳥の丸焼きよりもかさばる不気味な生首などとっくに放り出している。シェパードのローザの方が難なくクウェンサーを追い抜き、頻繁にこちらを振り返って待ってくれるような構図が続いた。

クウェンサーとしては、お姫様さえ無事なら後はどんなオブジェクトがどうなろうが知った事ではない。

とにかくグリノフ死亡の物的証拠となる、大ボスの首を自前の整備基地ベースゾーンまで持ち帰れば戦闘の流れを決定づけられる。

（もう少し……）

疲労は限界に達していた。

油断していると太股《ふともも》もふくらはぎもケイレンでも始めそうであった。

（あと少し!!）

ゴッッッ!!!!!!　という凄《すさ》まじい爆音が、そんな甘い見積もりを粉々に吹き飛ばした。

横合いからの一撃だった。怯《ひる》んだ時には、目の前の砂漠を横切るようにオレンジ色の大河ができていた。鉛のコイルガンと電子の連速ビームがいっしょくたになった、乱反射の一撃。これでは最短距離を進めない。一口にガラスと言っても色々あるが、純粋なケイ素だけと考えると摂氏二〇〇〇度近くになるはずだ。整備基地ベースゾーンまでもう少しなのに、ここで足止めだ。

あまりの破壊力は、自前の無人観測機すら落としてしまうのか。

灼熱《しゃくねつ》の砂の大地にいくつか、矢羽にも似た模様でびっしり覆い尽くされた『ギャングスター』の『羽の生えた耳目』があちこちに墜落している。空を飛んでいる時はスケール感があまりピンとこなかったが、どうやら軽自動車よりも大きいようだ。

「くっ……!!」

ごんごんごん、という低い唸《うな》りがあった。音源は横合い。意外なほど近くに『ギャングスター』は迫っている。

木っ端《こっぱ》の人間相手に、容赦なく主砲の散弾兵装が向けられる。どうしても、どうあってもグリノフ死亡の確たる証拠を地球上から消し去りたいのだろう。

「ローザ!!」

波打つ砂漠を転がるようにして、大きな起伏の上から滑り落ちていく。爆音と閃光《せんこう》。莫大《ばくだい》な砂の山は、吹き飛ばされずに融解されていたはずだ。つまり盾にできる。

しかし何発も耐えられるとは思えない。

砂に刺さったまま、半ばから折れた大きな無人観測機の残骸、その一つを見下ろす。

ちょっとしたベッドよりも大きな塊の断面から、砕けて千切れた銀色の金属塊が熱砂に散らばっていた。

(鉄、じゃないな。アルミ、銀、いいや……)

「うっ、何だっ⁉」

レンガくらいの小さな塊の表面をなぞり、試しに拾い上げてみようとした時だった。ずんっ！　という異様な重さに腰をやられそうになる。片手では持てないほどの重さだった。

比重が違う。

鉛では足りない、銀でもこんなではないはずだ。

クウェンサーの頭に浮かぶ限りだと、

（プラ、チナ……？　何でこんなものが……っ）

「いや違う、グリノフの屋敷《やしき》にあったイミテーション合金か？」

だが、それにしても。

プラチナにとことんまで似せているなら、比重はおよそ二一・四。一リットルの牛乳パックに詰めると二一・四キログラムになる計算だ。迂闊《うかつ》に片手で持ち上げようとして腰を痛めそうになるのも頷《うなず》ける話だろう。

しかし、重ねて疑問が生じる。

何故《なぜ》？

陸海空、どんな乗り物にしても設計の基本は『軽くて丈夫』だ。エンジン、モーター、風を受ける帆、動力源に何を選んだところでその力は一定。となると、いかに重量を減らして動力を前に進む力として活用するかがカギとなる。

オブジェクトが二〇万トンの巨体となってしまったのは、『核の時代を終わらせる』ため、必要なものを必要なだけ詰め込んだ結果だ。あれはあれで無駄のない完成形である。

自分から。

わざわざ錘《おもり》をしこたま積み込んで重量を増やす理由は何だ。金持ちの道楽で要所に金細工をあしらうのとは事情が違う。改めて断面を覗《のぞ》き込《こ》んでみれば、軽自動車を超えるサイズの無人観測機の大部分はイミテーション合金の錘《おもり》のようだった。

(いざとなれば重量を活《い》かして突撃させる前提だった？　水素を吸着させる性質を利用している？　いいや、それなら鉛とかチタンとか、もっと安価で効果的な素材がいくらでもあるはずだ。そもそもイミテーション合金はイミテーションだ。似ているのはガワだけであって、あらゆる性質がプラチナと一緒って訳じゃない。比重二一・四。ウッドストックの連中は、タングステンや劣化ウランみたいに、イミテーション合金の持つ重さそのものに魅力を感じている……？)

おんっ、とすぐ傍《そば》でローザが吼《ほ》えた。

こんな隠れる場所を探すのが難しい砂漠で突っ立っていても良いほど、この戦場は甘いものではない。分かっている。それでもクウェンサーは思考を止められない。

ここは見逃してはいけない部分だ。

絶対に。

(考えろ……)

『ギャングスター』はいくらでも回り込んで多角的に砲撃を撃ち込めるし、たとえハズレでもオレンジ色の死の川は広がっていく。適当に乱射されるだけでもクウェンサーは溶けたガラスに取り囲まれて身動きを封じられてしまう。

幸い、ビジネスは半ば崩壊している。周りのオブジェクトも利害が一致する限りは『ギャングスター』と戦ってくれる。クウェンサーが爆弾抱えてヤツの懐《ふところ》へ飛び込む必要はない。弱点は？　『ギャングスター』を一発で吹き飛ばす弱点はどこにある⁉

（あらゆる迷彩、欺瞞《ぎまん》、遮蔽《しゃへい》を見破る完全無欠の索敵装置、ブラインドキラー。だけどそんなに便利なものなら、そこを軸に機体全体が組み上げられているはず。雷雲の中での衝突を思い出せ。ヤツは何で数の差を覆《くつがえ》せた？　散弾兵装？　そいつが一番効果を発揮するのは⁉　複数方式を採用すればそれだけ整備維持に金がかかるはずなのに、わざわざ主砲を上下二連で同時に撃ってくるのは⁉　視界は遮られ、辺り一面帯電していてレーダーもまともに使えなかったはずだ。ハエみたいに群がる無人観測機の意味は、こいつに詰め込まれていた大量のイミテーション合金は何を意味する⁉）

ずざざっ‼　という派手なスリップ音と共に、大量の砂がサーフィン動画みたいに押し寄せてきた。

『クウェンサー！　どこにいるかしらないけど、ちずを見て。みちを作る‼』

『ベイビーマグナム』だ。彼女が静電気式推進装置をわざと地面に擦《こす》ってでも、砂の山をオレンジ色の大河に浴びせていた。砂を被《かぶ》せるというのは最も原始的な消火手段の一つだが、だからこそ、物量さえ確保できればかなりの効果を期待できる。規模は違っていても、理屈は焚《た》き火《び》の炎と同じだ。ようは熱が伝播《でんぱ》する勢いより分厚い砂の層を被《かぶ》せてしまえば、その上を歩いて渡れるようになる。

（イイ女過ぎるけど無茶し過ぎだ‼）

当然邪魔者には『ギャングスター』の二連散弾兵装が向けられる。コイルガンに連速ビーム。中長距離でもあの威力だったのに、本領発揮の至近で受けたらどうなるか。ただでさえボロボロのお姫様は次クリーンヒットをもらったら動力炉が吹っ飛ぶかもしれない。

賭けるしかなかった。

クウェンサーは無線機のスイッチに指を掛けて、

「レールガンかコイルガンだ！　足元の砂を撃てえっ‼」

目晦《めくら》ましのような一撃だった。

『ベイビーマグナム』の正面で入道雲みたいな砂の塊が膨らんで、地面の衝撃でクウェンサーはひっくり返った。

しかし関係なかった。

直後に分厚い砂塵《さじん》を引き裂いて、恐るべき散弾兵装がお姫様へ襲いかかった。

11

回避不能。

すでに中破状態だった『ベイビーマグナム』の装甲表面で、大量の火花が散った。

まさに直撃。

散弾兵装が一番威力を発揮する、至近からの一撃。

しかし。

しかし。

しかし。

『……？　……』

恐る恐る、といった調子だった。

まともに散弾の雨を浴びたお姫様から、こんな声があった。

『生きて、る？』

疑問を解消したいのは悪党も一緒らしい。水平移動し、別の角度から『ギャングスター』が二連式散弾兵装を再び解き放つ。金属砲弾のコイルガンと電子加熱系の連速ビーム。複数方式を同時に解き放つ事で、特化した装甲でも対処不能な死の嵐となるはずだった。

だが。

それでも、だ。

「お姫様、もう一回だ」

摂氏四〇度の砂漠で、膨大な熱砂が舞い上げられる。

バチュンッッ‼　という激しい擦過音と共に機体表面でオレンジ色の火花が咲き乱れるが、

それだけだ。あんなに凶暴な散弾兵装が、機体内部まで食い込めない。表面で弾《はじ》かれてしまう。

『……なに、が、ですの……？』

「集束率だ」

クウェンサーは囁《ささや》いた。

「散弾兵装がゼロ距離で威力を発揮するのは、ばら撒《ま》かれる弾体を全部浴びる羽目になるからだ。一方で中遠距離では小粒な弾体をいくつか受けるだけだから、即死級のダメージにはならない。ダメージは分散されてしまう。……それじゃあもったいないと考えたんだな。鉛の散弾で電子ビームをわざと乱反射させ、扇状に広がる散弾の集束率を最適に合わせる機能があったんだ」

あらゆる索敵装置が使い物にならなくなる分厚い雷雲の中での衝突だった。

にも拘《かか》わらず、『ギャングスター』は一方的な殺戮《さつりく》を行った。

具体的に、どうやって？

そしてそれだけ一方的な状況だったはずなのに、実際に『ギャングスター』は戦場を縦横無尽に走り回っていただろうか。

いいや、そうではない。

散弾兵装にとって最も有効なのは、もちろん至近距離まで肉薄しての一撃。だけど『ギャングスター』は無理して狙ってこなかった。

『ギャングスター』自身が大きく動き回っていた様子はなかったはずだ。ヤツは一方向から主砲を連発し、散り散りだった多国籍軍のオブジェクトを次々と爆破していった。至近まで肉薄しなければ最大威力を発揮できない散弾兵装にしては奇妙な話だった。ヤツは中遠距離でも対応できる手段を構築していたのだ。

雷雲の中と言えば、だ。

「なら『ギャングスター』はどうやって標的との距離を正確に測るのか？　分厚い雷雲の中では通常視界やレーザー光線は使い物にならない、辺り一面帯電しているからレーダー電波も使えない、超音波ソナーもやかましい雷鳴で以下略！　ああ、ハワイ方面の赤い翼もそうだったな。トランシルバニアのオブジェクトは結局お披露目されなかったけど、やっぱり特殊な照準装置を組み込む癖でもあったかもしれない！　これはウッドストック特有の共通項なんだろう!!」

『けっきょく何なの、クウェンサー？』

決まっている。

ここさえ押さえておけば、恐怖の第二世代『ギャングスター』はもはや張り子の虎だ。

「一見まっさらな砂漠でも、実際には鋭い岩なんかがゴロゴロ埋まってる。この広い砂漠でカーナビが一本道を選ぶのは、そういう障害物でタイヤがパンクしないようにするためだった」

『それが……それが、どうだと言うのですの……？』

「そして地中の密度が変われば波の伝わる速度も変わる。実際問題、丸い地球の中でも砂の大地と鉄鉱石の塊が眠る鉱床では重力にほんのわずかな違いが生まれてくるくらいだ」

つまり、だ。

完全無欠の照準装置。

あらゆる迷彩、欺瞞《ぎまん》、遮蔽《しゃへい》を見破るブラインドキラー。

答えはこうだ。

「重力探査！　巨大な鉄の塊であるオブジェクトそのものが歪《ゆが》める重力の差をあいつは検出していたんだ!!」

ヒントは自らの砲撃で墜落した無人観測機だ。

中にあったのは、錘《おもり》にしてはあまりに高価で不自然なモノ。

グラム当たり二〇ユーロ以上する貴金属の王様、プラチナ。より正確にはそっくりに作ったイミテーション合金だ。

『じゅうりょくたんさ。それって……たしか、こうざんでつかっているヤツだよね』

「ああ。地球の重力は一様じゃない。例えば北極《ほっきょく》と赤道では微妙に値が変わるし、この砂の砂漠のどこかに重たい鉄鉱石の鉱脈があったらそこだけブレるはずなんだ。だから網の目みたいにたくさんはかりを置いて調べていけば、どこか一ヶ所だけ違いが出る。そこを掘れば鉱脈を見つけられるって訳だ」

『おもたいてつ、つまり、オブジェクトも？』

「ちょっと想像が飛躍してる」

クウェンサーはニヤリと笑って、

「おそらく『ギャングスター』の機内には高精度の電子はかりがあるんだ。ものによっては一千万分の一グラムまで計測できる、それこそ犯罪組織が白い粉の面倒を見る時に使う機材がな」

もちろんそれは、単純に重さを量るためのものではない。

はかりを使って計量できるのは物体の重量だけではないのだ。

「ヤツはそれを自分の速度を計る加速度計として利用している。通常であれば進行方向と反対側に慣性のベクトルがかかるだけだ。エレベーターに乗っている時の浮遊感と同じくな。だけど周りに巨大な質量がある場合は、針が振れる。ほんのわずかだけど別のベクトルが合成されて、値が変わってしまうんだ」

『それが？』

「『ギャングスター』の周りを飛び交っていた無人観測機の中には大量のイミテーション合金が積んであった。比重二一・四、本来ならイリーガルな取引現場で相手を騙《だま》すために使うものだよ。何事も『軽くて丈夫』が設計の基本のはずなのにわざわざお飾りをしこたま積み込むなんておかしい。つまり、ヤツには重さが必要だったのさ。それもタングステンや劣化ウランと違って、安価で大量に確保できるイミテーション合金が。遠距離からでも確実に電子はかりを引っ張ってくれる、一千万分の一グラムの誤差に反応を示してくれる程度のずしりとした手応えが欲しいから」

つまり、だ。

「重力を使った変則遠隔照準。『ギャングスター』と無人観測機の間には見えない重力の糸があるんだ。無人観測機が何かに……そう、敵機の重力に引っ張られてわずかに動きがブレると、『見えない糸』を伝ってオブジェクト本体が異変を察知する。言ってみれば、風で髪を煽《あお》られるようなもんさ。髪の毛そのものに神経が走っている訳じゃあない。光線でも、電波でも、音波でもない。万有引力そのもの。こんなもので捕捉されたらどんなオブジェクトでも身の隠しようがなくなる!!」

とはいえ、だ。

あらゆる迷彩や欺瞞《ぎまん》を暴《あば》く重力探査でも、弱点が全くない訳ではない。

「結局、オブジェクトと無人観測機を繋《つな》ぐ『見えない糸』に反応があるかないかでしかない。こんなものは安っぽい風力計と変わらないんだ。とにかく大量の『障害物』を用意して、髪の毛を束のまま摑《つか》んで引っ張って、偽りの反応を大量に表示してやれ！　処理能力を超えた光点は目の毒だ、それで『ギャングスター』はスタングレネードでも喰《く》らったように立ち往生する‼」

初手の時も雷雲や砂埃《すなぼこり》に視界を遮られた。しかしあの時はあくまでも自然現象だ。正確な気象データを事前に入手していれば『雲や砂の流れ』を正確に予測して、あらかじめ誤差修正する事もできただろう。元からこの砂漠に根を張っていた連中ならえっちらおっちらやってきた新参者の多国籍軍と違って、風土由来、衛星気象図だけでは摑《つか》みにくいゲリラ豪雨みたいな突発気象現象にも十分対応できただろう。

だけど今回は違う。

完全に、人為的な妨害工作。

こうなってくると事前予測してフィルターをかける事など不可能だ。

分かってしまえば怖くない。

どれだけ威力が高くても、測距もできない兵器なんて照準の壊れた鉄砲そのものだ。至近、真正面から叩《たた》いても敵を倒せない主砲なんて何の意味がある。戦場でたびたび名づけられる役立たずの称号、鐘《かね》撞《つ》きそのものだ。

『ギャングスター』は上下二連式の主砲の他にも球体状本体やフロートに多数の副砲を備えているが、それでオブジェクトの分厚い装甲を抜かれる心配はほぼない。

「全軍に告ぐ」

クウェンサーは無線機に口を寄せた。

死の宣告を、放つ。

「パラサイトプラン？　素人《しろうと》が作ったツギハギだらけの欠陥兵器欲しさに、まだ自前の札束詰めてアタッシェケースの投げ合いを続けるつもりか？」

戦争の利益とは本当に冷酷だった。

それは善悪を踏み倒してでも状況を利用しようとした、ウッドストック自身が骨身で理解していただろう。

擬態の得意な昆虫が、ドギツい蛍光ピンクの床に放り出されたようなもの。

露《あら》わになれば、嫌悪感《けんおかん》をもたらすグロテスクな『虫の部分』が顔を出す。

ぐりんっ!!　と。

今度の今度こそ、多国籍軍全体が犯罪組織のオブジェクトに矛先を向けた。

ついには、あの『信心組織』軍すらも我に返ってさじを投げたのだ。

もはや自慢の散弾兵装は役に立たず、正規軍ではないから『白旗』の信号など存在しない。

ここはオーバー、『クリーンな戦争』の外側に広がる世界の果て。

『南十字の死神作戦』。

目一杯の自由と引き換えに、安全も存在しないハイリスク・ギャンブル。
そしてピラニアの川に落ちた豚の末路が始まった。

終章

今回も最悪だった。

九死に一生どころではない。分母のところはカンストしている。

摂氏四〇度の砂漠を歩いて整備基地ベースゾーンに戻ってくると、カービン銃を肩で担《かつ》いで細長い煙管《キセル》を咥《くわ》えるフローレイティアに声を掛けた。

「ヘイ、フローレイティアさん。クソ野郎の生首お待ち」

適当に、放り投げる。

武器を売って巨万の富を手に入れ、既存勢力のピラミッドを出し抜いて我を通す。

行き着く所まで行き着いた者の、その末路を。

（……諦めてたまるか）

内心では、だ。

それしかなかった。

だから彼は生き残るための努力を最後まで捨てなかった。

裏技なんて使ってもろくな事にならない。それくらいは分かっている。

自分はあいつとは違う。

投資やギャンブルで全ての人間がそう思っているだろう、何の根拠もない肥大した自意識の産物。それが空虚な幻想であったとしても、すがらなければ自分を保てない。

一方、片手で首を受け取ったフローレイティアは気軽な調子で、

「おっ、ローザは無事だったか」

「正直ヘイヴィアより役に立ちます。餌とオモチャのグレードは絶対上げてやるべきだ」

「一時預かりなのがもったいないな……」

「つかあいつこの一大事にどこで油売ってやがったの⁉　もう一週間くらいメシ抜きで良《い》いんじゃないですか⁉」

「生きていると信じていた辺りはなかなかアツいが、そこまでやったら死んでしまうよ。後で医務室に顔を出してやれ。衛生兵の制服をリニューアルしたのが災いしたかな。新型ナースさんの尻を拝むのに夢中らしくて誰も彼もベッドから降りようとしない」

「……、」

「待てクウェンサー、自分の腹をナイフで掻《か》っ捌《さば》こうとするんじゃない。というかね……」

「はい？　まだ何か？？？」

「お前……まだすごい格好してるな。どうしてメイド服なの？？？」

のげふんと咳払《せきばら》いして顔を逸《そ》らした。全力で矛先をよそへ逸《そ》らす必要が出てきた。愛と正義のクウェン子ちゃんは世を忍ばなくてはならぬのだ！　……さもなくば人気取りで嫉妬に燃えるモニカちゃん辺りから呪われかねない。女子力ですって？　実は生理用品を前にして幼馴染《おさななじ》みの少女と一緒に首を傾《かし》げた事があるのは絶対に秘密だッ!!

「あー、散々ネットを騒がせてきた『伝説のメイド』というのはもしや……」

「その辺にしておきましょうよフローレイティアさん。真実なんて味気ないもんです」

「……てか、そろそろ有志による『伝説のメイド』捜索隊が編成される頃なんだが、お前、どうやって事を収めるつもりなんだ？　過労死寸前の連中にとってはアレが最後の希望みたいだけど」

「バレたら疲れて殺気立ったジャガイモ達に殺されるのでそっとしておいて……!!」

見目麗《みめうるわ》しいメイドの弱みを握ってしまったフローレイティアは、しかし微妙な顔をしている。

いまいち、このチケットの有効な使い方が思いつかないのかもしれない。

今の内に話題をスライドするしかなかった。

「フローレイティアさんこそ、カービン銃？　やっぱり整備基地ベースゾーンの方も混乱あったんですか」

「どさくさに紛れて『情報同盟』の将校でも撃ち殺してやろうと思ったんだがな。お前、ちょっと早く戦争を終わらせ過ぎよ。ああもう、ほんとにあと少しだったのにもったいない！」

まったくこれであった。

戦争の善悪なんて真面目に考えるだけ虚《むな》しくなる。世の中はそれを利用しようとする者達だけで形作られている。ようは、擬態や迷彩のための下地に過ぎないのだ。奇麗に覆い隠せる者しか生き残れない。

あるいは、ウッドストックの方が善悪については純粋に向き合っていたかもしれない。でもだからこそ、彼らは風景から浮かび上がってしまった。結果は明白だ。連中は南米の砂漠に消えていった。

クウェンサーが、貪《むさぼ》った。

「……円形農園の方は？」

「ヤツらなかなか策士よ。勝てないと判断した途端に衛星回線使って動画放送を始めやがった。過程を無視してリアルタイムで結果だけ見せてみろ。仮にあの館《やかた》で火炎放射器振り回して『事後処理』なんかやらかしたら、暇な『安全国』の若奥様が金切り声を上げるでしょう。無抵抗な民間人への虐殺行為には断固反対するとね」

フローレイティアが見積もっていたよりも、実際には非戦闘員のメイドやシスターは多かった。本音を言うと、『事後処理』とやらが実行されずに済んでクウェンサーはホッとする側の人間となりつつある。

やはり現場の空気を知るのは良くない。空気は伝染する。負けている側に感情移入している自覚はあったが、簡単に消し去れそうにない。

そう言えば、子猫やひよこが可愛《かわい》らしく見えるのは、そうした個体だけが親に見捨てられず生き残ってきた、自然淘汰《しぜんとうた》の中でのある種の媚態《びたい》だったか。

ただし、

「……あの中にはパラサイトプランを支え、『ギャングスター』を造った技術集団もいるはずです。そいつらだけは放っておけないでしょう。四大勢力散り散りになって、密《ひそ》かに軍の研究所にスカウトされていたなんて話になったら、結局汚染を止められない。武器商人にとっては、『働き方』が変わったってだけだ。四大勢力に取り入って水面下に潜り、安全な環境で自前のオブジェクトを造るって目的は達成されてしまう」

すでにこれだけの問題を起こした技術者だ。ヒナのように足首に鉄球をつけようがＧＰＳで位置情報をモニタリングするデータ的軟禁状態で管理しようが、それでも裏をかいてくる気がする。一見従順に製造したオブジェクトに得体の知れない裏ＲＯＭやコンピュータウィルスが組み込まれていた、くらいは平気でやりかねない。何しろコトはオブジェクト、問題が表面化してからでは遅いのだ。

カービン銃を雑に肩で担《かつ》ぐフローレイティアは片目を瞑《つぶ》って妖しい口元から細長い煙管《キセル》をそっと離し、

「四大勢力は資金を出し合って重刑務所を造るつもりらしい。誰のものでもない共有地、南極に、共通の国際法のみが機能する、ね。今回、武器商人に振り回されたおかげでどこも赤字を抱えている。主砲一発で札束を投げつけているようなものだからな。不景気対策、毎度の大型公共事業にかこつけて丸儲《まるもう》けして、穴を埋めたいんだそうよ。いやあやっぱり年末ね。勢力をまたいだ共同作業は金の流れが複雑化する。公金使ったロンダリングもやりたい放題だ」

「……、」

「現場では大した演説だった、クウェンサー。しかし雲の上の怪物どもはお前が思っているよりも貪欲《どんよく》よ。失ったら失った倍の儲《もう》けを考えるのがデスク組の仕事なんだ。だから年中無休で札束投げ合って戦争しまくる無駄の極みみたいな状況でも財政破綻しないのさ、ぶくぶく太った四つの脂肪の塊どもは」

一体何をやっていたんだろうか、とクウェンサーは思う。

四大勢力に従えば安泰だが、頭を脂肪の塊に押さえ付けられる。

ルールの外に抜け出せば、自由の代わりに恐るべきリスクを背負わされる。

戦地派遣留学生。

オブジェクトの設計士志望。

平民、貴族、王族のピラミッド構造を出し抜いて人生勝ち組となる事を狙っているクウェンサー。しかし、その夢はそんなに無邪気なものなのか。彼の行く先は、四大勢力の奴隷か、ウッドストックの亡霊か。

「幻滅したかしら？」

鼻で笑うように、フローレイティアは尋ねてきた。

クウェンサー同様、訳あって戦場に身を置くであろう銀髪爆乳の将校はこう繋《つな》げたのだ。

「しかし立ち止まれば置いていかれるだけよ。欲深い私達は秘境に潜って瞑想《めいそう》していれば満足できる聖人君子にはなれないのさ」

あとがき

そんな訳で鎌池《かまち》和馬《かずま》です!!

ヘヴィーオブジェクトも一六冊目？　今回のテーマは迷彩や欺瞞《ぎまん》技術《じゅつ》です。軍事方面でも昆虫や海の生き物なんかの擬態でも前から興味のあったこの分野、溜《た》め込《こ》んでいたものをドバっと放出してみました。

そして前々から名前だけは出していた伝説のメイドクウェン子ちゃんがついに登場です！　さあ皆様攪乱《かくらん》されるがよい。どうせやるなら、ギャグのワンシーンだけでなくちゃんとシリアスな場面でも徹底的にメイドを貫こうという想いで頑張りました。迷彩、擬態というテーマで書き進めるつもりだったので、乗っけるならここしかないなと。

内部的な話をしますと、初の上下巻となった14〜15の『最も賢明な思考放棄』が書き進めていく内に自分が思っていた以上にウルトラシリアスになってしまったので、いったんニュートラルに戻すっ!!　という決意がありました。特にクウェンサーとヘイヴィアのおバカを逃げずにちゃんと描こう、と。おかげで今回は言動がかなりアッパーに寄っている他、一般的なエンタメの善悪論など軽くぶっちぎってしまっています。下手すると別シリーズのブラッドサインよりもサイケデリックかもしれません。でも、そもそも真《ま》っ直《す》ぐ善悪と向き合う『とある魔術の禁書目録《インデックス》』では絶対できないような爽快感を目指そうぜ!!　という訳で立ち上げたシリーズです。ゲ○兵器を大真面目に取り扱い、相棒のこめかみに丸めた爆弾を投げつけ、クライマックスは悪党の生首抱えてのラグビー。これができるのはヘヴィーだけ、というのが正しいスタンスかなと思うのですがいかがでしょう。

ポイントなのが一章でドーベルマンが敵として出てきてから、三章ではシェパードと一緒に行動していたり、二章でクウェンサーが巨大勢力から足蹴《あしげ》にされてきたヒナ＝リキュールボールのために熱く立ち上がっている割に、三章では同じく爪弾《つまはじ》きにされているウッドストックへ容赦なく攻撃を仕掛けているところにあります。焼け落ちた森やコラーゲンジジェルなどもポイント。そしてこのウッドストックは、クウェンサーやヘイヴィアが常々標榜《ひょうぼう》している『裏技使っての成り上がり』を実際に行った者がどうなるか、という暗示でもありました。

オブジェクト設計士のボスには二巻目の『採用戦争』に出てきたスラッダー＝ハニーサックルなどもいましたが、今回の大ボスであるグリノフ＝クォーターデッキはまた違った味があったはず。彼は個として突出した天才というより、みんなの不満を吸い上げて代弁するタイプのカリスマのつもりでした。……逆に言えば、彼も彼で『みんなの陰』に隠れていなければ声を大にはできなかった訳ですね。これもまた、人の海を使った迷彩や欺瞞《ぎまん》の技なのかなと。
でもって、善や悪を戦時広報で好き放題脚色している四大勢力もまた、『正義』という隠《かく》れ蓑《みの》を使って自分の思惑を隠している訳です。これぞ、最大にして極悪な迷彩ではないかなと思うのですが、いかがでしょう？

イラストの凪良《なぎりょう》さん、担当の三木《みき》さん、阿南《あなん》さん、中島《なかじま》さん、山本《やまもと》さん、見寺《みてら》さんには感謝を。とにかくクウェン子ちゃんが大変だったのでは？　主役が一番面倒臭いとか、本当にすみません！　多大なご迷惑をおかけしました‼
そして読者の皆様にも感謝を。ドーラ＝ブルーハワイにグリノフ＝クォーターデッキ。楽観的だけどそれだけでは終わらない、ちょっぴりビターな『しっぺ返し』を狙ってみましたが、いかがだったでしょうか。これもまた、私が手掛ける別のシリーズではできない展開かなと。楽しんでいただければと願っております。

それでは、今回はこの辺りで。

うわあああ!!　前回のシリアス話に夢中でハロウィン取り逃がした!?

鎌池《かまち》和馬《かずま》

「そう言えばフローレイティアさん、南極にできる重刑務所って結局誰をぶち込むためのものなんですか？」

「ああん？　そんなもん東欧の森で誤射しまくった操縦士エリートと軍関係者に決まっているでしょうが。我々は『クリーンな戦争』で儲《もう》けを増やす側だ。その構造を脅《おびや》かす存在には容赦しないよ」

「ああやっぱり……」

「連中を同じ檻《おり》に入れたらさぞかし楽しい毎日になるだろう。ひょっとすると、ウッドストックの中には金を払ってでも収監されたがるヤツもいるかもね。ほーらー、次の戦争だ。多国籍軍の森に隠れて自分の罪を踏み倒そうとしたクソ野郎どもをとっ捕まえるぞ!!」

◉鎌池和馬著作リスト

「とある魔術の禁書目録《インデックス》①〜㉒」（電撃文庫）

「とある魔術の禁書目録《インデックス》SS①②」(同)
「新約　とある魔術の禁書目録《インデックス》①～㉑」(同)
「ヘヴィーオブジェクト」シリーズ計16冊(同)
「インテリビレッジの座敷童①～⑨」(同)
「簡単なアンケートです」(同)
「簡単なモニターです」(同)
「ヴァルトラウテさんの婚活事情」(同)
「未踏召喚://ブラッドサイン①～⑨」(同)
「とある魔術のヘヴィーな座敷童が簡単な殺人妃の婚活事情」(同)
「最強をこじらせたレベルカンスト剣聖女ベアトリーチェの弱点①～⑥
その名は『ぶーぶー』」(同)
「とある魔術の禁書目録×電脳戦機《バーチャロン》　とある魔術の電脳戦機《バーチャロン》」(同)

本書に対するご意見、ご感想をお寄せください。

電撃文庫公式ホームページ 読者アンケートフォーム
https://dengekibunko.jp/
※メニューの「読者アンケート」よりお進みください。

ファンレターあて先
〒102-8584　東京都千代田区富士見1-8-19
電撃文庫編集部
「鎌池和馬先生」係
「凪良先生」係

本書は書き下ろしです。

電撃文庫

ヘヴィーオブジェクト
欺瞞迷彩《ぎまんめいさい》クウェン子《こ》ちゃん

鎌池和馬《かまちかずま》

2018年12月7日　初版発行

発行者　郡司 聡
発行　株式会社KADOKAWA
〒102-8177　東京都千代田区富士見2-13-3
0570-06-4008（ナビダイヤル）
装丁者　荻窪裕司（META＋MANIERA）
印刷　株式会社暁印刷
製本　株式会社ビルディング・ブックセンター

ISBN978-4-04-912207-7　C0193　Printed in Japan

電撃文庫　https://dengekibunko.jp/

電撃文庫創刊に際して

文庫は、我が国にとどまらず、世界の書籍の流れのなかで〝小さな巨人〟としての地位を築いてきた。古今東西の名著を、廉価で手に入りやすい形で提供してきたからこそ、人は文庫を自分の師として、また青春の想い出として、語りついできたのである。

その源を、文化的にはドイツのレクラム文庫に求めるにせよ、規模の上でイギリスのペンギンブックスに求めるにせよ、いま文庫は知識人の層の多様化に従って、ますますその意義を大きくしていると言ってよい。

文庫出版の意味するものは、激動の現代のみならず将来にわたって、大きくなることはあっても、小さくなることはないだろう。

「電撃文庫」は、そのように多様化した対象に応え、歴史に耐えうる作品を収録するのはもちろん、新しい世紀を迎えるにあたって、既成の枠をこえる新鮮で強烈なアイ・オープナーたりたい。

その特異さ故に、この存在は、かつて文庫がはじめて出版世界に登場したときと、同じ戸惑いを読書人に与えるかもしれない。

しかし、〈Changing Times,Changing Publishing〉時代は変わって、出版も変わる。時を重ねるなかで、精神の糧として、心の一隅を占めるものとして、次なる文化の担い手の若者たちに確かな評価を得られると信じて、ここに「電撃文庫」を出版する。

1993年6月10日
角川歴彦